教育部人文社会科学研究一般项目“本·琼生作品中的共同体思想研究”（19YJC752035）成果
国家社会科学基金项目“古今之争视域下本·琼生古典主义研究”（20BWW032）资助
国家留学基金委公派出国留学项目（留金选（2021）55）资助

本·琼生城市喜剧中的怪诞研究

吴美群 著

WUHAN UNIVERSITY PRESS
武汉大学出版社

图书在版编目(CIP)数据

本·琼生城市喜剧中的怪诞研究/吴美群著.—武汉：武汉大学出版社,2021.6(2023.11 重印)
ISBN 978-7-307-21801-7

Ⅰ.本…　Ⅱ.吴…　Ⅲ.本·琼生—喜剧—文学研究　Ⅳ.I561.073

中国版本图书馆 CIP 数据核字(2020)第 179176 号

责任编辑:林　莉　　责任校对:李孟潇　　整体设计:马　佳

出版发行：**武汉大学出版社**　(430072　武昌　珞珈山)
(电子邮箱：cbs22@ whu.edu.cn　网址：www.wdp. com.cn)
印刷:武汉邮科印务有限公司
开本:720×1000　1/16　印张:12.5　字数:222 千字　插页:2
版次:2021 年 6 月第 1 版　2023 年 11 月第 2 次印刷
ISBN 978-7-307-21801-7　定价:39.00 元

作者简介

吴美群，女，1981年生，长沙学院副教授，英语语言文学博士，比较文学博士后，英国剑桥大学访问学者，美国堪萨斯大学联合培养博士。主要研究方向为英美文学、中西方文论比较。主持国家社会科学基金项目1项，教育部人文社会科学研究一般项目1项，湖南省社会科学基金项目2项，湖南省教育厅科学研究优秀青年项目1项，2019年获评湖南省优秀博士论文，在《外国文学》《江西社会科学》《外语学刊》等刊物上发表学术论文17篇。

缩略词表

Alch.	*The Alchemist*
Bart. Fair.	*Bartholomew Fair*
Disc.	*Discoveries*(alternative titles: *Timber*; *Explorata*)
EMI.	*Everyman In His Humour*
EMO.	*Everyman Out His Humour*
Epicene	*Epicene, or The Silent Woman*
Epigr.	*Epigrams*
Love's Tr.	*Love's Triumph through Callipolis*
Und.	*The Underwood*
Volp.	*Volpone, or The Fox*
CWBJ	*Cambridge Edition of the Works of Ben Jonson*

目　　录

绪论……………………………………………………………………… 1

第一章　本·琼生的矛盾喜剧思想 …………………………………… 25
　第一节　本·琼生的古典主义思想 ………………………………… 29
　　一、本·琼生对贺拉斯的创造性模仿 …………………………… 30
　　二、本·琼生与其他思想家的互文 ……………………………… 40
　第二节　本·琼生的狂欢化人文主义思想 ………………………… 42
　　一、本·琼生与伊拉斯谟 ………………………………………… 42
　　二、本·琼生与拉伯雷 …………………………………………… 46
　第三节　基于矛盾喜剧思想的双重性怪诞 ………………………… 49

第二章　道德劝诫与愚人狂欢的结合——《福尔蓬涅》中的愚人怪诞 ……… 58
　第一节　关于《福尔蓬涅》的争议 ………………………………… 58
　第二节　古典主义视域下的道德劝诫 ……………………………… 64
　第三节　人文主义视域下的愚人狂欢 ……………………………… 74

第三章　替罪羊与颠覆者的统一——《艾泼辛》中的女性怪诞 ………… 87
　第一节　西方女性怪诞化历史概述 ………………………………… 92
　第二节　充当道德惩戒替罪羊的女性怪诞 ………………………… 98
　第三节　充当狂欢化颠覆者的女性怪诞……………………………… 106

第四章　颠覆与含纳的融合——《炼金术士》中的怪诞之城 ………… 115
　第一节　关于《炼金术士》的争议 ………………………………… 115
　第二节　乌托邦共和国——炼金屋内的狂欢………………………… 121
　第三节　秩序的回归——古典精英主义者的道德讽刺……………… 131

第五章　秩序与狂欢的矛盾体——《巴斯洛缪集市》中的怪诞群像 ……… 140
第一节　斯多葛-基督教-狂欢化人文主义的矛盾体 ……… 146
第二节　清教心灵与怪诞肉体的博弈 ……… 155
第三节　双重怪诞人体的典范：厄休拉 ……… 164

结语 ……… 170

主要参考文献 ……… 175

绪　论

本·琼生（Ben Jonson，1572—1637）是英国文艺复兴时期戏剧三雄（triumvirate）之一，他与莎士比亚分别代表着该时期的两个主要文学传统①，为英国文艺复兴文学做出了巨大贡献。本·琼生既是诗人，也是戏剧家、哲学家，同时还是历史学家、修辞学家和舞台剧作家。他一生著作颇丰，保存完好的作品包括17部戏剧、逾30部宫廷假面剧等；他还翻译了贺拉斯的《诗艺》（*The Art of Poetry*，1641），编辑了工具书《英语语法》（*The English Grammar*，1641），并著有散文集《发现》（*Discoveries*，1641）。王佐良与何其莘对本·琼生给予了高度评价，他们认为，"在莎士比亚生活的那个时代，他的声誉并不像我们今天想象的那么高，从现有的史料来看，比莎士比亚晚八年出生的本·琼生就比他更有名望。"（王佐良、何其莘 155）

本·琼生为英国文艺复兴晚期戏剧的繁荣与发展做出了巨大贡献，他的古典主义思想推动了英国新古典主义文学的浪潮。同时他是英国历史上第一个将自己的戏剧合集出版的戏剧家，其成果《1616年对开本》（1616 *Folio*）比莎士比亚首个对开本《第一对开本》（*First Folio*，1623）早七年出版，代表了英国戏剧开始从舞台走向页面、走向文学的经典化趋势，在英国戏剧发展史上具有划时代意义。事实证明，本·琼生生前获得的声誉并不亚于莎士比亚，从他们各自的葬礼便可见一斑。莎士比亚1616年在家乡小镇默默去世，而本·琼生1637年去世后，被葬在威斯敏斯特大教堂诗人之角（Poet's Corner），伦敦绝大部分贵族和绅士参加了他的葬礼并纷纷致辞缅怀。很多同时代的人对他给予了很高的评价。剧作家切特尔（Henry Chettle，1564—1606）认为本·琼生是"英国的贺拉斯，他塑造的人物永垂不朽"（转引自 Donaldson，*Ben Jonson*：*A life* 18）；而琼生的朋友赫伯特勋爵（Lord Herbert of Cherbury，1583—1648）则认为，"本·琼生不仅是英国最伟大的诗人"，而且是"时代的贺拉斯"（18）。

① 莎士比亚代表了英国文艺复兴时期浪漫主义传统，而本·琼生则代表了该时期的现实主义传统。

同时代的诗人们将本·琼生当成“诗人的镜子、时代的镜子”(431)，并竞相模仿他的诗歌创作，其中最著名的莫过于在他的影响下形成并壮大的逾千人的文学部落——“本的儿子们”(Sons of Ben)①。20年后，“本·琼生成为英国最受推崇的诗人，他的名望甚至超过了莎士比亚和约翰·邓恩(John Donne)”(Riggs 3)。本·琼生是“第一个以作家身份谋生的英国人”(Harp, *The Cambridge Companion to Ben Jonson* 1)，他作为一名专业作家获得成功的事实代表了英国的一种文化现象——作家以一种专门职业在英国兴起。本·琼生也深得后代文人的推崇和敬仰。德莱顿(John Dryden)称他为“英国最博学、最睿智的诗人”(转引自 Donaldson, *Ben Jonson: A Life* 386)；诗人艾略特(Eliot)认为，“如果莎士比亚和本·琼生是我们的同时代人，那么能够激发我们对智慧的激情的将是本·琼生，而非莎士比亚”(Eliot, *The Sacred Wood* 121)；小说家詹姆斯·乔伊斯(James Joyce)一生熟读本·琼生，将他列为“一生中倾心研读的四位作家之一”(转引自 *CWBJ* Vol. 1 cxv)。

本·琼生对英国喜剧的发展作出了巨大贡献，他开创了一种有别于莎士比亚浪漫喜剧的新型喜剧亚类——城市喜剧，代表了17世纪早期英国喜剧发展的新方向。王佐良、何其莘认为，“1600年以前，英国喜剧以浪漫喜剧为主”(106)。然而，

> 16世纪末，英国喜剧中的浪漫主义色彩开始减褪，代之而起的是一种现实主义的表现方式，用批评的眼光来审视社会现实和社会问题。17世纪初，讽刺喜剧逐渐取代了浪漫喜剧，而讽刺喜剧的先驱则是莎士比亚的对手、年轻的本·琼生。(王佐良、何其莘 106)

本·琼生是英国城市喜剧最主要的创始人，他的城市喜剧代表了英国喜剧从宫廷走向城市、从浪漫走向现实、从田园牧歌走向讽刺批评的趋势。自琼生之后，英国戏剧的现实主义讽刺性和批判性进一步增强，并逐渐形成了一个有

---

① “本的儿子们”也称为“Tribe of Ben”，是17世纪上半叶一群追随并模仿本·琼生的诗歌和戏剧创作的英国诗人和戏剧家，戴维斯(Joe Lee Davis)列出了11位著名代表，其中包括布鲁姆(Richard Brome)，伦道夫(Thomas Randolph)和卡文迪什(William Cavendish)。这一术语也用来指代在琼生的影响下形成的一群保皇派诗人，他们经常追随琼生在伦敦的酒吧(特别是地狱酒吧的阿波罗屋)饮酒、作诗、讨论。其中比较有名的是赫里克(Robert Herrick)，拉芙莱斯(Richard Lovelace)，萨克林(John Suckling)和卡鲁(Thomas Carew)。详情参考 Hugh Maclean, ed., *Ben Jonson and the Cavalier Poets*(New York: Norton, 1974)前言。

别于英国浪漫主义传统的批判现实主义传统，深刻影响了之后的德莱顿、萧伯纳(George Bernard Shaw)、狄更斯(Charles Dickens)和艾略特(Thomas Stearns Eliot)。

然而，对于如此深负盛名的文学家，我国读者却颇感陌生，哪怕是专门从事文学研究的学者也对他知之甚少。莎士比亚的耀眼光芒使国内学界将英国文艺复兴文学的功劳几乎全归于莎士比亚，而忽略了莎士比亚同时期最伟大的竞争对手本·琼生。事实上，根据本特利(G. E. Bentley)的研究，“在德莱顿之前，英国主要诗人和文学天才是本·琼生而非莎士比亚”(转引自 Donaldson, “Not of an Age” 201)，莎士比亚的声望超过本·琼生是在 17 世纪 90 年代之后。在随后的一个世纪里，本·琼生的声望随着莎士比亚的名声鹊起而逐渐衰落。德莱顿是第一位对本·琼生进行系统研究的评论者，他在 1668 年的《论戏剧诗》(“An Essay of Dramatic Poesy”)中如此评价本·琼生：

> 如果将本·琼生与莎士比亚相比较，我必须承认他更加正确，而莎士比亚则拥有更伟大的智慧。莎士比亚是荷马，是我们的戏剧诗人之父；本·琼生是维吉尔，是优雅创作的典范；我崇拜他，但我爱莎士比亚。(50)

在此，德莱顿将莎士比亚和本·琼生分别比作荷马①与维吉尔②。遗憾的是，当今人们对莎士比亚的熟悉程度并不亚于对荷马，而对本·琼生的熟悉程度却远不及对维吉尔。德莱顿同时也总结了本·琼生的两个特点——“正确”和“优雅”。“正确”指判断正确，德莱顿认为琼生是一个善于判断的诗人，而道德判断正是本·琼生在其创作中一贯坚持的原则。“优雅”指按照古典创作原则优雅典范地写作，这也是本·琼生毕生追求的目标和遵从的创作原则之一。简言之，德莱顿概括了本·琼生的古典主义思想，并将他视为与莎士比亚相抗衡的主要力量。德莱顿对本·琼生的古典主义思想极为推崇，认为他“就像君王一样大胆无畏地进攻古典作家领地，若是其他作家或许会有盗窃的嫌

---

① 荷马(Homer)是古希腊盲诗人，代表作是《荷马史诗》，包括《伊利亚特》和《奥德赛》两部分。他常被誉为西方文学的始祖。

② 维吉尔(Virgil)是奥古斯都时代的古罗马诗人。他的代表作品主要有《牧歌集》(*Eclogues*)、《农事诗》(*Georgics*)、史诗《埃涅阿斯纪》(*Aeneid*)。其中《埃涅阿斯纪》代表了罗马帝国文学的最高成就。因此维吉尔被罗马人称为国民诗人、被当代及后世广泛认为是古罗马最伟大的诗人，乃至世界文学史上最伟大的文学家之一。

疑，而在他身上却只显胜利”(49~50)。

德莱顿开启了本·琼生研究的古典主义传统，而本·琼生也因此被称为“英国新古典主义之父”(Coronato 2)。自德莱顿之后，一代又一代的批评家源源不断地对琼生的古典主义进行研究，逐渐形成了琼生研究领域的一个传统。传统古典派关注本·琼生的古典主义思想，他们主要研究琼生作品中的理性、秩序、得体等原则和浓厚的道德批判意识，强调本·琼生的官方权威立场。如前所述，琼生的名望自17世纪末期开始逊于莎士比亚，18世纪随着莎学研究的深入发展而进一步衰落，进入浪漫主义时期遭遇更加明显的批评。琼生对古典主义理性和秩序的坚持与浪漫主义时期的“自由”“个性”特征显然不相符，因此该时期对琼生的评论大多以批评为主。

20世纪初期开始出现琼生研究的复兴。英国学者赫福德(C. H. Herford)和辛普森夫妇(Percy Simpson and Evelyn Simpson)是琼生研究复兴运动中的先锋人物，他们继承了德莱顿的传统观点，依然高度关注琼生的古典主义思想。他们自1925年开始共同编撰《牛津琼生全集》(*The Oxford Edition of Ben Jonson*)，历时27年，于1952年完成全部11卷。而且，赫福德深刻挖掘了本·琼生的古典主义权威立场，他认为本·琼生在创作生涯中自始至终都坚持自己最初的古典主义立场，人们在“但丁、莎士比亚和歌德身上能够感知的强烈的内心成长力量在本·琼生那里找不到任何痕迹”(转引自 Donaldson, *Ben Jonson: A Life* 8)。换言之，但丁、莎士比亚和歌德的创作均体现了一种明显的变化和成长，而本·琼生则始终如一坚持自己最初的古典主义立场。

《牛津琼生全集》很快成为20世纪初至21世纪初琼生研究的权威资料，同时，而赫福德和辛普森夫妇对本·琼生的古典主义解读也成为近一个世纪以来琼生研究领域的权威解读。在他们的影响下，大批学者开始重新探讨本·琼生的古典主义立场，他们或赞赏、或批评地从不同角度深入研究琼生的古典主义思想。著名文艺复兴研究专家谢林(Felix E. Schelling)在《本·琼生和古典主义学派》(*Ben Jonson and the Classical School*)中详细分析了琼生同古典主义流派的关系，认为“琼生的古典主义既是本性使然，也是学习所得”(222)。

奈特(L. C. Knight)、帕菲特(George Parfitt)、德森(Alan Dessen)从道德的角度研究了本·琼生的古典主义思想。他们纷纷指出本·琼生是一个严肃的罗马式道德批评家，他的作品中有始终不变的道德批判意识。奈特在《琼生时代的戏剧和社会》(*Drama and Society in the Age of Jonson*)一书中认为琼生是一个“始终不变的严肃悲观的社会批评家”(转引自 Kernan 150)。帕菲特在《道德想象与本·琼生诗歌》(“Ethic Thought and Ben Jonson's Poetry”)一文中提出本·

琼生“持续不变地坚持‘回归黄金时代’”和“人性堕落”(129)的观念。同时他在《本·琼生：大众诗人和私人自我》(*Ben Jonson：Public Poet and Private Man*)一书中进一步提出并详细分析了琼生的古典主义思想，认为琼生古典主义思想的本质是“诗人作为社会分析家和劝导者的身份”(123)。而德森(Alan C. Dessen)在专著《琼生的道德喜剧》(*Jonson's Moral Comedy*)中指出，琼生“始终坚持其严肃的道德教育目的不改变”(转引自 Kernan 148)。

查尔斯·弗朗西斯·惠勒(Charles Francis Wheeler)在《本·琼生戏剧，假面剧和诗歌中的古典神话》(*Classic Mythology in the Plays，Masques and Poems of Ben Jonson*)一书中从神话的角度详细探讨了琼生创作思想的古典主义源泉。惠勒认为古典传统对本·琼生的影响大于本土基督教传统对他的影响，他作品中的神话意象大多来源于古典异教神话系统，而不是来自本土基督教神话传统。他认为琼生“希望通过可爱的古希腊罗马神话传说来软化作品的讽刺意味和悲剧意识”(2)；同时也“通过希腊罗马神话人物来达到间接塑造人物的目的”(6)。惠勒的最大贡献在于将琼生大部分戏剧、假面剧和诗歌中的古典神话来源进行了详细深入的挖掘和梳理，但他对琼生作品基督教因素的忽视显然不妥，琼生作品中的神话因素也不乏有基督教传统的影响。

格林(Thomas M. Green)在 1970 年发表的一篇论文《本·琼生和集中式自我》(“Ben Jonson and the Centered Self”)中提出了“集中式自我”(Centered self)的概念，这一概念随后成为琼生古典主义思想研究的重要名词。所谓“集中式自我”，是借用地理学上关于中心(center)与圆周(circle)的相对概念而提出。格林认为琼生的文学世界由两个部分组成：一个固定理想的中心和一个破裂变化的圆周。与之相对，他的文学人物也有两种：集中式人物和周边性人物。前者是“位于中心的、固定的、持续的、理性的”(326)；而后者则是“边缘的、易变的、非理性的”(326)。换言之，“集中式人物”是“向心式人物”(centripetal)；而“周边性人物”则是“离心式人物”(centrifugal)。

琼生在作品中塑造了一系列集中式人物作为主角，他们代表一种理性、秩序的古典主义思想。假面剧中的国王便是一个典型的“集中式自我”，他代表着“秩序、稳定和供人依靠的源泉”(327)。在诗歌中，琼生则善于塑造不同类型的“集中式自我”——追求内心道德宁静的人物，他们往往过着一种居家、宁静的乡村生活。事实上，无论是代表秩序和权威的国王，还是代表内心宁静的乡绅，他们都是琼生古典主义思想的代言人，他们演绎的正是追求秩序、稳定、权威、理性和讲究内心道德完善的古典主义者。格林也不忘提醒大家，在这些“集中式人物”的对立面，存在一些“离心式人物”。遗憾的是，格林并没有发现这些“离心式人物”身上所蕴含的巨大的颠覆力量，也没能注意到这“离心式人物”和“集中式人物”时刻处于一种对话的状态，甚至时刻有颠覆“集中式人物”的中心和权威地位的危险。

凯瑟琳·茅斯(Katharine Maus)在琼生的古典主义研究中成果显著，其代表作品是1984年发表的《本·琼生与罗马式心灵建构》(*Ben Jonson and the Roman Frame of Mind*)。茅斯分别探讨了本·琼生对贺拉斯①、塞内加②和西塞罗③等人的古典主义思想的吸收和发展。在重点研究贺拉斯对本·琼生道德讽刺观的影响之后，茅斯提出，“本·琼生整个创作生涯的三分之二均是作为贺拉斯式的道德讽刺家”(17)。同时凯瑟琳也详细分析了塞内加式斯多葛思想对本·琼生道德观念的影响，她认为琼生善于塑造一个始终保持内心宁静和道德正直的“集中式”(17)斯多葛自我。

凯瑟琳还从社会道德哲学的角度对比分析了罗马式道德刻画和基督教式道德刻画的不同。她认为，虽然基督教文学和罗马文学都关注道德问题，但两者采用了不同的道德刻画方式。以奥古斯丁④为代表的基督教式道德刻画强调个人的道德进化过程。即使是邪恶的异教徒，经历一些磨难和改变也能够逐渐醒悟、重生，成长为合格的基督徒。基督式道德刻画通过塑造转变的案例来激励人们向善，以达到道德教育的目的。而以西塞罗、塞内加等为代表的罗马式道德刻画则更善于塑造截然相反的道德类型，通过两者的对比来展现人类的道德善恶，让观众或者读者自行选择，以实现道德教育的目的。对于罗马道德家们来说，“善与恶是两种截然不同的心理特征”(95)，正如塞内加所说，“恶结不出善果，正如橄榄树结不出无花果”(97)。

凯瑟琳认为琼生的道德观念显然更多地来自于古典传统，他的喜剧很少刻

---

① 贺拉斯(Horace，公元前65年—公元前8年)是罗马帝国奥古斯都时期著名诗人，批评家和翻译家。他的重要著作《诗艺》被公认为古典主义理论的奠基之作，琼生曾亲自翻译该作并收录进1640年的作品集。贺拉斯是琼生古典主义思想最为重要的影响来源。

② 塞内加(Seneca，公元前4年—公元65年)是古罗马时期斯多葛派哲学家，剧作家和政治家。他的斯多葛思想对本·琼生的人生和文学产生了深刻影响，琼生的散文集《发现》便直接得名于塞内加的作品。

③ 西塞罗(Cicero，公元前106年—公元前43年)是罗马共和国晚期著名哲学家、政治家、律师、作家、雄辩家。西塞罗的道德思想和政治思想均对本·琼生产生了巨大影响。

④ 奥古斯丁(Augustinus，354—430)是古罗马帝国时期天主教思想家，欧洲中世纪基督教神学、教父哲学的重要代表人物。著有《忏悔录》《论三位一体》《上帝之城》《论自由意志》等。

画人物的道德改变或者道德成长，而是采用罗马道德模式塑造相对立的道德类型，镜子般地客观呈现人类道德善恶，而将选择的权利留给观众和读者。这往往成为琼生遭受批评的原因之一，他的人物常被认为缺乏莎士比亚式的生动性和立体性，而只是机械静止的扁平人物。如果理解了本·琼生讽刺喜剧的古典源泉和动机，便不会如此武断地批评琼生人物的静止性和固定性。显然，琼生喜剧弱化了基督教道德传统中的抽象劝诫性，而增加了更加明显的现实主义性质。凯瑟琳合理分析了本·琼生对古罗马道德传统的吸收和发展，但她忽略琼生对基督教道德传统的内化，这显然不妥。虽然深受古典道德传统的熏陶和影响，但本·琼生是一名虔诚的基督徒，他的创作始终深深扎根在本土中世纪基督教道德传统的土壤之中。

道格拉斯·邓肯(Douglas Duncan)在《本·琼生与卢西恩传统》(*Ben Jonson and the Lucianic Tradition*)一书中系统研究了琼生对古典讽刺诗人卢西恩①的借鉴和吸收。他认为，"本·琼生是所有英国戏剧家中最典型的古典人文主义者"(Preface)。同前面提到的惠勒相似，邓肯主张从古典主义传统来理解琼生城市喜剧中的道德问题。他从卢西恩入手，详细梳理琼生对这位古典讽刺大师作品的借鉴，他认为琼生通过借用卢西恩式的诙谐幽默来实现严肃的道德讽刺目的。邓肯的观点比惠勒的观点更具包容性，也更接近琼生喜剧思想的本质——琼生虽然是一个严肃的道德批判者，但也时刻强调通过笑来实现严肃目的。

另一位对琼生古典主义思想进行系统研究的是罗伯特·埃文斯(Robert C. Evans)，他在专著《习性》(*Habits of Mind*)中深入挖掘了琼生与一批罗马哲学家和讽刺家的密切关系。埃文斯认为，"塞内加的古典斯多葛思想对琼生的生活和创作均产生了深远影响"(12)。同时埃文斯通过对琼生收藏的手稿及其笔记的详细研究，梳理了琼生作品对罗马讽刺大师阿普列乌斯②的作品《金驴》(*Golden Ass*)的互文借鉴。再者，埃文斯也深入研究了基督教斯多葛代表人物利普修斯③对琼生的影响，从而间接分析了琼生与古典斯多葛思想的密切联

① 卢西恩(Lucian，125—180)是古希腊著名的修辞学家和讽刺作家，以创作喜剧性对话集和讽刺散文而闻名。

② 阿普列乌斯(Apuleius Lucius)是罗马柏拉图派哲学家、修辞学家和作家。他的作品《金驴记》讲述一个被魔法变成驴的青年之经历，对后世影响深远。

③ 利普修斯(Justus Lipsius，1547—1606)是文艺复兴时期南尼德兰语文学家、人文主义者。他试图以和基督教相兼容的方式来复兴古典斯多葛思想，开创了新斯多葛主义(Neostoicism)运动。影响了同时期大批思想家，也深刻影响了本·琼生的思想和文学创作。

系。埃文斯认为琼生的基督教意识远不及斯宾塞、邓恩、莎士比亚等诗人，他是“最具自我意识的古典主义者”，“他的创作灵感似乎更多地来自古希腊罗马作家，而较少来源于基督教《圣经》或者文艺复兴神学家”(45)。同惠勒一样，埃文斯也高度强调琼生的古典主义因素而否定他的基督教影响。

最近一位对琼生古典主义思想进行重新解读的是维多利亚·莫尔(Victoria Moul)。她的专著《琼生、贺拉斯和古典主义传统》(*Jonson, Horace and the Classical Tradition*)于2010年在剑桥大学出版，该作被认为是新时期琼生研究领域最显著的四大成果之一①。莫尔赞成凯瑟琳的观点，认为贺拉斯讽刺诗对琼生创作有着深远影响，她在此基础上进一步挖掘了贺拉斯抒情诗歌对琼生的戏剧、假面剧、书信以及译作的影响。

莫尔首先整理了自17世纪以来人们对琼生的古典主义研究状况，指出研究者们在理论和系统上的不足，接着以互文理论为基础，研究了琼生的贺拉斯情结(horatianism)。换言之，莫尔从琼生对贺拉斯的“模仿、引用和翻译”(7)等方面详细系统研究了琼生对贺拉斯的互文与对话。莫尔认为琼生在创作中一直保持与“贺拉斯声音的对话”(6)，而这种互文与对话主要体现在上面所说的“模仿、引用和翻译”上。从16世纪90年代至17世纪30年代，琼生与贺拉斯的关系表现为贺拉斯抒情诗模式与品达②抒情诗模式之间的竞争与协商，而这种对话在讽刺短诗与书信中则表现为琼生对贺拉斯式六音步诗的自由模仿。

最后莫尔从模仿(imitation)的角度研究了戏剧《游吟诗人》(*Poetaster*)中琼生的贺拉斯情结。模仿是琼生古典主义思想中一个重要因素，对于琼生来说，模仿兼具道德价值和美学价值，而在《游吟诗人》中，琼生从道德模仿和美学模仿的双重角度，展示了贺拉斯思想最终如何战胜奥维德、维吉尔、荷马模式，而成为琼生古典主义思想的重要特征。莫尔批评了列文斯坦(Joseph Loewenstein)认为琼生的模仿即“占有”(possessiveness)的观点，提出模仿古人是为了“将各种彼此竞争的古典声音并置，邀请读者一起，来建构一种权威的

---

① 根据艾琳·朱利安(Erin Julian)的研究，新时期琼生研究的四大显著成果是唐纳森(Ian Donaldson)的《琼生传记》(*Ben Jonson: A Life*)；维多利亚·莫尔(Victoria Moul)的《琼生、贺拉斯和古典主义传统》(*Jonson, Horace and the Classical Tradition*)；卡曾斯和司各特(A. D. Cousins and Alison V. Scott)的《本·琼生和体裁政治》(*Ben Jonson and the Politics of Genre*)；斯戴格尔(Matthew Steggle)的《〈福尔蓬涅〉批评指南》(*Volpone: A Critical Guide*)。参考Erin Julian, “New Directions in Jonson Criticism,” Early Theater 17.1 (2014): 179。

② 品达(Pindar)是古希腊著名抒情诗人，有“抒情诗人之魁”的称号。著有17卷诗但只传下4卷，大力颂扬希腊爱国热情和道德教诲。

声音，与古典声音进行对比，甚至试图超越古典声音”(6)。

莫尔认为琼生的模仿是为了建立自己的作家权威立场，为了发出一种代表自己观点的独一无二的声音。而琼生也因此遭致批评，他的作品被认为是单声作品，缺乏多样性和对话精神。莫尔的研究颇有新意，她用新的理论、从新的视角重新研究了琼生的古典主义思想，但就琼生作品的单声性和权威性而言，似乎有点偏颇。琼生虽然讲究古典主义秩序理性的原则，但他的思想和作品中时刻充满矛盾和对话。得益于体裁的优势，琼生的戏剧具有最明显的多重性和对话性，而即使是在以独一性和单声性为特点的诗歌中，也表现出了矛盾性和对话性①。

综上所述，从德莱顿开始，直至维多利亚·莫尔，这些评论家从不同角度研究了琼生的古典主义思想。他们或者从道德的角度，或者从神话的角度，或者从诗歌形式的角度细致研究了琼生深刻的古典主义思想。他们的观点大致如下：普遍认为琼生作品中浓厚的道德意识主要来自古典传统，特别是贺拉斯、西塞罗、塞内加等人物的影响；琼生塑造了一系列固定、稳定、理性的人物形象，体现了他的古典理性秩序观念；同时琼生坚持用典雅、有序的规则和韵律写诗，表达了他对古典诗歌创作原则的坚持；琼生重视模仿古人亦表达了他对“回归黄金时代”的古典思想的推崇。

然而，也有一些评论者从否定的角度批评了琼生过于浓厚的古典主义思想。如列格特(Alexander Leggatt)批评新古典主义者琼生过分关注戏剧的形式，他的戏剧演员完全受制于舞台角色，只存在于固步自封的表演世界，没有主观能动性和任何变化，是对话性和狂欢化人物的对立面。爱德华·扬(Edward Young)则认为，“本·琼生的古典主义不仅模糊了其悲剧的价值，并且几乎模糊了他所有作品的价值，与其说他被古典主义的光环所笼罩，还不如说他被古典主义所淹没。”(转引自 Craig 486~487)随着时代的变迁，越来越多的评论家开始批评琼生过于浓厚的古典主义思想，认为他过分迂腐和守旧，是传统的卫道士。浪漫主义诗人柯勒律治(Samuel Taylor Coleridge)甚至戏谑地认为，“本·琼生就像猛犸象和大地懒一样只适合生存在一个特定时代，之后便只剩下一架骷髅，坚硬、干枯、笨拙却依然巨大，值得我们怀着好奇和尊敬的心情去仔细凝视。”(转引自 Barton, *Ben Jonson, Dramatist* 4)

20 世纪著名批评家艾略特为本·琼生受到的不公批评进行了有力辩护。

① 关于琼生诗歌中的对话性和狂欢性，参考 Anne Brumley, “Two Menus: Carnival in Jonson’s Poetry,” Exemplaria 22.3 (2010): 223~239。

艾略特指出了传统古典主义研究的不足，他认为，“本·琼生需要我们去努力挖掘研究，但并不是要求我们去挖掘他的古典主义情愫……而是需要我们深入他的作品和他的个性。”(Eliot, *The Sacred Wood* 106)艾略特敏锐地洞察了本·琼生作品中隐含的现代意识，他高度评价了本·琼生的文学地位和成就，认为本·琼生不仅属于他自己的时代，也“是我们的同时代人”(106)。

与艾略特对本·琼生现代意识的高度评价相似，20世纪越来越多的评论者开始致力于研究本·琼生作品中的现代狂欢意识。布伦利(Anne Brumley)认为，“‘怪诞的琼生’正在迅速取代‘古典的琼生’成为评论者和观众的喜好”(Brumley 223)。为了便于比较和分析，我们将这一批评论者命名为“现代狂欢派”。如果说传统古典派主要从古希腊罗马等外来传统对琼生进行研究，那么现代狂欢派则主要从英国本土传统，特别是民间文化传统，出发，以巴赫金狂欢化理论为武器，重点研究本·琼生对传统官方秩序的质疑与颠覆，强调其作品的欢庆性、反传统性和反官方性。

第一位对琼生逆转主题和节庆因素进行系统研究的是琼生研究专家伊恩·唐纳森(Ian Donaldson)。他在《翻转的世界》(*The World Upside Down*)一书中提出了本·琼生对古典主义原则的背离，并从英国本土民间传统的角度详细研究琼生两部城市喜剧《安静的女人》和《巴斯洛缪集市》中的逆转主题和欢闹性质。唐纳森借用柏格森(Henri Bergson)①喜剧理论中的“逆转”(inversion)概念，提出两种喜剧模式——“逆转性喜剧(inversion)”(Donalsdson, *The World Upside Down* 5)和“水平化喜剧(leveling)”(7)，而两种模式均具有颠覆性和逆转性的特点。

唐纳森将《安静的女人》同英格兰传统闹婚仪式相结合进行研究，认为这是一部典型的逆转性喜剧，主要表现在妻子打骂丈夫、年轻人捉弄老年人、市民惩罚贵族等，原本处于统治地位的人物遭到被统治地位人物的挑战和颠覆。同时，唐纳森也从英国巴斯洛缪集市节庆传统出发，研究了琼生最后一部杰出的城市喜剧《巴斯洛缪集市》，他认为这是一部综合了逆转性和水平化模式的复杂喜剧，既有被统治阶级对统治阶级的逆转和颠覆，也揭露了无论高低贵贱，人们都同样有缺陷的本质。

---

① 亨利·柏格森(Henri Bergson)是19世纪末20世纪初法国著名哲学家和文学家。他在1900发表的小书《笑》中从哲学的角度探讨了喜剧之笑的问题，文中他提出了滑稽剧的三种手法是重复，倒置和相互干涉。这里的倒置便是唐纳森所说的逆转(inversion)，参考柏格森：《笑》徐继增译，北京：十月文艺出版社，2004，60。

唐纳森的研究具有明显的创新意识和进步意义，但他对琼生研究的重点还是放在道德批评的基础上。他虽然提出了琼生喜剧的欢闹性质，也提出了这种欢闹性对权威的临时性逆转，但对于这种颠覆力量并没有进行深入研究，更没有进一步分析这种颠覆力量如何具体体现，也就没有深入挖掘琼生的狂欢化人文主义思想。再者，在讨论逆转问题时，唐纳森只提到《安静的女人》和《巴斯洛缪集市》两部城市喜剧，而将另两部城市喜剧《福尔蓬涅》和《炼金术士》排除在外。事实上，后两部城市喜剧也明显反映了琼生的逆转主题和狂欢化人文主义思想，而且它们虽然是琼生古典主义喜剧创作的典范，却都包含着古典主义思想的对立面——狂欢化人文主义思想。

泰勒(C. G. Thayer)在唐纳森的基础上，进一步研究了琼生四部城市喜剧中的逆转和颠覆主题，具体提出了《福尔蓬涅》和《炼金术士》中的狂欢性质。他认为福尔蓬涅的别名曼图亚的司各脱(Scoto of Mantua)事实上代表酒神(Dionysian)，琼生通过这种隐含的方式表达了“酒神精神对日神精神的逆转和颠覆”(60~61)。无论是福尔蓬涅对黄金的上帝般崇拜，还是对激情生活的向往，乃至对西莉亚的忘年之爱均代表着一种酒神精神。他时刻试图挑战和颠覆代表理性和秩序的日神精神，这显然表达了一种酒神狂欢精神。而在《炼金术士》中，琼生则通过为愚人玛门骑士(Mammon)加冕又脱冕的方式，表达了同样的狂欢精神，实现了对“现存社会和道德价值观念的逆转和颠覆”(95)。

泰勒对琼生狂欢化精神的研究，较之唐纳森更彻底也更直白。但是他的研究存在一个问题，那就是他对福尔蓬涅、玛门等人物的定位太过单一，只关注这些人物身上的逆转精神和颠覆力量，而忽略了他们身上承载的道德批判力量。作为古典主义讽刺家的本·琼生，自始至终都没有放弃从古典主义的角度进行社会道德批判的重任，哪怕最具狂欢精神的喜剧《巴斯洛缪集市》也有着浓厚的道德批判意识。

唐纳森在1997年发表的专著《琼生的魔幻屋》(*Jonson's Magic House*)中表达了更加成熟和全面的观点，并进一步提出了琼生思想的复杂性和对话性。唐纳森首先批评了以赫福德为主要代表的牛津派对琼生单一片面的古典主义解读，他认为虽然琼生公开表示并强调坚定不移和泰然自若的古典斯多葛道德思想，但他的作品中却充分体现出“变化、试验、颠覆和摇摆的矛盾性”(Donaldson, *Jonson's Magic House* 27)。而且，由于“戏剧本质上具有对话性、对立性和多声性”(32)，琼生在戏剧中表达的思想不可能只是始终不变的作家声音。

总而言之，琼生是矛盾的，一方面他是坚定的古典主义者，强调用斯多葛的坚定和泰然来实现内心道德的完善；另一方面，他又关注人文主义新观念、新思想，强调人性解放；同时他也受到文艺复兴晚期科学思想的影响，主张培根式的试验和改进。唐纳森对传统古典主义研究的片面性提出了挑战，主张用新的对话思想来重新解读琼生的经典之作，他认为琼生的作品中存在关于"集中式自我(gathered self)和散漫式自我(loose self)之间的矛盾"(42)，而"双重性是琼生戏剧和社会视角的灵魂"(48)。矛盾性和双重性增强了琼生作品的艺术魅力，提高了它们的文学价值。

另一位对古典主义牛津学派提出挑战的现代评论家是安娜·巴顿(Anne Barton)。她1984年在牛津大学出版专著《戏剧家本·琼生》(*Ben Jonson: Dramatist*)，向赫福德的牛津派提出挑战。巴顿质疑牛津派认为琼生始终保持理性的古典主义思想不变的保守观点，并通过大量例证驳斥了传统牛津派提供的数据，指出了琼生思想的变化性和多样性，特别提出了他对古典主义原则背离的观点。巴顿认为琼生在总体上是保守的古典主义者，讲究秩序和理性而反对浪漫主义，但是"他又深深地——无论是情感上还是专业上——迷恋不规则不整洁而常显怪诞的伊丽莎白文学"(Barton, *Ben Jonson: Dramatist* 7)。

巴顿认为琼生早期的历史悲剧便体现了对古典主义的背离和对怪诞风格的青睐。《西姜努斯》(*Sejanus*)和《喀提林》(*Catiline*)虽然取材于罗马，但气质并非真正古典，因为这两部悲剧均"避免了严肃的悲惨经历探索，不仅通过暴力和不公正行为来体现社会秩序，而且也通过怪诞来体现"(8)。众所周知，怪诞是古典主义者所批评的对象，因为它是对古典主义秩序得体原则的背离。巴顿的观点事实上指出了琼生思想的重要特点，那就是双重性和矛盾性。琼生一方面支持古典主义，另一方面广泛采用怪诞艺术。巴顿并不否认琼生的古典主义情愫，认为他之所以主张贺拉斯式的理性、节制与秩序，是因为他意识到"自己骚动的本性，需要一些原则加以规约……本·琼生的古典主义被一种对不规则的、哥特式的、当代的、陌生的世界的追求所平衡和制约"(preface 1)。

意大利学者科罗纳托(Rocco Coronato)在《琼生与巴赫金：狂欢化与怪诞》(*Jonson Versus Bakhtin: Carnival and the Grotesque*)一书中运用巴赫金的狂欢化理论详细具体研究了琼生戏剧中的狂欢化。科罗纳托既分析了悲剧《喀提林》(*Catiline*)中的农神狂欢，也探讨了喜剧《安静的女人》中的节庆性质和《巴斯洛缪集市》中的狂欢化诗学。他认为，"在琼生的时代，狂欢化的人体是一种碎片化的存在"(32)。与菲利普·锡德尼(Philip Sidney)和托马斯·纳什(Thomas Nash)一样，琼生也很擅长于塑造碎片化、物质性怪诞人体，他通过塑造大量怪诞人体挑战并颠覆了自己一贯坚持的古典主义传统与权威。

值得一提的是，科罗纳托不仅分析了琼生作品中的狂欢化，而且也进一步分析了琼生式怪诞的乌托邦性质，以及主流意识形态对狂欢化怪诞的监督与控制，并借此重新审视巴赫金的狂欢化思想。不同于传统狂欢化研究者对狂欢颠覆力量的极力强调，科罗纳托也注重传统权威对这种颠覆力量的监控与含纳。按照科罗纳托的观点，琼生作品中的狂欢化确实具有颠覆传统的力量，是对其古典主义思想的一种违背。但是这种颠覆力量又处于官方的可控范围之内，甚至从一定程度上释放了原本危险的颠覆因素，从而进一步稳定和巩固了既有的统治秩序，因此又是对古典主义理性和秩序原则的维护。科罗纳托的观点颇具新意，既提出了琼生的狂欢化，又维护了琼生一贯支持的古典主义思想。如同巴顿一样，他也肯定了琼生思想的双重性和矛盾性。

无论是传统古典派，还是现代狂欢派，他们均对琼生研究做出了不可埋没的贡献。尽管存在争议，但有一点却得到普遍认可，那就是琼生作品中存在着大量的怪诞因素：畸形的人体(如侏儒、雌雄同体、阉人)、怪诞的性格、怪诞的意象、怪诞的表演等。而有关怪诞性质的争论也是古典派与现代狂欢派争论的焦点。前者认为琼生式怪诞是对古典原则的背离，是需要加以规约和纠正的行为；怪诞服务于琼生的古典主义道德讽刺和批评的目的，是其古典主义思想的体现。后者则认为琼生式怪诞有着巴赫金狂欢化特征，是对古典主义传统的挑战与颠覆，体现了琼生对世俗人性的关注、对民众的关注，是其狂欢化人文主义思想的体现。怪诞虽然也受到其他一些喜剧作家的青睐，甚至可以说怪诞是很多喜剧的共同特点，但琼生城市喜剧中的怪诞意义更加重大，它不仅是一般喜剧的特点，而且是本·琼生矛盾喜剧思想的具体体现。换言之，它不仅有类型学的意义，而且有独特的思想意义和内涵。

关于这两者之间的争论，罗兹(Neil Rhodes)提出了自己独特的见解。他在 *Elizabethan Grotesque* 一书中系统研究了英国 16 世纪末 17 世纪初的怪诞文学，认为该时期的怪诞文学有着显著的双重性特征。一方面，怪诞文学有着讽刺和道德教育的目的，“怪诞意象是社会批评的中介”(59)；另一方面，这一时期的怪诞文学又具有农神节的狂欢因素，而讽刺和狂欢这两种因素是可以调和的。事实上，“在 16 世纪晚期 17 世纪早期的英国，讽刺、农神节，甚至还有布道文是相互交融的，而伊丽莎白时期的怪诞文学便是产生于这三种因素的相互交融之中。”(7)

罗兹认为巴赫金的拉伯雷式怪诞同伊丽莎白时期的怪诞不同，巴赫金强调怪诞的肯定和更新精神，是“对集体物质经验的庆祝，是一个调节器”(16)，而伊丽莎白时期的怪诞有着“犹疑的性质，在喜剧性和反叛性之间，在喜庆性和劝诫性之间摇摆”(17)。他将琼生置于伊丽莎白怪诞文学传统之中，提出了琼生式怪诞的双重性和复杂性，认为单纯“将琼生的怪诞置于巴赫金的拉伯雷式狂欢化怪诞传统之中是错误的”(140)。罗兹敏锐地捕捉到琼生式怪诞的独特性，也深刻地洞察了琼生喜剧思想的双重性、矛盾性和包容性。

事实上，也有许多其他学者和评论家纷纷提出了琼生的双重性和矛盾性。如英国学者米克尔(Lesley Mickel)在罗兹之后明确提出了琼生式怪诞的矛盾性特征，她认为，“琼生式怪诞的最主要特点是将古典与怪诞整合在同一个文本之中”(Mickel 139)。琼生在早期的宫廷假面剧和非戏剧诗歌中表达了明显的古典主义思想，他以道德讽刺为主要目的，以维护和巩固詹姆士一世时期的君主专制制度为己任。而他的喜剧和滑稽戏(antimasque)则表达了“古典与怪诞、讽刺与节庆、传统与颠覆之间的对话和协商”(138)。比如在《巴斯洛缪集市》中，讽刺与农神节因素紧密结合在一起，产生了琼生式怪诞，“这种怪诞借助物质人体的形式既揭示了人物虚伪的本质，又实现了对社会等级秩序的颠覆”(139)。

伊格尔顿(Terry Eagleton)认为琼生的持久魅力在于其双重性，他既谨慎、博学、古典主义，是崇高而保守的代表；同时又世俗、喧闹，体现出对形式主义的鄙视。他在为沃马克(Peter Womack)的著作《本·琼生》(*Ben Jonson*)所写的序言中指出：

> 本·琼生的严肃修正主义诗学中的“向心力”时刻受到一股潜在的不受控制的“离心力”的超越。这股“离心力”便是狂欢化的多样性，这在本·琼生物质的、转喻的、充满怪诞夸张本质的语言中表现非常明显。(Womack Preface 7)

毋庸置疑，伊格尔顿认可琼生作品中关于权威与自由、审查与狂欢的矛盾性。但他并不认可其狂欢化的大众性，认为作为精英主义者的琼生永远不会为“民众”说话：

> 琼生严谨的古典主义思想使他对通俗语言中的无政府主义和未经审查的多样性非常敏感。如果说本·琼生表达了一种狂欢化，那么也是一种关于底层犯罪群体的狂欢化，而不是一种无条件的节日性思想解放。(preface 7)

显然，伊格尔顿没有完全摆脱传统古典主义学派的影响，坚定认可琼生的精英主义立场，而否认他的大众性质。沃马克在书中详细分析了琼生的双重性和矛盾性，他认为琼生一方面极力推崇贺拉斯和西塞罗的古典主义理论，是一位服务于詹姆士王朝的“宫廷诗人”；另一方面，他又在戏剧中表达一种“怪诞、低俗、令人难以理解的因素”，“他的古典、规律、节制、明晰的诗学视野折射出情感强烈的对立面”(107)。可见，琼生的古典主义诗学视野有着很强的包容性，是一种实验性的古典主义。

沃马克分别从话语、人物、语言与戏剧四个方面详细分析了琼生的双重性和矛盾性。首先，“琼生的戏剧话语在戏剧人物身上体现矛盾性”(7)。具体来说，沃马克借用巴赫金关于传统单一话语与现代对话性话语的理论，认为琼生戏剧中的话语具有巴赫金式的对话性，具体表现在戏剧人物对剧作家权威话语的颠覆和对话。琼生的戏剧话语是“三方说话者之间的互相对话——剧作家、戏剧人物、演员”(31)。同样，在人物塑造方面，琼生的人物也并不只是剧作家的传声筒，而总是体现出一种“自我表征”和“自我阐释”(35)的特性。其次，琼生的语言具有各种混杂的隐喻性，体现了“巴赫金式的同一语言中向心力与离心力之间的张力”(79)。最后，正如17世纪初期所有伦敦剧场一样，琼生的剧场也是兼具审查与自由、传统与狂欢的双重性质。换言之，琼生的剧场既有着传播和巩固宫廷统治秩序的功能，也有着颠覆既有统治秩序的狂欢性质。

赫什(James Hirsh)以巴赫金的复调理论为基础，编辑出版了《琼生研究新视野》(*New Perspectives on Ben Jonson*)。该书所收录的文章不仅梳理了本·琼生和拉伯雷的密切关系，也探索了本·琼生假面剧中既赞美又批评詹姆士王朝的双重态度。更重要的是，赫什提出了琼生的多重内部对话特征——“琼生的作品不仅展示了多重对话性，而且也展示了琼生与自己的对话。”(14)换言之，琼生具有令人惊奇的对话性，哪怕有时候这种对话是面向自己。而他矛盾的性格，以及他在宗教态度与政治态度上的多次变化都明显体现了这种自我对话的特质。

麦克沃伊(Sean McEvoy)并不赞成将琼生定义为一个简单的人文主义道德家，也不认为琼生是一个完完全全的新古典主义者。他在专著《本·琼生：一个文艺复兴戏剧家》(*Ben Jonson: Renaissance Dramatist*)中系统分析了琼生的矛盾性和双重性。他首先指责传统古典主义学派对琼生单一排他的古典主义的批评，随后进一步指出了琼生作品中的反古典主义因素，如“多重情节、怪诞的人物塑造、明显的当代指涉、有着强烈自我意识的表现方式”(15)等。而且这些因素和特征对19世纪音乐剧、20世纪滑稽剧，以及21世纪的电视喜剧节目均产生了深远影响，这对柯律略治所认为的琼生具有显著的时代局限性的观点提出了挑战。与柯律略治不同，麦克沃伊显然认可琼生的跨时代性和普遍性，并指出了琼生的现代性。

罗斯顿(Murray Roston)在研究文艺复兴戏剧时提出一个观点，那就是戏剧比小说更具有对话的可能性，因为“戏剧没有叙述者，因此也避免了权威的、独一的话语，戏剧必须通过人物之间的对话来表达思想”(Roston 6)。他在此基础上选取了几位文艺复兴重要作家的作品进行对话分析，其中就包括本·琼生。他具体分析了《福尔蓬涅》中喜剧因素和道德讽刺之间的张力，认为该剧中既有世俗喜剧的欢快因素，又有辛辣的基督教道德讽刺特征。罗斯顿用对话理论分析琼生的《福尔蓬涅》具有突出意义，但他将琼生喜剧的对话性理解成严肃的道德讽刺性和世俗喜剧中的欢快因素之间的对话略显单薄，琼生戏剧中更深刻的对话体现在基于古典主义的道德讽刺和基于人文主义的狂欢化之间的对立与统一。

桑德斯(Julie Sanders)在专著《琼生的戏剧共和国》(*Jonson's Theatrical Republics*)中从政治的角度探讨了琼生的矛盾性。一些传统评论者认为琼生通过作品毫无置疑地支持了君主制度，客观上巩固了詹姆士一世时期的君主专制制度。桑德斯对这种观点提出质疑，认为琼生并不完全支持君主制，在他的作品中，特别是以伦敦为背景的城市喜剧中，有明显的共和思想倾向。这种矛盾的政治态度取决于琼生的矛盾思想，“他有时甚至被认为是精神分裂的，而他在个人观点、政治观点和宗教观念上的变化也反映了17世纪早期世界观和政治观的变化”(Sanders 182)。

此外，还有很多评论者讨论或言及琼生的矛盾性和双重性。马洛迪(Arthur F. Marotti)认为，“琼生就像一个患有精神分裂症的艺术家，既有日神阿波罗的精神，也有酒神狄奥尼索斯的气质。”(209)海耶斯(Tom Hayes)在《大众文化的产生》(*The Birth of Popular Culture*)一书中也探讨了琼生喜剧的矛盾性，指出琼生喜剧是日神精神和酒神精神之间的矛盾和协商，认为他一方面试图竭力控制欲望，遵循好人原则；另一方面则试图突破限制，有着过度和越界的性质。泰勒(C. G. Thayer)在分析本·琼生喜剧的狂欢化特征时，也提出了琼生思想的矛盾性，认为琼生的喜剧既有漂亮典雅的德莱顿式古典主义结构，也有颠覆传统、雌雄同体的狂欢性质。

卡夫(Richard Allen Cave)也指出了琼生喜剧中兼具古典与怪诞的矛盾性，他赞同德莱顿的观点，认为琼生是文艺复兴时期英国最博学的诗人，但是“他的博学往往被一种对世俗生活的欲望，一种强烈的荒诞意识，和堂吉诃德式的人物怪诞行为所抵消”(Cave，*Ben Jonson* 5)。沃森(Robert N. Watson)则认为，“本·琼生的喜剧是他最杰出的作品，将琼生喜剧思想的矛盾性表现得最为充分”(Watson 4)。巴布尔(Richmond Barbour)认为“本·琼生被两种思想深深的分裂着：一面是权威，一面是颠覆”(Barbour 1061)。萨默斯等(Claude J. Summers and Ted-Larry Pebworth)则认为，本·琼生的作品“融合了讽刺与庆祝，愤怒与赞美”(Claude and Pebworth 1)，“他有时候在自己的判断中自相矛盾，他的喜剧中经常存在一股对自己所支持价值观的颠覆力量”(28)。

上述评论者从各自相似或者不同的角度探讨了同一个问题，那就是琼生喜剧思想的双重性和矛盾性。学者们或者从宏观的角度提出了琼生的双重性，或者具体分析了琼生在不同体裁中所表达的相互矛盾的思想，或者从政治的角度解读了琼生思想的矛盾性。总之，无论是在人物塑造上、戏剧形式上、语言选择上，抑或是政治观点上，甚至在对待剧场的态度上，琼生都表现出矛盾多变的态度，采取对立妥协的方法。遗憾的是，虽有大量学者和评论者论及琼生的矛盾性和双重性，但这些评论或者是浅尝辄止，或者将琼生放在大环境下进行配合性研究，或者是对他个别作品做个案研究，鲜有人专门对琼生城市喜剧中的矛盾思想进行系统全面的研究。

与国外琼生研究的热潮相比，国内对琼生的研究显得冷清而滞后。学界对琼生的探讨主要限于英美文学教科书上的零星介绍。如王佐良、何其莘在《英国文艺复兴文学史》中用一个章节的篇幅介绍了琼生及其作品，高度评价了琼生在英国文学史上的重要地位。两位学者提出了琼生在17世纪初期英国喜剧从浪漫主义转向现实主义过程中的先锋带头作用，并呼吁人们用一种新的眼光来看待“这位几百年来遭遇一般读者冷遇的剧作家”(王佐良、何其莘 155)。

国内对琼生作品的译介也只限于少数短诗，如“致西莉亚”，关于琼生的学术研究更是凤毛麟角。据本人统计，从1986年到2015年，有关本·琼生的学术论文仅10余篇，且大多为期刊文章。其中比较显著的成果有北京大学郭辉的博士论文《琼生颂诗研究》(2009)。郭辉以琼生的颂诗为研究基础，将琼生与古典作家进行对比，系统详细地研究了琼生对古典主义思想的继承和创新，以及他在此基础上形成的独特的诗歌创作风格。另一位对琼生做出深入研究的中国学者是香港大学的许定欣(Hui Ting-yan)，他的博士论文《福尔蓬涅的孩子们——琼生，喜剧和愚人的国度》(*Volpone's Children*：*Jonson*，*Comedy and the Nations of Fools*，2009)以《福尔蓬涅》为文本基础，立足于欧洲愚人传统，以愚人的边缘性身份和颠覆性特征为切入点，详细探讨了《福尔蓬涅》中次要人物的重要喜剧作用和美学价值。更为重要的是他提出，“琼生喜剧指明了独立性与碎片化之间的困境，也指出了自由与审查之间的张力”(Hui 6)。

王永梅与刘立辉合作的论文《从舞台到页面——本·琼生与英国戏剧经典生成》从早期现代英国的出版文化史入手，重点分析了本·琼生如何在早期现代英国出版文化的推动下，将英国戏剧从舞台说明性质逐渐转向永恒的文学形式，并因此推动英国戏剧经典的生成。这些成果都是国内学界对本·琼生的尝试性研究，特别是两篇博士论文从不同角度对琼生的颂诗和喜剧进行了较为详实的研究，但郭辉的论文仅研究了琼生的颂诗，对其喜剧并未涉及；而许定欣则只研究了琼生的一部喜剧，相对缺乏系统性。他们的研究一方面填补了国内相关研究的空白，同时也为国内琼生研究留下了可视空间和前景。

本·琼生创作于17世纪初期的怪诞城市喜剧显然符合本书前面提到的罗兹(Neil Rhodes)的评析，琼生城市喜剧怪诞既有道德讽刺的特征，是琼生古典主义道德批评的载体；也有农神节的狂欢化倾向，是琼生基督教人文主义思想的具体体现。这种双重性的怪诞体现了琼生城市喜剧中权威与颠覆的并存、理性与自由的博弈、古典与狂欢的矛盾结合。正是这种双重性和矛盾性为琼生城市喜剧提供了多重研究视野和多种阐释可能，也因此增添了其城市喜剧的艺术魅力。

评论界对怪诞的研究大多以巴赫金狂欢化理论为基础。根据巴赫金的理论，狂欢式怪诞人体瓦解了传统道德秩序和官方等级制度，是对日常生活的逆转，对传统和权威的挑战与颠覆。狂欢式怪诞人体是物质肉体的形象，与人体下部和大地有着密切联系，是一个“非现成的，开放的人体”(巴赫金 32)，是有着世界观意义的宇宙人体。但巴赫金同时也指出，狂欢式怪诞的本质在17世纪发生了变化，17世纪之后，怪诞人体与物质下部和大地的联系开始脱离，怪诞人体的世界观意义开始消失，逐渐褪变成资产阶级物质欲膨胀的单个人体；与之相对，狂欢式的庆祝和颠覆性逐渐褪变成对某些个别的脱节行为或者非道德行为的批评与纠正。

本·琼生正是处于这种转型时期的代表人物，他创作于17世纪初期的城市喜剧中有着明显的怪诞特征。本·琼生的城市喜剧怪诞体现了文艺复兴狂欢化怪诞与17世纪及其之后资产阶级道德讽刺怪诞的混合，是本·琼生将古典主义思想同基督教人文主义思想相结合的产物。琼生城市喜剧怪诞的双重性在很大程度上见证和参与了英国历史的转变与发展。17世纪初期的英国，出现了君主专制制度稳定化的局面，新的官方文化基本特征在古典主义和理性主义中得到最佳体现；另一方面，表面稳定的君主专制国家正从一个宫廷统治下的整体社会向一个以个人主义为特点的资本主义城市社会逐渐过渡。人民生活的重心和关注的重点也逐渐转移到资本主义城市。在此过程中，琼生的怪诞城市喜剧积极参与了宫廷与城市之间、古典与现代之间、君主与市民(议会)之间的互相博弈、互相对话与协商。

吉本斯(Brian Gibbons)是第一个将“城市喜剧”作为一种体裁进行研究并给出定义的学者。他在《詹姆士时代的城市喜剧》(*Jacobean City Comedies*)一书中首次提出“城市喜剧”这一概念，用来指代“兴起并繁荣于斯图亚特王朝最初十年”，以城市为背景(以伦敦为主)，以现实主义为基调，“以刻画城市生活和市民形象为主要内容，拒绝伊丽莎白喜剧中的浪漫魔幻因素”(Gibbons 1)的新型喜剧亚类。这一喜剧亚类显然是对伊丽莎白时代浪漫喜剧的反叛，其中最明显的特点在于对浪漫喜剧魔幻因素的公然反对。17 世纪初期英国资本主义经济大力发展，资产阶级地位大大提升，而资本主义城市不断发展壮大。“以伦敦为核心代表的城市迅速发展是英国现代化过程中的一个极为鲜明的特征。伦敦由 1500 年 4 万人发展到 1600 年 20 万，1650 年 40 万，1700 年 57.5 万，成为欧洲最大的城市。”(王晋新 19)城市的迅速发展加剧了英国社会结构的分化，以农业为基础的封建社会逐步往工业化城市社会过渡，而英国文学的关注焦点也从宫廷贵族生活逐步向城市资产阶级生活过渡，因此 17 世纪城市喜剧的产生和发展是英国社会发展的产物。

本·琼生是城市喜剧的主要创始人之一，其中期四部喜剧只有《福尔蓬涅》是以威尼斯为背景(其中也有明显的伦敦指涉)，其余三部《安静的女人》《炼金术士》和《巴斯洛缪集市》均以伦敦为背景。琼生通过四部城市喜剧对斯图亚特王朝初期英国社会、经济、文化面貌进行了多角度的刻画和深刻的剖析。现实主义是琼生城市喜剧的主要特点，但却不是唯一使命。吉本斯认为“城市喜剧的创始人本·琼生是一个自相矛盾的作家，他的作品有着深刻的对话性”(5)，“悖论——这种浓缩的对话方式——是本·琼生人物的普遍特征”(8)。因此，有着矛盾双重特质的怪诞成为了本·琼生城市喜剧的主要特征，它准确展现了 17 世纪初期“英国的形象”(*EMI* Pro 23)①，也深刻剖析了英国社会转型时期的各种社会矛盾。

本书的研究对象是本·琼生中期四部城市喜剧：《福尔蓬涅》《安静的女

① 本书所引琼生作品名的缩写均出自《剑桥琼生文集》(David Bevington, Martin Bulter, and Ian Donaldson, eds, *The Cambridge Edition of the Works of Ben Jonson*, 7 Volumes (Cambridge: Cambridge UP, 2012)中的相关缩写，具体参考缩略词表。

人》《炼金术士》和《巴斯洛缪集市》，具体研究四部喜剧中怪诞的双重性和矛盾性。选择这四部喜剧不仅仅因为它们是琼生城市喜剧最典型的代表，能够系统说明琼生城市喜剧怪诞的特征；同时也因为这四部喜剧代表了琼生喜剧的最高成就，被公认为琼生最伟大的戏剧作品，能够全面深刻地反映琼生喜剧思想的特征和本质；最后也因为这四部喜剧均创作于17世纪初期，最能彰显詹姆士一世时代英国社会转型时期的各种社会力量之间的对话与协商。

既然是具体研究琼生喜剧中的怪诞，那么有必要对怪诞给予简单说明。"怪诞"起初是一个艺术领域的术语，最早出现于文艺复兴时期的意大利，原意很狭隘，是指一种装饰性画以及这种壁画的风格。15世纪末期在罗马发现的提图斯公共浴室的壁画被认为是怪诞艺术的主要来源。因为这些画最初是在地下洞穴（grotto）中所发现，所以意大利语将这种装饰性壁画称为"Lagrottesca"。该词同时也指代这种壁画的风格——将"植物、动物和人的形体的奇异、荒诞和自由的组合"（巴赫金 38）。

该词起初并不存在贬义，也没有一些现代主义怪诞中所强调的恐怖涵义。有趣的是，尽管文艺复兴艺术文化主要是建立在古典传统的基础和模式上，但是这种怪诞艺术风格很快成为欧洲文艺复兴时期的一种潮流，拉斐尔（Raphael）、米开朗琪罗（Michelangelo）、提香（Titian）、博鲁盖尔（Bruegel）、霍尔拜因（Holbein）等著名艺术家均创作了怪诞艺术作品，而莎士比亚和拉伯雷等文艺复兴文学家也将"怪诞"大量使用在文学创作之中。

最先对"怪诞"进行理论性论述的是瓦萨里（Giorgio Vasari），他根据罗马著名古典主义建筑师维特鲁威亚（Marcus Vitruvius）的判断对怪诞风格进行了否定性评价，从古典主义的立场谴责了怪诞风格。瓦萨里认为怪诞是"对'自然'形态和比例的粗暴破坏"（巴赫金 39）。17、18世纪，古典主义标准占据欧洲文学艺术各领域的统治地位，违背和破坏古典原则的怪诞艺术风格受到批评和排斥，因此这一时期也缺乏对"怪诞"的系统研究；然而19世纪出现了大量关于"怪诞"的系统研究，这显然得力于浪漫主义对怪诞的复兴。让·保罗的《美学入门》和维克多·雨果的《〈克伦威尔〉序言》均是典型代表，但两者均以浪漫主义怪诞为对象，或者以浪漫主义怪诞的标准来看待文艺复兴时期的怪诞，因此对文艺复兴时期怪诞缺乏深刻的认识。

怪诞在不同时期有不同的特征，如浪漫主义怪诞较之文艺复兴怪诞明显体现了从广场转向室内、从客观转向主观、从光明转向黑暗、从嬉笑转向恐怖、从人民大众转向个人内心的趋势。因此，研究任何时期的怪诞都应结合其时代地域背景和历史语境。巴赫金认为德国学者亨利·施涅冈斯的《怪诞讽刺文学史》(1894)是一部研究怪诞文学的巨著。施涅冈斯对怪诞的理解是对“不应有的东西的夸张”(53)。巴赫金根据这点认为施涅冈斯的怪诞是纯否定性的怪诞，其本质是“通过对不应有的东西的这种极度的夸张，给予不应有的东西道德和社会的打击”(53)，认为施涅冈斯并没有认识到文艺复兴怪诞的本质，是一种极端的表现。

巴赫金从中世纪民间文化的源泉出发，系统详细地研究了文艺复兴时期以拉伯雷为代表的怪诞文学。他的狂欢化怪诞研究是20世纪最具代表性，也最有影响力的怪诞研究成果。巴赫金认为16世纪的怪诞是狂欢化的怪诞，其主要特点是全民广场性、包罗万象性和双重性。怪诞人体是一个开放的、跨界的、正在形成的、永未完成的人体；是一个物质肉体形象，是对传统观念和官方思想的挑战与颠覆，是全民富足的乌托邦理想。因此，狂欢化怪诞并不是施涅冈斯所认为的纯否定性的怪诞，而是通过否定来实现肯定的怪诞。

巴赫金和施涅冈斯的观点都对本·琼生怪诞研究有着明显的启发和指导意义。巴赫金提出文艺复兴“是对意识、世界观和文学的直接狂欢化”(317)，因此“狂欢节式的世界感受是文艺复兴时期文学的深层基础”(28)。本·琼生创作于英国文艺复兴晚期(17世纪初期)的城市喜剧自然离不开这种狂欢化思想的影响。但是巴赫金对16世纪怪诞的研究主要是以中世纪民间文化传统为基础，对古典传统论述并不多。事实上，古典文学中也有着非常明显的怪诞传统，这正是琼生怪诞城市喜剧的主要灵感来源之一。

再者，巴赫金主要研究的是16世纪的怪诞，并简单提出了17世纪及其之后怪诞的不同特征，认为狂欢式怪诞在17世纪及其之后开始走向讽刺性怪诞，而本·琼生的城市喜剧怪诞正是这种转变的典型体现。最后，巴赫金的狂欢化怪诞理论主要是站在人民的立场和边缘的立场研究怪诞对传统与权威的颠覆性，而鲜有涉及传统官方的态度与反应。事实上，任何历史的发展和权力的运作既不是上对下的绝对统治，也不是下对上的单一反抗，而是两者之间的对话与协商，本·琼生怪诞城市喜剧便对这种对话与协商有着精彩呈现。

因此，单纯用巴赫金的狂欢化理论来研究琼生的城市喜剧怪诞存在不足，而受到巴赫金批评的施涅冈斯的否定性怪诞理论一定程度上弥补了这种不足。琼生的怪诞在很大程度上是对“不应有的东西的极度的夸张”，“并给与其道德和社会的打击”(53)。当然，另一方面，琼生的怪诞依然深深扎根在文艺复兴时期狂欢化怪诞的土壤之中，其人民性、颠覆性、乌托邦性质的本质依然存在。罗兹在对伊丽莎白怪诞的研究中也明确指出英国伊丽莎白-詹姆士一世时期怪诞文学和巴赫金笔下拉伯雷怪诞的不同。他认为前者是产生于“讽刺，农神节和布道文”(Rhodes 7)相融合的背景之中，既有着道德讽刺性也有着农神节的欢庆性，是摇摆于“节庆性与劝诫性之间”(17)的双重性怪诞。

鉴于以上原因，本书主要根据巴赫金的狂欢化怪诞理论、施涅冈斯的讽刺怪诞理论以及罗兹关于伊丽莎白时代怪诞的理论，尝试对本·琼生的城市喜剧怪诞进行定位。首先从词义上说，本书的怪诞指一种文学创作风格，具体指琼生在城市喜剧中处理人物、语言和结构方面所采取的夸张、扭曲、降格、混杂、滑稽等非自然风格，也因此引申出怪诞人物和怪诞语言，甚至怪诞结构等概念。本书的怪诞具体指琼生城市喜剧中的人物特征，也直接指琼生喜剧中的怪诞人物，还指具有明显物质性和广场性的怪诞语言，以及不同于传统以因果关系为基础的喜剧结构，而强调对同一行动的重复并置的怪诞喜剧结构。

其次从理论上说，琼生式怪诞属于英国文艺复兴时期怪诞传统，有着明显的狂欢性。同时，琼生式怪诞一定程度上代表了17世纪英国怪诞文学的转型，有着新古典主义时期的道德讽刺性。值得指出的是，琼生式怪诞不同于中世纪骑士文学或伊丽莎白浪漫喜剧中的超自然怪诞，他的城市喜剧中没有神灵或者魔鬼等超自然因素出场，它也不同于19世纪之后浪漫主义文学或现代文学中的主观性、恐怖性怪诞。琼生式怪诞有着强烈的现实基础，是一种现实主义怪诞，是对17世纪初期英国城市社会的形象刻画，是对詹姆士一世时代形象的展现。

本书分为五章。第一章以本·琼生散文集《发现》(*Discoveries*)和多部戏剧的前言为文本基础，结合本·琼生的人生经历，详细分析琼生喜剧思想和怪诞思想的来源、本质及其特征。第一节具体梳理从亚里士多德、贺拉斯到德莱顿等人的古典主义喜剧传统，重点分析琼生对贺拉斯和西塞罗古典思想的积极借鉴，并进一步提炼琼生对古典戏剧传统的发展。贺拉斯“寓教于乐”的思想是琼生城市喜剧怪诞之道德讽刺性的主要来源。琼生重点介绍并翻译了贺拉斯的《诗艺》，并收录进1640年的作品集，可见他对贺拉斯的高度认可和推崇。然而，琼生较之贺拉斯更关注世俗人性，也因此对怪诞持有与贺拉斯不同的观点。贺拉斯极力反对并批评一切形式的怪诞，但琼生却将怪诞广泛应用在其戏剧创作中。这显然离不开一些狂欢化人文主义思想家对琼生的影响。因此本章接下来具体分析琼生的狂欢化人文主义思想，并结合琼生与法国人文主义者拉伯雷、荷兰人文主义者伊拉斯谟(Desiderius Erasmus)的密切关系分析琼生对狂欢化怪诞文学的肯定与推崇。本章最后总结分析琼生式怪诞的矛盾双重性：基于古典主义的怪诞讽刺和基于狂欢化人文主义的怪诞狂欢。简言之，琼生式怪诞反映了本·琼生古典主义思想和狂欢化人文主义思想的对立统一。

第二章具体分析《福尔蓬涅》中的双重性愚人怪诞。该剧中愚人怪诞的双重性主要体现为道德腐败和狂欢表演的对立。本章首先梳理评论界有关人物福尔蓬涅和莫斯卡的争议，在此基础上指出两人并非传统意义上的恶角，也不是一些评论者所认为的真正意义上的悲剧主角，而是有着矛盾性和对话性的双重怪诞人物形象。一方面，包括福尔蓬涅和莫斯卡在内的怪诞形象服务于琼生的古典主义思想，他们是17世纪初期资本主义城市中道德腐败的怪诞体现，作者塑造他们的目的在于道德讽刺，这是一种否定性的怪诞讽刺，是应该给予道德和社会的打击并予以纠正的行为。另一方面，以福尔蓬涅为代表的怪诞表演，以及福尔蓬涅畸形家仆们的表演，均具有边缘性特征和颠覆性含义。无论是福尔蓬涅自己的表演还是家仆们的表演，都直接或间接地反映了福尔蓬涅强烈的自我意识和对传统价值观念的挑战与颠覆，他是一个人文主义思想的代表。

第三章分析《安静的女人》中的性别怪诞。本·琼生在该剧中塑造了一批有着双重功能的女性怪诞形象。一方面，这些女性怪诞人物实现了对文艺复兴传统古典女性观念——沉默、居家、顺从——的颠覆，她们是一群能言善辩、桀骜不驯、追求身份的资本主义初期新型女性形象。她们不仅消解了男权思想代言人莫罗斯的男性霸权，她们的市场商品性也实现了对传统以土地为基础的封建农业霸权思想的颠覆；另一方面，本·琼生在该剧中也从广义上诠释了全体女性的被动怪诞化。无论是“怪诞”的女性，还是“正常”的女性，她们都是传统封建男权社会中的他者，都承受着主流意识形态对她们的怪诞化和妖魔化定位。从这种角度上说，女性怪诞是男权主流意识形态表达权力焦虑的替罪羊，或者说她们是城市和社会病态的隐喻性标志，也是剧作家进行社会道德讽刺的载体和工具。

第四章结合新历史主义理论从政治的角度分析《炼金术士》中的城市怪诞。本·琼生的矛盾性在其政治观念上也有明显反映，作为一名古典主义宫廷诗人，他支持詹姆士君主政治制度；但作为一名积极的人文主义者，他又肯定共和思想的积极作用和进步意义。在《炼金术士》中，社会边缘人物伪炼金术士们在伦敦郊区的自由贸易区创建了一个与伦敦城市相对立的临时共和国，隐含着对既存的伦敦城市秩序以及整个君主专制制度的颠覆(subvert)。他们的社会边缘性、颠覆性和滑稽性是狂欢化怪诞的典型代表。然而，他们的颠覆力量是乌托邦的，正如炼金术一样，随着烟雾消散，一切都烟消云散，重新被含纳(contain)入既定的社会秩序之中，回归他们原来的社会角色。可见，琼生有着打破传统的狂欢化人文主义思想的激情，也时刻谨记并遵守古典主义理性秩序至上的原则。

该剧一方面参与并促进了以古典主义为基础的主流意识形态的确立与流通，另一方面代表边缘地位的声音发言，挑战并试图颠覆主流意识形态。

第五章分析最后一部城市喜剧《巴斯洛缪集市》中的怪诞群像。四部城市喜剧中，该剧有着最浓厚的狂欢化精神，也有最明显的道德劝诫性质。因此，怪诞的道德劝诫性质和自由狂欢性之间的对立与矛盾也最强烈，有古典斯多葛思想与农神狂欢之间的对立与协商，也有清教心灵与怪诞肉体之间博弈。集市造访者们经常纠结于古典心灵与怪诞肉体之间的斗争与协商，他们从心理上试图以古典主义的理性、克制的思想规约自己的行为；然而他们又抵制不了市场——这个怪诞肉体的代表——的诱惑而深陷其中。

与他们相似，清教徒伯西也在清教心灵与怪诞肉体之间摇摆。他表面极力宣扬严谨的清教教义，强烈鄙视集市；然而他又摆脱不了集市中物质肉体因素的诱惑。伯西言行举止上的自相矛盾使他虚伪的本质暴露无遗。另一位典型的矛盾人物是亚当·奥弗多，他本是一个追求道德完美、苛求正义的斯多葛极端代表，却又时刻透露出基督徒式的道德宽容，并最终放弃对正义的追求，邀请大家去家里继续饮酒狂欢。最后，怪诞人体厄休拉身上也体现出深深的矛盾性，她既是狂欢化怪诞人体的典型代表，她的物质肉体性最终实现了对古典传统观念和道德秩序的颠覆；但她同时也是作者进行古典式道德批判的载体，是城市道德腐败和人性堕落的集中代表，是一个“罪恶的子宫和温床”（*Bart. Fair* 2. 2. 108）。

本·琼生在英国戏剧史上开创了城市喜剧的新型喜剧亚类，他通过塑造大量的怪诞人物形象，对17世纪初期英国转型时期的各种社会矛盾进行了深刻披露。他的怪诞城市喜剧代表英国喜剧从16世纪狂欢化喜剧向17世纪新古典主义喜剧的过渡和从浪漫主义宫廷喜剧向现实主义城市喜剧的过渡。他将古典崇高的艺术形式与世俗的喜剧题材相结合，将世俗的舞台剧提升到与诗歌同等的文学地位。而他的城市喜剧则代表着英国社会从以宫廷为中心的王朝统治社会向以城市为中心的资本主义社会的过渡，并展现了转型时期各种力量之间的互相较量、互相对话与协商。最后，他的怪诞城市喜剧深刻影响了后代作家，特别是亨利·菲尔丁①、狄更斯、艾略特等。

---

① 亨利·菲尔丁（Henry Fielding）是英国18世纪最杰出的小说家和剧作家之一，被一些学者称为“英国小说之父”，他对英国文学的最大贡献是他创作的现实主义小说。本·琼生的现实主义喜剧经由17世纪风俗喜剧代表威廉·康格里夫（William Congreve），对菲尔丁的现实主义小说和戏剧产生了深远影响。

第一章　本·琼生的矛盾喜剧思想

“和文艺复兴时期的其他剧作家相比，琼生的一大特点就是比较重视戏剧理论”(王佐良、何其莘 159)。德莱顿认为，英国“戏剧的智慧、语言和气质在本·琼生之前已经一定程度上存在，但是关于戏剧的艺术则是从他开始”(Dryden 49)。琼生虽然没有留下系统的理论专著，但他的喜剧思想却散见于多部戏剧的前言之中，而他在散文集《发现》中也较为清晰地表达了自己的喜剧观点。琼生不仅是一个戏剧理论的倡导者，更是一个大胆的实践者，城市喜剧便是其喜剧思想的最佳实践。因此准确把握琼生的喜剧思想有利于正确理解琼生城市喜剧中的怪诞艺术，是研究其城市喜剧怪诞的基础和前提。

本·琼生有明显的矛盾性格，他既坚持古典式的精神追求，又强调人文主义的现实关怀和世俗享乐。德莱姆顿曾在日记中记载，琼生“充满了激情又易怒……他时刻沉迷于狂想，他的狂想曾经一度控制了他的理性”(转引自 Bloom, *Volopne, or the Fox* 46)；而且他对政治、宗教和文学也持有矛盾态度。性格和政治宗教观念的矛盾是造成本·琼生矛盾性文学思想的重要原因。

琼生虽然被公认为一个主张理性和得体原则的古典主义者，但事实上他本人是一个有着强烈个性、嗜好喝酒、热爱幻想、热爱生活的人。他于 1603 年创建“美人鱼俱乐部”(The Mermaid Club)，“本的儿子们”经常追随他在酒馆聚会，特别是地狱酒吧的阿波罗屋(Apollo Room)。他们在酒精和智慧的激发下围绕文学和生活高谈阔论，酒馆的墙壁上醒目地悬挂着琼生的诗句：“真理在美酒中流淌”(转引自 Summers and Pebworth 17)。正如巴赫金所言“‘酒中的真理’是自由的、无畏的真理”(巴赫金 331)，琼生对流淌在美酒中的真理的追求正是他勇于追求自由狂欢思想的体现。

本·琼生的矛盾性在其政治观念上也体现明显。他一生亲历伊丽莎白、詹姆士一世和查理一世三代王朝的更替，现实迫使他必须有超强的适应能力才能在不同的政治背景下从事文学创作。年轻的本·琼生正处于伊丽莎白王朝末期，各种社会政治矛盾突出。财政的短缺、王位的继承、基督教不同教派之间①的矛

① 英国伊丽莎白-詹姆士一世时期，天主教、英国国教和清教之间的矛盾从未停止。

盾，以及英国与西班牙、荷兰等国的战争等，这一切都让伊丽莎白王朝处于内外交困之中。青年时代的本·琼生个性叛逆，富有战斗精神，所以唐纳森说："'战斗'一词能够很好地概括琼生的精神生活和创作观念"(Donaldson, *Ben Jonson: A Life* 84)。他于1591年参与了对抗荷兰的战斗，并"亲手杀死了一名敌人"(95)，这次战争的经历加强了琼生的斗争精神，并深刻影响了他之后的文学创作。

年轻气盛的本·琼生敢于向权威提出挑战，他对矛盾重重、危机四伏的伊丽莎白王朝提出了质疑和批评。戏剧家的身份本身就让琼生与宫廷权威的关系非常敏感，兴起并繁荣于16世纪的英国剧院与当局有着矛盾复杂的关系：一方面，剧场为社会反叛力量提供场所和媒介；另一方面，剧场也承担着传播主流政治观念的作用。琼生一生奔波于剧场与宫廷之间，多次因为所写剧本触怒当局而锒铛入狱。1597年他与纳什①合作的政治讽刺性戏剧《犬岛》(*The Isle of Dogs*)刚上演便因有叛逆嫌疑被禁，剧本被毁，纳什出逃，而"琼生则与其中两名演员被捕，关押在马歇尔希(Marshalsea)监狱"(113)。据威廉·燕卜荪(William Empson)的研究，"dog"一词常用来讽刺伊丽莎白厅廷朝臣的行为举止；唐纳森藉此推断，"《犬岛》很可能是对伊丽莎白宫廷的一面讽刺性镜子"(117)。琼生事后"却为自己此次反抗行动感到自豪"(114)。

16世纪末17世纪初，琼生一反莎士比亚浪漫喜剧传统，开始创作讽刺喜剧(comical satires)。创作这种喜剧体裁在当时也具有非法嫌疑，因为他不仅向戏剧竞争对手提出了挑战，更重要的是向"城市和教会权威提出了挑战"(153)。在1599年，作为书面体裁形式的讽刺(satires)由于其颠覆性而被宣布非法，大量的讽刺作品被烧毁。琼生将这种非法的书面体裁形式应用于舞台戏剧创作，虽然勉强规避了法律的制裁，却依然保持与当局的紧张关系。

即使在琼生大力支持并为之歌颂的詹姆士一世时代，琼生也时不时陷入与当局的矛盾之中。他于1605年与查普曼②(George Chapman)和马斯顿③

---

① 托马斯·纳什(Thomas Nashe, 1567—1601)是伊丽莎白时代最杰出的散文小册子作家，本·琼生同时代著名的诗人，戏剧家和讽刺家，他的怪诞讽刺文体深刻影响了包括本·琼生、莎士比亚在内的大批戏剧家。

② 乔治·查普曼(George Chapman, 1559—1634)，本·琼生同时代著名剧作家和诗人，古典主义学者，推崇古典主义斯多葛思想，曾与琼生合作剧本，他的古典主义思想间接影响了琼生的古典主义戏剧创作。

③ 约翰·马斯顿(John Maston, 1572—1634)，伊丽莎白和詹姆士一世时代的诗人和剧作家，本·琼生的戏剧创作合作者，也是竞争对手，曾与琼生多次在各自剧中讽刺对方，是剧场之争中琼生的主要对手之一。

(John Marston)合力创作的喜剧《驶向东边》(*Eastward Ho!*)对詹姆士宫廷中有苏格兰血统的朝臣进行了讽刺，同时也对该时期的骑士买卖制度进行了批评。而詹姆士一世不仅有苏格兰血统，而且也是骑士买卖制度的始作俑者。该剧因此被禁演，包括琼生在内的三位剧作家被捕入狱。琼生后来虽经赞助人相助重获自由，却又因为"火药阴谋"①与妻子一同被传唤至枢密院(the Privy Council)接受审讯。

由此可见本·琼生的反叛精神和斗争精神。他不畏强权，既对都铎王朝末期极尽讽刺之能事，也对自己公开表示赞赏的斯图亚特新王朝展开批评。无论是《犬岛》，还是《驶向东边》，甚至悲剧《西姜努斯》(*Sejanus*)②都明显表达了琼生反对专制腐朽的宫廷政治，渴望民主自由的政治环境。

然而矛盾的是，琼生虽然是一个有着极强反叛精神和斗争精神的讽刺家，他更是一个维护君主秩序，主张稳定、理性的古典主义文学家。身为一名砖瓦匠的儿子，琼生代表的是工薪阶层的立场，时刻想要反对权威、争取权利；而身为一名宫廷剧作家，甚至作为一名审查戏剧的官员③，他又总是站在官方的立场，维护宫廷的权威和利益。特别是自詹姆士一世登基以后，琼生创作了大量的宫廷假面剧为新王朝歌功颂德，并积极传播新王朝的政治观点和理念。琼生深得詹姆士一世赏识，并成为英国第一位接受宫廷俸禄的桂冠诗人④。唐纳森认为，

> 自从詹姆士一世上台以后，琼生从一个宫廷批判者变身为新国王的辩护者，而将讽刺的矛头指向了社会风俗和人民大众；开始赞美歌颂壮丽的詹姆士王宫，也痛斥詹姆士一世时代可疑的社会观念(224)。

---

① "火药阴谋"(The Gunpowder Plot)指发生在1605年英国的一次不成功的政变。伊丽莎白女王逝世之后，苏格兰国王詹姆士四世继承英国王位，成为詹姆士一世。1605年，一群英格兰天主教极端分子图谋炸掉英国国会大厦，并杀死正在参加国会开幕典礼的詹姆士一世一家以及一批苏格兰新教贵族，行动以失败告终。

② 有研究者证明，琼生1605年被传唤至枢密院受审，不仅仅因为"火药阴谋"的嫌疑，同时也因为他的悲剧《西姜努斯》有谋逆的嫌疑，因此被传唤至枢密院做出解释和回应。参考 Ian Donaldson, Ben Jonson: A Life (Oxford: Oxford UP, 2012) 222~223。

③ 本·琼生曾在詹姆士一世宫廷担任娱乐审查官一职(Master of Revels)，负责监督和审查宫廷节日庆典活动的开展，也负责舞台戏剧的监督和审查。

④ 本·琼生是英国第一位享受宫廷俸禄的桂冠诗人，但他没有获得宫廷正式册封。英国历史上第一位正式获得册封的桂冠诗人是德莱顿。

也就是说，琼生在詹姆士一世时代并没有放弃讽刺的初衷，而是矛头从政府转向了整个社会和人民大众。这说明琼生的思想更加宽阔，他将目标瞄准了更加深刻的人性和整个社会，而非片面地批判政府。这客观上缓和了琼生和宫廷的关系；新王朝也给这位热切关注政治和社会的文学家带来了希望和信心。因此，他也不遗余力拥护新王朝的政策，通过假面剧传播新王朝的思想，以维护社会稳定为己任，站在主流意识形态的立场开始对社会风尚进行犀利的观察和审视。再者，詹姆士一世对古典主义思想的肯定和推崇也促进了本·琼生对新王朝的拥护与赞美。

琼生在宫廷假面剧上的辉煌成就最能体现他与宫廷当局的密切联系，他和琼斯(Inigo Jones)①合作的《黑暗的假面剧》(*The Masque of Blackness*)，以及之后独自创作的《美丽的假面剧》(*The Masque of Beauty*)均大力赞美了詹姆士一世的政治理念和斯图亚特王朝的伟大理想。此外，1603 年，在詹姆士一世进入伦敦正式接管英格兰政权之前，本·琼生受命编导了一出持续三天的盛大庆典，以欢迎来到伦敦的安娜皇后和亨利王子。随后，受瘟疫影响的詹姆士一世本人于次年进入伦敦，琼生编导了一出更加壮观的庆典活动，以欢迎这位新国王。琼生向走近威斯敏斯特的詹姆士一世致敬并称他为“西方世界的荣耀”(the glory of the west)(196)。

本·琼生为新国王和新王朝的歌功颂德有他为自身地位考虑的原因。他是一名宫廷诗人，拿着宫廷俸禄，因此传播宫廷政治观念，树立宫廷权威自然是他不可推脱的责任。但是他对新王朝和新国王的赞美和期望也大体发自内心，这在他的散文集《发现》中有直接表达。总之，本·琼生的思想是矛盾的，他有矛盾的个性，既崇尚自由，又渴望稳定；既拥护君主专制，又向往民主共和；既拥护古典传统，又力求创新进步。

本·琼生对待宫廷、政治和宗教都是矛盾的，而他矛盾的个性和政治态度都深刻影响了他的文学思想。在戏剧创作上，琼生也同样秉承着这种矛盾态度和自我对话精神。他绝不是一个一成不变的古典主义卫道士，也不是一个不顾传统、只求自由的无政府主义者。琼生文学思想的矛盾性主要体现在以下两个方面：主张理性秩序的古典主义思想和崇尚自由的狂欢化人文主义思想。这种

① Inigo Jones(1573—1652)，本·琼生同时代著名的古典主义建筑师，也是早期现代英国第一位杰出的建筑师。他最先将维特鲁威亚的比例与和谐观念应用在建筑中，设计了大量重要的宫廷建筑，如白厅。更重要的是，他与本·琼生合作了大量宫廷假面剧，为早期现代英国的古典主义戏剧做出了很大贡献。

矛盾的思想决定了琼生城市喜剧怪诞的矛盾性和双重性，使之既充当着古典主义道德讽刺的载体，又承载着对既有统治秩序的狂欢化颠覆重任。

第一节　本·琼生的古典主义思想

马里安(John Mulryan)认为，“忽视本·琼生的古典主义思想就如同忽视麦尔维尔(Herman Melville)对大海的热情一样不妥”(Mulryan 163)。本·琼生虽然并非总是严格遵从古典主义原则，但他肯定是伊丽莎白—詹姆士一世时代最遵守古典主义原则的文学家。与莎士比亚和马洛不同，他从小便接受了正规系统的古典主义教育，这为他日后的文学创作打下了根深蒂固的古典主义基础。

本·琼生是不幸的，他于1527年6月11日生于伦敦附近，“生父在玛丽时代由于宗教信仰问题被没收了全部财产，并遭致牢狱之灾，获释后成为天主教牧师”(*CWBJ* Vol 1 lxxxxvii)，靠着微薄的薪水艰难养家。然而这样一位不幸的父亲也在琼生出生前便去世了。几年后，母亲带着年幼的本·琼生改嫁给伦敦一位砖瓦匠人罗伯特·布雷特(Robert Brett)。然而，琼生又是幸运的，在他七岁的时候，由于天资聪颖，获得一位无名人士资助，进入威斯敏斯特文法学校(Westminster School)接受正规严格的古典主义教育。

对于家境贫寒的本·琼生来说，这无疑是一次难得的机会。一方面，琼生在此受到著名古典主义学者和历史学家威廉·卡姆顿(William Camden)的悉心教导，接受严格的古典主义训练，并在卡姆顿鼓励下，努力将古希腊拉丁诗歌和散文转化为英语形式。另一方面，威斯敏斯特学校学生生源复杂，不仅有来自贵族家庭的，也有来自乡绅、律师、牧师、商人和艺术家家庭的。“学生的成绩并不是由家族和财富来决定，而是按照学习的成就来决定”(Donaldson, *Ben Jonson: A Life* 71)。这为出生卑微的本·琼生提供了依靠自身智慧和勤奋赢取社会地位的机会，也无形中养成了琼生骨子里不畏强权、敢于向传统社会等级制度挑战的勇气和决心。威斯敏斯特学校规定了广泛的学习课程和非常严格的作息时间，

> 低年级孩子主要接受语法训练，而高年级孩子集中学习修辞规则。他们第一阶段学习由西班牙人文主义者比维斯(Juan Luis Vives)准备的拉丁练习册、公元前三世纪作家加图(Dionysius Cato)的对句和伊拉斯谟(Erasmus)的作品……进入第二、三阶段，学生们开始读泰伦斯(Terence)的喜剧、伊拉斯谟的《对话集》(*Colloquies*)、拉丁版本的《伊索寓言》，最

> 后读萨卢斯特(Sallust)的作品和西塞罗的书信。下午老师会给学生读伊拉斯谟的《格言集》(*Apothegms*)。第四阶段学生们主要学习奥维德(Ovid)的《忧郁集》(*Tristia*)、西塞罗的《论职责》(*De Officiis*)、泰伦斯和萨卢斯特的其它作品……这一阶段他们也开始学习希腊语法……第五阶段他们开始研究拉丁历史学家贾斯汀(Justin)和奥维德的《变形记》(*Metamorphoses*)、西塞罗的《论友谊》(*De Amicitia*),并阅读贺拉斯、卢坎(Lucan)和塞内加(Seneca)的悲剧。第六阶段和第七阶段他们读凯撒、李维、维吉尔、德摩斯梯尼、荷马等。(Donaldson, *Ben Jonson*: *A Life* 75)

本·琼生学习非常勤奋、成绩优异。而且他还在学校收获了友谊,他的同学很多后来成为了著名的诗人、学者、律师、政治家和贵族等,这成为琼生日后赢取社会地位的丰富资源;同时他也学会了竞争的技巧,敢于向对手挑战,向传统挑战,这为他日后取得独特的文学成就打下了基础。最重要的是,琼生非常熟练地掌握了学校的课程内容,无论是西塞罗、奥维德、塞内加还是贺拉斯和伊拉斯谟,都深刻影响了琼生的文学,成为他日后创作的源泉。其中对他影响最为深远的莫过于贺拉斯。

一、本·琼生对贺拉斯的创造性模仿

贺拉斯是古罗马奥古斯都时期著名诗人,他的《诗艺》在欧洲古代文艺学中占据着承上启下的重要作用,它上承亚里士多德的《诗学》,下启文艺复兴时期的文艺理论,对文艺复兴时期至18世纪新古典主义时期的文学创作产生了深远影响。贺拉斯特别尊重传统的重要性,他认为一切创作都应合乎情理,强调判断在创作中的作用,提倡"寓教于乐"的戏剧原则。他强调内容的重要性,但也注重形式的完美。17世纪及其之后,这些观点深得新古典主义派的肯定和推崇,贺拉斯的《诗艺》也因此成为新古典主义派的最重要理论来源。

本·琼生被称为"英国的贺拉斯"(Donaldson, *Ben Jonson*: *A Life* 18)。他对贺拉斯推崇备至,一生熟读贺拉斯的作品,追随他的思想并模仿他的创作。凯瑟琳·茅斯认为,"本·琼生整个创作生涯的三分之二均是作为贺拉斯式的道德讽刺家"(17)。琼生不仅模仿贺拉斯的诗歌①,还直接翻译他的作品,其中

① 根据维多利亚·莫尔的研究,本·琼生的很多诗歌和戏剧都是对贺拉斯作品的模仿,他在创作时保持着与贺拉斯的互文与对话。如琼生的《草木集》第77首(Und. 77)便是对贺拉斯第四《颂诗集》第八首的模仿;他的《游吟诗人》是对贺拉斯《讽刺集》(Satires)的模仿。详情参考Victoria Moul, Jonson, Horace and the Classic Tradition (Cambridge: Cambridge UP, 2010) 17, 140。

最著名的莫过于将贺拉斯的《诗艺》翻译成英文，并收录进自己的作品集。同时，本·琼生在讽刺喜剧《游吟诗人》(*Poetaster*)中以贺拉斯的形象喻指自己，对马斯顿(John Marston)和德克(Thomas Dekker)发起了英国戏剧史上有名的剧场之争①。

本·琼生古典主义戏剧理论的重要来源是贺拉斯的《诗艺》。琼生虽然没有专门创作文学理论著作，但他对贺拉斯古典主义思想的借鉴和发展却非常明显地体现在多部戏剧的前言和散文集《发现》中。《发现》是琼生唯一一部散文作品，与翻译作品《诗艺》一同收录进1640年的作品集。在英语评论界，本·琼生的喜剧和诗歌人尽皆知，但这部散文集却鲜为人知。《发现》是本·琼生诗学理念、道德观念和政治思想的集中体现。斯温伯恩(Swinburne)认为，"《发现》虽然是一部鲜为人知的作品，却值得最高赞赏"(17)。他甚至将该作品列于培根的《散文集》之上，认为"它有着更高的关于真理的洞察力，更广泛的视野，更富活力的表现力和更简明的雄辩性"(17)。

《发现》创作于琼生晚年，没能在他生前出版，而是被委托给文学执行人笛比(Sir Kenelm Digby)②。1637年琼生去世后，笛比开始整理琼生的作品，他按照琼生的委托，试图将《1616年对开本》(1616 *Folio*)之后的作品整理成新的对开本于1640年出版。据史料记载，笛比开始并没有将《发现》收录进1640年版本，直到第二年才匆忙将它与《英语语法》(*English Grammar*)和琼生所译贺拉斯的《诗艺》一同收录进第三卷第三部分。创作的随意、出版的仓促、结构的松散、加上大量拉丁语造成的晦涩难懂，使得这部作品出版后并未得到足够的重视。直到1892年谢林(Felix E. Schelling)将其重新整理出版，这部险被埋没的作品才重见天日，并逐渐成为20世纪重要的琼生研究资料。

散文集的书名《发现》③(*Explorata*, *or Discoveries*)如同本·琼生的座右铭"tanquam explorator"均来自于塞内加《致鲁基里乌斯的道德信函》(*Ad Lucilium*

① 剧场之争(War of the Theaters)指发生在伊丽莎白晚期(1599—1602)的一场剧作家之间关于文学地位和剧作家权威的争论。争论的一方主要是本·琼生，另一方是马斯顿和德克。双方纷纷通过各自剧本中的人物角色来讽刺和批评对手，本·琼生创作出《人人扫兴》(Everyman Out of His Humor)和《游吟诗人》(Poetaster)对马斯顿和德克进行了讽刺。该争论既是剧作家之间的文学争论，也代表了该时期不同剧场之间的利益之争。

② 笛比(Sir Kenelm Digby, 1603—1665)，詹姆士一世时期宫廷朝臣、外交家和自然哲学家，曾担任本·琼生晚年的文学执行人。

③ 《剑桥琼生文集》中《发现》的书名为Explorata, or Discoveries，而沃克(Ralph S. Walker)版本的《发现》书名为Timber, or Discoveries。两者指同一部作品。

Epistulae Morales)："我要跨越敌人的营地——不是作为一个逃兵而是作为一个侦察兵"①。文如其名，该作品是琼生对古典思想——特别是贺拉斯的古典思想——大量吸收的成果。作者就像一个塞内加式的侦察兵，深入古典主义的广阔领域，择其精华为己所用，并逐渐形成自己独特的古典主义文学观。

讨论贺拉斯和本·琼生的喜剧思想之前，有必要整体梳理一下古希腊对喜剧思想的记载历史。古希腊关于喜剧理论的介绍始于亚里士多德的《诗学》。在第二章结尾论及喜剧与悲剧的区别时，亚里士多德提出，"喜剧总是模仿比我们今天的人坏的人，悲剧总是模仿比我们今天的人好的人"(亚里士多德、贺拉斯，《诗学·诗艺》8~9)。随后他在第五章中进一步解释，"喜剧是对于比较坏的人的模仿，然而，'坏'并不是指一切恶而言，而是指丑而言，其中一种是滑稽。滑稽的事物是由于某种错误或丑陋，不致引起痛苦或伤害，现成的例子如滑稽面具，它又丑又怪，但不使人感到痛苦"(16)。可见亚里士多德对喜剧的论述并没有像对悲剧那样强调道德性，而是用审美标准取代了他在悲剧研究中的道德标准，将"坏"与"恶"相区别，将其置于"丑"的对立面，而非"好"的对立面。遗憾的是，亚里士多德并没能给后人留下完整清晰的关于喜剧的论述。

关于喜剧的比较全面完整的最早阐释是佚名作《喜剧论纲》(Tractatus Coislianus)，原名为《夸斯里尼阿弩斯短篇》，评论界普遍认为该作出自一个亚里士多德派之手，是10世纪的一个手抄本，19世纪才被复印得以面世。作者按照亚里士多德《诗学》中的悲剧定义为喜剧下了一个类似的定义：

> 喜剧是对于一个可笑的、有缺点的、有相当长度的行动的模仿，(用美化的语言，)各种(美化)分别见于(剧的各)部分；借人物的动作(来直接表达)，而不采取叙述(来传达)；借引起快感与笑来宣泄这些情感。喜剧来自笑。(余秋雨 19)

这一定义虽然有刻意模仿亚里士多德的嫌疑，但也基本令人信服，被公认是最早关于喜剧的完整论述。戈尔登(Leon Golden)在其专著《亚里士多德论悲喜剧模仿观》(*Aristotle on Tragic and Comic Mimesis*)中对亚里士多德喜剧思想进行论

① 英文表达为：I am wont to cross over even into the enemy's camp—not as a deserter, but as a scout. 这里的"scout"相当于"explorer"，"discoverer"的意思。参看 Seneca, Ad Lucilium Epistulae Morales, ed. and trans., Richard M. Gummere (London and New York, 1917) I, 8~9。

述的基础便是该著作，他认为《喜剧论纲》基本反映了亚里士多德的喜剧思想。弗莱在《批评的剖析》中论及喜剧时也曾多次引用《喜剧论纲》中的观点，并直接借用了其中关于喜剧人物的分类。我国的余秋雨先生在《戏剧理论史稿》中设专章讨论《喜剧论纲》，并肯定了它在喜剧理论史上的贡献。柏格森在《笑》(*Laughter*，1900)中关于滑稽喜剧之笑的研究继承了《喜剧论纲》中的相关观点。这些充分说明《喜剧论纲》在西方喜剧发展史上的重要性和可信性。该作关于喜剧定义最大的特点是肯定了喜剧笑的功能，比较切实地研究了喜剧中怎样引起笑这个关键问题，也对喜剧人物进行了分类研究。喜剧笑的本质的提出为文艺复兴时期怪诞喜剧(包括本·琼生的怪诞城市喜剧)提供了初步的理论基础。然而遗憾的是，与亚里士多德一样，《喜剧论纲》中的喜剧定义也并没有明显强调喜剧的道德性。

首先明显提出喜剧道德教育作用的是贺拉斯。贺拉斯特别强调诗歌的道德教育作用，他认为，“诗人的愿望应该是给人以益处和乐趣，他写的东西应该给人以快感，同时对生活有帮助”(亚里士多德、贺拉斯，《诗学·诗艺》155)。“给人益处”和“对生活有帮助”均强调诗的教育作用，特别是道德教育作用，而这里的诗自然也包括喜剧。贺拉斯的观点大胆打破了古希腊罗马诗学理论中“美德”与“快乐”不相容的传统。大多数古罗马道德家认为这两者是完全对立的。塞内加便认为，“美德是高尚、崇高、战无不胜、取之不尽的；而快乐则是卑微、低贱、脆弱和稍纵即逝的”(转引自 Maus 53)。贺拉斯却试图将“美德”与“快乐”结合起来，提出“快乐-教育协调原则”(Hedonistic-pedagogic compromise)。这是贺拉斯诗学思想的关键因素之一，它为文艺复兴时期的喜剧创作和喜剧发展提供了典范和方向。

文艺复兴时期著名诗人和理论家菲利普·锡德尼(Philip Sidney)便深受贺拉斯“寓教于乐”思想的影响，他在《诗辩》(*The Defense of Poesy*)中为喜剧下了一个定义。他认为，“喜剧是模仿生活中的平常错误的：它表现这种错误中最可笑、最可气的，以至使任何见到它的人不可能甘愿做这样一个人”(36)。这一定义被公认为文艺复兴时期最重要也最典型的喜剧观点。锡德尼在亚里士多德模仿论的基础上，进一步强调了贺拉斯的道德教育作用，他的喜剧观点代表了文艺复兴时期强调喜剧道德作用的普遍观点，这既是古典道德传统的影响，也是本土基督教道德传统的必然要求。深通古典、熟悉时代精神又身为基督徒的本·琼生对喜剧的道德性自然也推崇备至。

本·琼生毫无保留地继承并发展了贺拉斯的“寓教于乐”思想，他在自己的戏剧前言中多次提及这一理论。琼生在《福尔蓬涅》的前言中提出，“所有诗歌的一个共同目的是寓教于乐"(*To mix profit with your pleasure*)(*Vol.* Pro 7~8)①。而他在《安静的女人》的前言中同样提出,"一切戏剧的目的均是为了教益与娱乐"(To profit and delight, *Epicene* Another Pro. 1~2)。随后他又在《炼金术士》的前言中提出,"这支笔从来都不在于引起悲伤,而在于完善人类"(*Alch. Pro.* 11~12)。甚至在假面剧中,琼生也强调"重在愉悦,但也不能忽视教育"(*Love's Tr.* 6~7)。

同时,琼生在《发现》中提出诗歌能够"为人类提供更好的幸福生活的规则和模式"(*Disc.* 2386~2387)。也就是说,诗歌可以教给人们一种更加幸福的生活规则和模式。他在比较绘画与诗歌时指出,"诗歌与绘画具有相似的本质,均是关于模仿的艺术,正如普鲁塔克②所说,诗是一副能言说的画,画是一首沉默的诗"(1074~1075)。接着他指出了诗歌与绘画两者都是以"愉悦与教益"(1115)为目的。与锡德尼一样,琼生也深受亚里士多德"模仿论"的影响,但他更注重贺拉斯的喜剧道德教育作用,认为"喜剧的目的不仅仅只是引人发笑"(1866),而是同悲剧具有同样的目的,"既带来愉悦也与人教益"(1864)。由此可见本·琼生对喜剧道德教育作用的高度重视。

本·琼生如此反复地强调喜剧"寓教于乐"的功能,足见贺拉斯的思想对他影响之深远,也说明"教育"与"快乐"是他喜剧思想的核心因素。琼生在一生的创作中也一直努力恪守这一原则。"教益"与"快乐"既反映了琼生对深刻的道德内容和欢乐的喜剧形式的结合,也反映了琼生对严肃的官方思想与诙谐的民间思想的融合,更反映了他对理性、秩序与自由、颠覆的悖论性追求;这一切均预示了他城市喜剧怪诞的双重性和矛盾性。

本·琼生虽然极力推崇并模仿贺拉斯的古典主义思想,但他绝不是被动吸收,而是积极加以改造,勇于创新。就"寓教于乐"这一点来说,琼生对贺拉斯的否定体现得非常明显。他对贺拉斯的《诗艺》做了详细深刻的研究,吸取其精华,却也提出了许多不同的甚至截然相反的观点,这主要体现在以下方向。

首先,在对待怪诞问题上,本·琼生采取了与贺拉斯不同的观点。贺拉斯在《诗艺》的开篇说,

---

① 本书所引琼生作品均出自 2012 版《剑桥琼生文集》(*The Cambridge Edition of the Works of Ben Jonson*),引文均为本文作者所译,以下不另行备注。

② 普鲁塔克(Plutarch, 36—120)是古希腊著名历史学家、传记作家、散文家。著有《希腊罗马名人传》和《道德小品》。

> 如果画家作了这样一幅画像：上面是个美女的头，长在马身上，四肢是由各种动物的肢体拼凑起来的，四肢上又覆盖着各色羽毛，下面长着一条又黑又丑的鱼尾巴，朋友们，如果你们有缘看见这幅图画，能不捧腹大笑么？皮索啊，请你们相信我，有的书就像这幅画，书中的形象就如病人的梦魇，是胡乱构成的，头和脚可以属于不同的族类。（但是，你们也许会说：）"画家和诗人一向都有大胆创造的权利。"不错，我知道，我们诗人要求有这种权利，同时也给予别人这种权利，但是不能因此就允许把野性的和驯服的结合起来，把蟒蛇和飞鸟，羔羊和猛虎，交配在一起。（亚里士多德、贺拉斯，《诗学·诗艺》137）

显然，贺拉斯极力反对怪诞。他虽然承认诗人有创造的权利，却认为创造必须合乎传统、讲究规则，这体现了贺拉斯总体上在保守中求创新的立场。相比较而言，本·琼生比贺拉斯更具有创新开拓精神，对怪诞也并非如此坚决反对。他在《发现》中提及诗歌与画的相似性时，认为"两者均发明、仿造、设计出许多事物"（*Disc.* 1074），这表明了琼生对独创性的高度重视。随后，琼生重点探讨了西方绘画的发展，分析了以"匀称"和"理性"为标准的古典画，并引用了贺拉斯对怪诞画的批评，

> 维特鲁威亚①认为这些嵌合（chimaeras）的画作，庸俗不得体，可以称之为怪诞（grotesque）。这些喜好模仿自然的人[怪诞画家]创造了违背自然的怪物，他们也因此遭到贺拉斯的嘲笑。（1115~1118）

此处，本·琼生虽然提及了贺拉斯在《诗艺》开篇对怪诞的嘲笑与批评，但他并没有明确表明自己对怪诞画的立场，既没有支持维特鲁威亚或者贺拉斯的观点，也没有表示反对。但是随后，他在该段结尾的时候极力赞赏了文艺复兴时期一批意大利怪诞画家，分别有"拉斐尔（Raphael），米开朗琪罗（Michelangelo），提香（Titian），科雷吉欧（Correggio）"（1125~1127）等。众所周知，拉斐尔是文艺复兴时期古代怪诞画复兴的主要代表人物，而米开朗琪罗的杰作《最后的审判》中也含有大量的怪诞因素。本·琼生对这些画家的赞许

① 维特鲁威亚（Marcus Vitruvius Pollio）是古罗马建筑师，古典艺术的典型代表。著有《建筑十书》，强调建筑美观，主张在建筑中使用最美的比例——人体比例。达芬奇根据他的理论画了著名的《建筑人体比例图》，也称为维特鲁威亚人。

说明他对他们作品中怪诞因素的肯定和赞许。由此我们可以隐约察出琼生在对待怪诞的问题上并不完全持有贺拉斯式的反对与嘲讽态度，事实上，他在喜剧创作中大量使用怪诞因素。总之，在讨论绘画与诗歌的问题上，本·琼生既强烈支持贺拉斯的“寓教于乐”思想，但与贺拉斯不同的是，他借助对怪诞画家的赞赏，隐约透露了对怪诞文学的肯定。

琼生对怪诞文学的肯定在论述“诗歌艺术”(the art of poetry)时表达更加明朗，这也进一步体现了琼生对贺拉斯古典主义思想的否定与背离。贺拉斯强调“戏剧不能随意虚构”(亚里士多德、贺拉斯，《诗学·诗艺》155)，而本·琼生则认为，“一个人之所以称为诗人，不仅仅因为他写下了旋律，而更因为他仿造(feign)或虚构了一个接近事实的寓言(fable)。因为寓言或者虚构是任何诗作的形式和灵魂”(*Disc.* 1668~1671)。琼生在此处对诗的虚构性的强调可以追溯到亚里士多德，后者在《诗学》第九章中提出，“诗人的职责不是描述已经发生的事，而在于描述可能发生的事，即按照可然律和必然率可能发生的事”(亚里士多德、贺拉斯，《诗学·诗艺》28)。随后他又进一步补充说，“如果诗人写的是不可能发生的事，他固然犯了错误，但如果他这样写，达到了艺术的目的，能使一部分诗或另一部分诗更加惊人，那么这个错误是有理由可以辩护的”(93)。可见，亚里士多德并不像贺拉斯那样坚决反对诗的虚构性。

而本·琼生的英国前辈锡德尼也做过类似的论述，他认为，“模仿不是借搬过去、现在或者将来实际存在的东西，而是在渊博见识的控制之下进入那神明的思考，思考那可然的和当然的事物”(锡德尼 13)。本·琼生在亚里士多德“可然律”和锡德尼“可然的事”的基础上，提出了诗的“寓言性”(fable)和“虚构性”(fiction)，并将其视为诗的形式与灵魂，认为诗人不应该对自然进行机械模仿，而是凭着诗人的灵感或者狂想大胆进行虚构创造。他在《安静的女人》第二篇前言中直白地说，“诗人永远不会凭借写出真实而获得名誉，而是凭借仿造一些很像真实的事情来获得名誉”(*Epicene* Another Pro. 9~10)。本·琼生的“寓言”喜剧思想是其怪诞城市喜剧的理论基础，他在贺拉斯“寓教于乐”的古典思想基础上，强调了喜剧的虚构性，通过夸张、降格、幻想等形式虚构和刻画人物，成就了其独特的怪诞城市喜剧。

“诗歌艺术”部分是《发现》中谈论诗歌与戏剧篇幅最大的一部分，也是琼生观点最明确的部分，其中特别重要的一方面便是强调了诗人灵感和狂想的重要性。在该部分，琼生举出了大量古典思想家关于赞同诗人的灵感和狂想的例子：以理性闻名的斯多葛代表塞内加在理解诗人的狂喜时也不得不承认，“时而疯狂是一件愉快的事”(1714~1715)；理想主义者柏拉图则指出，“自我的主宰者永远无法敲开诗歌的大门”(1716)；亚里士多德相信，“每一位伟大的天才都离不开疯狂的因素”(1717~1718)；而奥维德则更夸张的说，“在我们‘诗人’心中住着一位神，他一激发，我们便热情洋溢：‘诗人的’灵感来自于天堂”(1723~1724)；另外，荷兰新斯多葛派利普修斯(Justus Lipsius)也认为，“没有丰富神圣灵感的诗人不可能成为伟大的诗人”(1725~1726)。这些例子充分说明本·琼生并非墨守成规，一成不变地恪守着古典主义原则。他确实注重古典思想和古典形式，但是在对形式(艺术)的讨论之前，他先引经据典地表达了自己对诗人的狂想性、虚构性、原创性的肯定与支持，这充分说明了琼生本质上是一个崇尚自由和狂欢的理想主义者。

其次，本·琼生在对待希腊旧喜剧①和罗马新喜剧②的问题上，也与贺拉斯意见相左。贺拉斯对阿里斯托芬一直持有讽刺和批评的态度，根据丹尼尔·海因修斯③的研究，贺拉斯批评了阿里斯托芬旧喜剧中的狂欢化逆转主题、闹剧性和文字游戏等特征，并以类似理由否定了普劳图斯(Plautus)的喜剧却推崇了泰伦斯(Terence)的喜剧。同时贺拉斯在《诗艺》中对普劳图斯的新喜剧提出了明确批评，认为其内容并不尖锐，只知一味粗鄙，形式也不合规矩。他用

---

① 旧喜剧，有时也称为阿里斯托芬喜剧，指创作于公元前五世纪雅典的喜剧。它们的情节往往荒诞离奇，往往以人物庆祝节日为结局。这类喜剧擅长于对当代社会的杰出人物的愚弄，神话与神学受到最大限度地排斥，人物常常带着怪诞的面具。阿里斯托芬的《云》是这类喜剧的杰出代表。

② 新喜剧指是指公元前320年到公元前3世纪中叶的希腊喜剧，主要以米兰达(Menander)，普劳图斯(Plautus)和泰伦斯(Terence)为代表。相对于旧喜剧，新喜剧不再嘲弄社会公众人物，而是温和地讽刺当代雅典社会，也没有了超自然人物和英雄语调，因此歌队的作用也弱化。普劳图斯和泰伦斯被公认为罗马新喜剧的代表，两人的喜剧对文艺复兴喜剧的影响相当于塞内加对该时期悲剧的影响。普劳图斯的喜剧语言粗糙，甚至低俗，主要“依赖大量的夸张，滑稽表演甚至低俗的幽默，迅速的动作，有着明显的逆转主题，如主人听命于奴隶，父亲受到儿子蒙骗”。参考 http：//www.britannica.com/EBchecked/topic/464334/Plautus。泰伦斯的喜剧以语言纯正为特点，“其语言被认为是纯正拉丁语的典范。泰伦斯喜剧的另一个特点是注重现实主义和社会讽刺，尽量避免一些非现实主义因素，如演员直接对着观众言说。因此他的喜剧也被认为是现代风俗喜剧的基础。”参看 http：//www.britannica.com/EBchecked/topic/587857/Terence。由此可见，普劳图斯的喜剧更接近于阿里斯托芬旧喜剧，两者均有着狂欢化因素，如逆转主题，鄙俗的语言等。而相比较而言，泰伦斯的喜剧更加正统，主要以社会讽刺为主，语言相对纯正。

③ 丹尼尔·海因修斯(Daniel Heinsius，1580—1655)，荷兰人文主义者，用拉丁语编辑了亚里士多德的《诗学》和贺拉斯的《诗艺》。本·琼生在《发现》中对贺拉斯等古典思想家的研究文本主要是海因修斯编辑整理的相关著作。

讽刺的口吻问道，“我们的祖先不是赞美过普劳图斯的诗格和锋利的才华么？我们即使不能说他们赞美普劳图斯这两点是太愚蠢了，至少是过分宽大了些”（亚里士多德、贺拉斯，《诗学·诗艺》151）。显然，对于这三位喜剧家，贺拉斯的态度是肯定纯正正统的泰伦斯，而否定狂欢的阿里斯托芬和普劳图斯。

本·琼生在赞美了贺拉斯对大多数古典诗人的评价之后，却认为他对普劳图斯的评价太过苛刻，他说：

> 在那个时代（普劳图斯的家仆比当今那些指导着家庭教育的人更能正确评价普劳图斯）没人希望忘记这些充满智慧、聪明绝顶的诗人。但是贺拉斯也不应无视对自己时代的判断。比起对广大民众的了解，他更熟悉帝王将相的一切……他是如此推崇泰伦斯的喜剧，甚至将整个拉丁喜剧的艺术归功于他和米兰达，那么现在让我们来看看，既为贺拉斯的评价辩护也不要完全批评普劳图斯。（*Disc.* 1847~1860）

显然，本·琼生并不赞同贺拉斯对希腊旧喜剧的否定和批评。相反，他将阿里斯托芬的喜剧手法广泛应用到他的怪诞城市喜剧创作中。他相信，“正如醋只有在酒发酵了的情况下才算是好东西，一切真实而自然的嘲弄是不会引人发笑的”（*Disc.* 1686~1687）。因为观众并不喜好自然和循规蹈矩的事物，“‘喜剧’离开理性越远便越好”（1689）。可以说，阿里斯托芬喜剧的非理性因素正契合了本·琼生充满激情、喜好幻想的个性，因此也深得他的肯定。为了说明阿里斯托芬喜剧的魅力，他举出《云》中的滑稽例子：

> 苏格拉底——一个美好人生的典范、诚实与美德的象征——出现在舞台中央一个用滑轮吊起的篮子里，他正在用一个精确的刻度丈量跳蚤一次能跳几英寸的距离，并以此装置教导人们。还有什么事情能比如此情景更能让我们开怀大笑？（*Disc.* 1890~1893）

这个例子后来被德莱顿直接引用在《论戏剧诗》之中，但是德莱顿是站在否定的立场来分析该案例，他并不赞成阿里斯托芬喜剧的诙谐狂欢因素，可见活跃于17世纪下半叶的德莱顿是一个更加彻底的古典主义者。相对而言，本·琼生虽然支持和强调古典主义思想，但又时刻透露出文艺复兴时期狂欢化的世界观和人生观。他将阿里斯托芬的这种喜剧技巧称为“戏剧智慧”（theatrical wit）（*Disc.* 1893），认为它是一种正确的舞台创作手法。同时，他在分析贺拉斯的诗艺观点之前，也已经表示过对普劳图斯喜剧的肯定，他认为，“如果缪斯愿意用拉丁文说话，那么她应该会使用普劳图斯的风格”(1812)。可见，本·琼生在对待希腊喜剧的问题上亦持有与贺拉斯不同的观点，对阿里斯托芬和普劳图斯喜剧表示了肯定，特别对其中的狂欢逆转主题，诙谐因素表示了赞许。而这一切都预示着琼生怪诞城市喜剧中古典与狂欢的悖论式共存。

本·琼生对贺拉斯古典思想的吸收也体现在“得体”(Decorum)原则上。如果说“寓教于乐”是贺拉斯诗学的思想核心要素，那么“得体”则是他关于诗歌艺术的指导原则。他在《诗艺》的前七十行余行中提出了自己的总指导原则，那就是一切创作都应合乎“情理”，任何作品都应恰到好处，结构一致，而且要注意整体效果。文中第一段关于对美人鱼怪诞画的批评正是因为这样的画作违背了“得体”和“情理”原则。他接下来在具体分析戏剧的时候特别强调了程式的重要性，认为“剧种、人物、场景、诗格都应有一定程式”(亚里士多德、贺拉斯，《诗学·诗艺》164)。诗人应该用荷马的诗格来描写帝王将相的业绩和悲惨的战争(141)；而“喜剧的主题决不能用悲剧的诗行来表达”(141)。除此之外，贺拉斯对人物的塑造、戏的幕数等均做了详细具体的要求和规定。

贺拉斯主张借用古代题材和英雄业绩进行创作，也主张按古希腊罗马戏剧创作的规则进行创作。他的这种节制、“得体”的原则给17新世纪古典主义提供了依据，深为新古典主义剧作家所赞同。他们在贺拉斯理论的基础上进一步提出了关于戏剧程式的主张和规则。本·琼生在贺拉斯的基础上，严格提出戏剧创作应该遵守的原则。沃马克(Peter Womack)根据《人人高兴》(*Everyman in His Humor*)的前言总结出了琼生的戏剧原则：“一，时间、地点、行动三者的统一。二，是力求远离可能造成轻信的事。三，体裁分明。四，语言得体。五，人物塑造得体。六，寓教于乐”(Womack 39)。

显然，前五条原则均是在贺拉斯曾经在《诗艺》中所提倡的“得体”原则。本·琼生更加详细地将之分化为时间、地点、行动的三一律和体裁、语言、人物的得体。沃马克认为，“本·琼生当之无愧是同时代文人中最严肃对待这些古典主义原则的剧作家”(41)。尽管如此，本·琼生并没有完全遵守这些原则，他也时常打破三一律的规则，比如城市喜剧《安静的女人》和《巴斯洛缪集市》便明显体现了对古典三一律的违背。两部喜剧均在情节、语言和人物上违背了古典主义“得体”原则。前者的情节较为复杂、语言混杂、人物繁多；而后者则更明显地从多方面颠覆了古典三一律原则。

再者，贺拉斯在关于人物性格问题的论述也是从“得体”原则出发，只谈类型，并未触及人物性格如何表现本质特征的问题，而琼生虽然在早期癖性喜剧中非常严格遵守了贺拉斯的“人物典型性”观点，但在中期成熟喜剧中，跨越了“典型性”的藩篱，更加注重对人物具体性和个性的塑造。可见琼生并不是机械被动接受贺拉斯的古典主义戏剧原则，与贺拉斯重形式轻内容相比，琼生更加注重戏剧内容，当内容与形式发生冲突的时候，琼生不会选择以牺牲内容来实现形式的完美。

总之，贺拉斯是琼生古典主义思想的最主要来源。贺拉斯对喜剧道德判断作用的强调，对“寓教于乐”思想的提倡，对喜剧程式的要求均在本·琼生的思想和创作中找到共鸣。但琼生绝不是被动接纳，而是创造性地吸收，也伴有对贺拉斯的选择性批评。他并不支持贺拉斯对怪诞的绝对反对态度；也不肯定贺拉斯对古希腊旧喜剧和普劳图斯新喜剧的批评与讽刺；同时他并没有始终如一地坚持贺拉斯式的古典主义喜剧程式。这既是琼生崇尚自由的本性使然，也由他所处的文艺复兴时代特定的狂欢化世界观所决定。而这一切都预示了琼生城市喜剧怪诞的双重性和矛盾性，因为“双重性是琼生戏剧和社会视角的灵魂”(Donaldson, *The Magic House* 48)。

二、本·琼生与其他思想家的互文

诚然，贺拉斯并不是本·琼生古典主义思想的唯一来源。早在少年时代求学威斯敏斯特文法学校期间，他便广泛熟读包括贺拉斯、塞内加、西塞罗、昆体良等在内的古典作家作品。除贺拉斯外，这些古典文人和思想家也对琼生产生深刻影响，但首先最值得一提的是琼生的老师威廉·卡姆顿(William Camden)。琼生终生将他当成自己的尊师和朋友，并在诗歌中称他为自己“最尊敬的人，一切知识和艺术的灵感来源”(*Epigr*. 14 1~3)。唐纳森则把他当成照耀琼生艺术之路和人生之路的的“幸运星”(Donaldson, *Ben Jonson: A Life* 79)。卡姆顿不仅指引琼生走进古典文学的殿堂，而且也时刻用自己的言行举止影响着琼生。卡姆顿是伊丽莎白时期著名的古典主义学者和历史学家。在文学创作上，他相信“伟大的写作不是轻浮的娱乐而是一股文明的力量，诗人不是一个娱乐旋律的创造者，而是一个哲学家”(Chute 32)。

卡姆顿“诗人是哲学家”的观点深刻影响了本·琼生的文学思想，直接决定了他对喜剧道德教育作用的强调。琼生自己便在《发现》中表达过类似观点且时常将诗人与哲学家相提并论，他甚至认为，“如果说哲学是最严谨的诗学，那么诗歌是最为悦耳柔和的哲学，手把手指导我们行动，带着极美的愉悦和让人难以置信的甜蜜”(*Disc*. 1702~1704)。在琼生看来，诗人首先是一个哲学家，一个好的诗人首先必须是一个好人，“诗人的首要品质并不是精通措辞和旋律，而是精确地掌握所有美德以及它们的对立面；并使美德之人受尊敬，而卑贱之人受憎恶"（743~744）。

另一位对琼生喜剧思想产生重大影响的古典思想家是西塞罗。西塞罗是典型的古典道德主义者，他极力强调并追求人的道德完美。他曾对儿子说，"我们最肥沃富饶的领地是我们的道德义务——因为如果清楚地了解自身的道德义务，我们便能掌握指引自身持续享受幸福生活的规则"（转引自 Hirsh 77）。这一观点被本·琼生完全接纳，并出现在其散文集《发现》中。琼生在论述诗歌艺术时说，

> 对诗歌的学习，如果我们相信亚里士多德的话，那么它会教会人们关于幸福生活的原则，指引我们勇于承担社会责任。如果我们相信塔利（西塞罗）的话，它能培养青年。使他们走出逆境、家庭愉悦、广交好友。（*Disc.* 1695~1702）

可见西塞罗的道德思想也非常明显地影响了本·琼生的文学思想。琼生认为"西塞罗是古罗马唯一获得与帝国同等权威的智者"（645）。西塞罗的道德思想也因此成为琼生人生观和文学观的重要依据。但是琼生对这位严谨的古典道德主义者也持保留意见，他并不赞同西塞罗将美德与愉悦完全对立的观点。与塞内加和其他一些传统古典道德家一样，西塞罗也主张美德与快乐不可调和的传统观点，认为"善与恶是两种截然不同的心理特征"（转引自 Maus 95）。相比较而言，本·琼生在对待美德与愉悦的关系问题上，更崇尚贺拉斯将两者协调的观点，甚至创作了一部奇迹剧《愉悦与美德的联姻》（*Pleasure Reconciled to Virtue*）。

还有一位对琼生产生深远影响的古典思想家值得一提，那就是古典斯多葛思想家塞内加。关于本·琼生和斯多葛思想，将会在本书的最后一章具体阐释。总而言之，本·琼生博采众家之长，广泛吸收众多古典思想家的精华，形成了比同时代剧作家更加明显和系统的古典思想，他的古典思想主要体现为：强调喜剧的道德作用；主张"寓教于乐"；注重情节、人物、主题的"得体"性；支持"三一律"。然而，琼生喜剧思想的独特性不仅仅在于他强烈的古典主义意识，也在于他有着不亚于同时代剧作家的狂欢化人文主义思想。

第二节　本·琼生的狂欢化人文主义思想

尽管本·琼生代表着17世纪初期英国文学走向古典理性的主流意识形态，非常强调喜剧的道德讽刺作用，时刻站在社会的角度对不道德行为进行讽刺，试图加以纠正，并致力于社会和国家的良性发展；但他自始至终离不开文艺复兴时期崇尚自由的狂欢式文学观和价值观。他在城市喜剧中一方面立足于主流意识形态，从官方的角度讽刺和批评脱离主流意识形态的怪诞行为；另一方面他也立足于民间文化挑战和颠覆官方意识形态，呼吁人性自由和解放。正如艾略特所说，“本·琼生的讽刺不是斯威夫特①和莫里哀②的讽刺，它没有任何情感的态度或者直接的学术式批判，他的讽刺最似于拉伯雷的讽刺”(Eliot, *The Sacred Wood* 110)。本·琼生城市喜剧怪诞既有着古典道德讽刺的因素，也有非常明显的狂欢化特征，这一方面受惠于伊拉斯谟和锡德尼等人的基督教人文主义思想，另一方面也得力于法国人文主义者拉伯雷的深刻影响。

一、本·琼生与伊拉斯谟

本·琼生是一个典型的人文主义者。他的人文主义思想不仅来自传统古典文学和哲学思想，也来自古希腊罗马晚期诙谐讽刺文学，同时受到北方人文主义者伊拉斯谟的影响，是基督教思想与人文主义思想的结合。基督教人文主义思想深刻影响了他的喜剧创作，是造成他城市喜剧怪诞狂欢性质的重要思想基础。文艺复兴人文主义区别于古典人文主义的一个重要特点是与基督教的矛盾性融合。早在14世纪，彼特拉克便提出了对古典的学习与宗教信仰可以互为补充的观点；而将两者结合的最突出贡献者是荷兰的德西德里乌斯·伊拉斯谟。也正因为如此，以他为代表的人文主义称为基督教人文主义。如果说古典人文主义者主要追求理性、秩序、得体等原则，那么基督教人文主义者最关注的是如何用基督教的视角来接纳和肯定人的世俗权利，如对荣誉和世俗享乐的追求等。

---

① 斯威夫特(Jonathan Swift, 1667—1745)是英国17、18世纪著名政治家和讽刺小说家，为英国小说的兴起和发展做出了巨大贡献，其代表作《格列佛游记》(Gulliver's Travels)堪称英国讽刺小说和儿童文学经典。

② 莫里哀(Moliere)是法国著名喜剧作家、演员和戏剧活动家。法国芭蕾舞喜剧的创始人。他是法国17世纪古典主义文学最重要的作家，古典主义喜剧的创建者，在欧洲戏剧史上占有十分重要的地位。代表作品有《无病呻吟》《伪君子》《悭吝人》等。

伊拉斯谟在意大利人洛伦佐·伐拉①的影响下努力协调基督教研究和人文主义研究。在伊拉斯谟看来，“在耶稣与苏格拉底之间，在基督教教导和古代经典智慧之间，在虔诚与伦理之间，既无道德方面的争议，也没有无法沟通的敌意”(转引自奥尔森 390)。他的基督教人文主义思想对英国文艺复兴时期的文学和神学研究均产生了重要影响，托马斯·莫尔、莎士比亚、本·琼生均深受其影响。

伊拉斯谟的重要神学成果有希腊文的《新约》评注本和拉丁文新译本，以及《基督精兵手册》(*Enchiridion*, 1503)。这些作品都是将“人学”注入圣经研究的神学典范，为马丁·路德的宗教改革作出了重要的贡献。然而他和路德却因为关于人的自由意志的争辩而分道扬镳，伊拉斯谟坚持“神人合作说”，主张人的自由意志；而路德则强调“神恩独作说”，否决人的自由意志。可见，伊拉斯谟的神学思想较之路德，具有更深厚的人文主义基础。他的主要文学成就是《愚人颂》(*Praise of Folly*, 1509)和《对话集》(*Colloquies*, 1518)。《愚人颂》更加明显地体现了作者将人文主义精神同神学研究的紧密结合，作者用一种摆脱官方严肃性的轻松诙谐风格，以“愚人”为核心隐喻，对教会以及社会的种种弊病和腐败极尽讽刺之能事，将世俗人性的百态刻画得淋漓尽致。巴赫金认为“这是狂欢节式的诙谐在整个世界文学中最伟大的作品之一”(巴赫金 18)。

然而伊拉斯谟在批评教会的时候满怀基督教虔诚，并试图建立起一个基督教的“乌托邦”，在这个乌托邦中，人人都是“愚人”，却都是属于“人”的范畴。“愚蠢”成了人的第二天性，有着深刻的世界观的涵义，是看待世界的一种独特的观点，一种摆脱官方严肃性的狂欢式世界观。如果说苏格拉底将哲学从天上带到人间，那么伊拉斯谟则进一步将哲学带给普通民众，伊拉斯谟自己也曾说，“苏格拉底将哲学从天上带到人间，我将其带进游戏、闲谈、酒会之中。基督徒的愉悦都应带有哲学的风味”(转引自 Duncan 45)。伊拉斯谟主张世俗享乐，提倡一种“基督教享乐主义”(Christian hedonism)，试图用基督教的视角来肯定世俗享乐。他在《愚人颂》中将提倡禁欲主义的斯多葛派批判得体无完肤，甚至诙谐地称他们为“画廊派青蛙”②。他讽刺塞内加是一个双料的斯多葛派，因为

---

① 洛伦佐·伐拉(Lorenzo Valla, 1407—1457)是意大利人文主义者、修辞学家和教育家。

② 斯多葛派因为最初是在画廊(Stoa)讲学而得名，也称为画廊派。

> 他把贤人身上的一切情感全给剥夺无遗。他这么做的结果，是弄得那人身上一无所有，于是不得不在这块空荡荡的地方安上一个“捏造”出来的新的神，这个神无论在何处过去未曾存在过，将来也不会存在。的确，说得坦率点，他所创造的只不过是一个人的大理石像，缺的就是人类的感觉和感情。(伊拉斯谟 32)

可见，伊拉斯谟非常注重世俗人性，肯定人类的世俗情感和快乐。无论是在基督教人文主义的思想上，还是在狂欢式怪诞诙谐的风格上，《愚人颂》都对本·琼生的怪诞城市喜剧创作产生了深远影响。

同伊拉斯谟一样，本·琼生并不认为对古典的复兴同宗教信仰之间会有不可调和的矛盾，他既是一名古典人文主义学者，又是一名虔诚的基督徒，他本人便是将这两种思想结合在一起的典范。本·琼生表面上是一块冰冷的石头，力图用理性、节制的思想规约自己，实则他是一个类似于伊拉斯谟的性情中人，时刻表现出对人性的热情关怀，对世俗享乐的积极追求，他对酒的嗜好便是最好的证明。伊拉斯谟对本·琼生的影响并不是偶然的现象，他曾经多次前往英国，与英国年轻一代的人文主义者相处多年，并与托马斯·莫尔结成莫逆之交，并将其作品《愚人颂》献给莫尔。可以说，“伊拉斯谟的遗产在英国，比在任何其他地方都有更大和更持久的影响力”(奥尔森 396)。在如此环境之下，本·琼生无论是从客观上还是主观上都绕不开伊拉斯谟的巨大影响力。

本·琼生对世俗人性有着深刻的认识，他在《发现》中关于“好人”与“疯癫”的描述与伊拉斯谟关于“愚人”的刻画非常相似。本·琼生认为，“人生是一出戏剧，每个人都在卖力的表演”(*Disc.* 784~785)，随后他针对好人和正直之人发表了一段伊拉斯谟的“愚人”式辩护：

> 好人是星星，是他们所处时代的星星，照亮着整个时代。上帝永远不会让世界缺乏这类人：艾伯是天真的代表；以诺是纯洁的典范；诺亚坚信上帝的仁慈；亚布拉罕象征着信仰；如此种种。尘世之人认为他们是疯癫的，因为他们并不参与尘世的疯癫。然而他们被供奉在一切美德的巅峰，俯瞰尘世的舞台，苛责舞台上表演的人间戏剧，因为大部分人都是演员，总需要有些观众。(*Disc.* 789~795)

在这里，本·琼生关于“疯癫”的刻画与伊拉斯谟关于“愚人”的刻画有着异曲同工的效果。两者都具有赛利纳斯盒①的特质和矛盾的双重性。到底谁是愚人，谁是疯子，随着赛利纳斯盒子的一开一关，随时都有可能逆转变化。本·琼生首先赞美了这些高尚之人，认为他们是照亮时代的星星，是众人需要模仿的典范。然而，他们毕竟是"星星"，并不参与尘世的"疯癫"活动，他们与这个世界相隔离，高高端坐于世俗世界之上，却并不属于世俗世界。

换言之，这些高尚之人缺乏人性，不能主宰世界，更不能参与尘世舞台上演的人间戏剧，而只能是高高在上的观众。这跟伊拉斯谟关于斯多葛圣人的描写何其相似。伊拉斯谟认为圣人虽然是高尚的代表，道德的典范，却缺乏人性，就像一尊冰冷的大理石雕像。本·琼生的描写虽然没有伊拉斯谟的直白与激进，却充分展示出他对世俗人性的深刻洞察力。这充分说明他并不是一个迂腐的古典道德传统的卫道士，他透露出对世俗人性(哪怕有缺陷)的关怀和肯定，并试图从古典思想和基督教传统的双重视角来探索人性。因此，他的作品也不可避免地透露出道德讽刺和人性狂欢两种声音的对话。

在古希腊罗马文学中，不仅存在被17世纪新古典主义奉为圭臬的严肃古典主义传统，同时也存在由卢西恩、阿费纳、普鲁塔克等组成的讽刺诙谐传统。本·琼生不仅继承了严肃的古典主义传统，也积极吸收了古希腊罗马晚期的讽刺诙谐传统。道格拉斯·邓肯(Douglas Duncan)便在《本·琼生与卢西恩传统》(*Ben Jonson and the Lucianic Tradition*)一书中总结了一个有别于"亚里士多德-贺拉斯-德莱顿"古典主义的喜剧传统，那就是"卢西恩-伊拉斯谟-莫尔-斯威夫特"的诙谐喜剧传统，并将本·琼生置于这种传统之中。

该传统最先来源于梅尼普体讽刺家卢西恩发明的一种喜剧对话。这种对话将严肃的关于智慧的哲学辩证法同阿里斯托芬的喜剧幻想相结合，取名为"Joco-serium"，英文译为"Serio-comical"，相当于梅尼普体讽刺②的"spoudogeloion"。伊拉斯谟用基督教人文主义思想将这种严肃喜剧传统进一步发展，在其《愚人颂》中达到巅峰。该作品非常明显地表达了古典思想与基督教思想的冲突与融合。愚人既是异教世界的愚神(Stultitia)，又是基督教的愚

① 《愚人颂》中的愚人称世上人事全都像亚西比德所描述的赛利纳斯盒上的人像，有两个完全相反的面象。因此，一如他们所说，看上去是死的，要是你往里看却是生的，反之也同，生的却是死的。亚西比德(Alcibiades，公元前450—前404)是古希腊雅典政客和将领，他非常钦佩哲学家苏格拉底，并以赛利纳斯盒(Silenus)比喻苏格拉底，该盒子表面刻着丑陋的赛利纳斯神，盒中却收藏着珍贵的东西。参看伊拉斯谟：《愚人颂》，许崇信译，沈阳：辽宁教育出版社，2001，29。

② 梅尼普体讽刺也是巴赫金狂欢化理论的最初来源。

人(Moria)，就像一个表里不一的“赛利纳斯盒子”，随时都有可能变形，颠覆预期的含义。

这种矛盾的思想明显影响了本·琼生的城市喜剧创作，他在《巴斯洛缪集市》中将这两者之间的矛盾更加细化为古典斯多葛思想与基督教思想的矛盾性融合。可以说《巴斯洛缪集市》是本·琼生对《愚人颂》最为成功的互文性借鉴。而且，琼生在其它剧本中也体现了对《愚人颂》的借鉴和吸收，《福尔蓬涅》的第一幕中便闪现出《愚人颂》的影子。因此，邓肯断言，“本在创作的时候，桌面一定摆着一部卢西恩的《雄鸡》和伊拉斯谟的《愚人颂》”(Duncan 145)。

总之，伊拉斯谟在《愚人颂》中对人性之愚的诙谐性分析，对伊壁鸠鲁世俗愉悦的积极推崇和卢西恩的诙谐性讽刺同出一源，同属于狂欢化怪诞传统。而本·琼生深得其要领，将伊拉斯谟式狂欢化怪诞吸收运用到城市喜剧的创作之中，使其城市喜剧在代表主流意识形态以古典思想为前提进行道德讽刺之余，也表达出一种与之相悖的对普通、世俗之人性的肯定和对传统官方意识形态的否定与颠覆。

二、本·琼生与拉伯雷

本·琼生除了受到伊拉斯谟基督教人文主义思想的影响之外，也受到法国人文主义者拉伯雷的深刻影响。如果说伊拉斯谟更多地是从思想上影响本·琼生，那么拉伯雷则更为直观地从狂欢化文学创作上影响本·琼生。

布朗(Huntington Brown)在《英国文学中的拉伯雷》(*Rabelais in English Literature*)一书中指出，“自文艺复兴以来，拉伯雷在英国的声誉要高于在其祖国——法国的声誉，而更远远高于在意大利和德国等非法语国家的声望”(Preface 1)。18世纪之前，法国并没有出现关于拉伯雷的系统评论，而现代法文版的拉伯雷作品直到19世纪才出现。《巨人传》的最早德文译本出版于1832—1841年之间；而最早的意大利译文本则要到第一次世界大战开始的那一年才出版。相反，《巨人传》的英文译本早在1653年便由托马斯·厄克特(Thomas Urquhart)翻译出版，被誉为“英国文艺复兴时期最后一部伟大的译著”(Rhodes 163)。事实上早在1653年之前，拉伯雷及其作品在英国便广泛流传，影响了一大批文艺复兴时期的文学家，本·琼生便是其中之一。

拉伯雷从卢西恩、伊拉斯谟的诙谐讽刺文学中吸取营养，扎根于中世纪民间文化传统，特别是狂欢节的传统，形成了自己独特的人文主义文学观，巴赫金称其为“怪诞现实主义”。如果说伊拉斯谟创造了一个“愚人”的乌托邦，那么拉伯雷则成功地建造了一个“巨人”的理想国。前者的《愚人颂》和后者的《巨人传》传达了非常相似的世界观。同伊拉斯谟一样，拉伯雷也认为愚蠢是双重的，可逆的，“愚蠢的载体是丑角或者傻瓜——逆向世界的国王”（巴赫金 496）。

对拉伯雷来说，愚蠢是一种非官方真理形式，是对世界的一种独特的观点，它摆脱了严肃的官方统治秩序和所有个人的利益、标准和价值；它开辟了另一个世界，那里没有对上帝的敬畏和恐惧，只有全民的狂欢。节日赋予愚蠢一种深刻的双重性：它既有贬低和毁灭这种否定性的因素，又有更新和真理这种肯定性的因素。愚蠢是反面的智慧，是反面的真理，是官方统治真理的反面和下部。这种将愚蠢和智慧相结合的形式，被本·琼生加以吸收，其《巴斯洛缪集市》中的特鲁布里奥（Troubleall）便是一个融合愚蠢、疯癫和智慧的复杂形象。

然而巴赫金认为拉伯雷虽然继承了卢西恩的怪诞讽刺，但两者的世界却有着本质区别，因为“卢西恩作品里的笑声是抽象的，只是一种不带任何真正欢乐的讥笑……卢西恩的物质-肉体因素仅服务于崇高形象纯形式上的降格，服务于他们简单的平凡化，这一因素几乎完全不具有双重性，既革新不了什么，也再生不了什么”（巴赫金 450）。卢西恩显然缺乏拉伯雷的激情和革命力量，他的怪诞更多的是服务于道德教育目的，而不同于拉伯雷通过否定来肯定人性的双重性狂欢化怪诞。本·琼生一方面直接吸收卢西恩的道德讽刺性怪诞；另一方面又向拉伯雷的狂欢式怪诞学习，将两者融合进城市怪诞喜剧的创作之中。

布朗在《本·琼生与拉伯雷》（“Ben Jonson and Rabelais”）一文中，非常详实地证明了本·琼生对拉伯雷作品的熟悉和借鉴。本·琼生在早期作品《事有改观》（*The Case is Altered*）中便显露出对拉伯雷作品的熟悉。随后在《人人扫兴》（*Every Man Out of His Humor*）、《福尔蓬涅》《安静的女人》《炼金术士》《巴斯洛缪集市》《魔鬼是头驴》（*The Devil is an Ass*）等剧中都不同程度地存在拉伯雷的影子。拉伯雷对本·琼生的影响如此之深，以至于布朗教授认为，“如果没有拉伯雷，本·琼生不可能达到今天我们所熟知的重要地位……他显著地阐释了拉伯雷和英国心灵之间的本质相似性，以一种独特的方式告诉世界他是拉伯雷在英国文学中最重要的门徒”（Brown, *Rabelais in English Literature* 94）。

本·琼生对拉伯雷的借鉴不仅体现在狂欢化的世界观上，也体现在表达这种世界观的创作形式和写作技巧上。怪诞的物质肉体形象、民间广场语言等均出现在本·琼生的怪诞城市喜剧之中。他的城市喜剧中存在大量物质性、解剖性和跨界性的怪诞人体，如《安静的女人》中艾泼辛是一个典型的双重性怪诞人体，《巴斯洛缪集市》中厄休拉则是物质人体宇宙的典范，《炼金术士》则是语言狂欢的代表。甚至有学者认为本·琼生早期的“癖性人物”①便是拉伯雷狂欢化围观宇宙人体的体现，因为他的癖性人物往往是人体血液、体液等物质取代人体上部——大脑——这个传统意义上的神经中枢支配人的行为举止；是一种下部对上部，边缘对中心的颠覆，从而表现出怪诞特征。

然而值得注意的是，拉伯雷的物质肉体形象是全民富有的象征，他的筵席形象是一种“普天同庆”，体现了“丰富性”和“全民性”的强烈倾向(巴赫金322)。而本·琼生的物质肉体形象相对而言更加复杂。巴赫金曾说：

> 在文艺复兴时期有两种世界观念交叉在一起：一种起源于民间诙谐文化，另一种其实就是把世界看作现成的、分散的存在的资产阶级观念。对文艺复兴时期的现实主义而言，物质-肉体因素的这两条矛盾的路线的时断时续，都是典型的。一种是不断生长、无穷无尽、不可消除、富裕充足、承担一切的生活的物质因素，永远欢笑、废黜一切而又更新一切的因素，一种是在阶级社会的的日常生活中庸俗化的因循守旧的“物质因素”，这两者矛盾地结合在一切。(巴赫金 29)

本·琼生的物质-肉体形象是兼具两种因素的矛盾体，既代表着伦敦市民对物质富有的乌托邦式向往，是富裕充足的象征；同时他也折射出资本主义发展初期个人物质欲膨胀的倾向。总之，本·琼生物质-肉体形象体现了两种思想的对立统一，是其城市喜剧怪诞双重性的直接体现。

最后，本·琼生本人的形象也不禁让人联想起《巨人传》里的高康大，他是一个大腹便便，嗜好吃喝的人物。根据学者们的考证，他对狂欢节日有过亲身体验，“至少参加过一次斋戒前的狂欢节”(Riggs 207)。琼生懂得狂欢节独特的世界观和强大的颠覆力量，积极借鉴“拉伯雷作品的‘狂欢式’怪诞风格”

① “癖性喜剧”(comedy of humours)是16世纪晚期主要由本·琼生创立的一种喜剧形式。“humour”一词来源于希腊语“humor”，最初指液体，中世纪和文艺复兴时期医学界认为人的体内有四种液体(humours)：血液、痰、黄胆汁、黑胆汁。这四种体液的平衡是保持人体身心健康的条件，否则变会出现病症。本·琼生在《人人扫兴》中针对该原理做了隐喻性的分析，将原本指代体液的“humour”赋予了“气质”的含义，认为一个人如果被某种特殊的气质所控制，那么他所有的情感、精神、力量全部汇聚一起，涌向一个方向。本·琼生早期喜剧便塑造了大量的这类“气质人物”，也称为“癖性人物”，这类喜剧因此得名“癖性喜剧”(comedy of humours)。

(Brown, *Rabelais in English Literature* 93);并将拉伯雷及其作品推介给同时代其他英国文人，如莎士比亚。在琼生评论界，越来越多的评论者将本·琼生与拉伯雷联系在一起。然而，单纯一个“拉伯雷”也并不能完全解释本·琼生对狂欢节和怪诞人体的重视。琼生城市喜剧怪诞既有拉伯雷的因素，但并不完全是我们现代意义上的“拉伯雷主义”的因素，两者的怪诞既有共性也存在明显的区别。我们在考察本·琼生的拉伯雷式狂欢化怪诞之时，也不能抛弃他根深蒂固的古典思想。

第三节 基于矛盾喜剧思想的双重性怪诞

综上所述，本·琼生既是一个典型的古典主义者，又有着强烈的狂欢化人文主义思想，古典主义和狂欢化人文主义是他喜剧思想不可或缺的两部分。这两种思想在他的怪诞城市喜剧之中矛盾并存并彼此融合，也因此让其城市喜剧怪诞兼具传统性和颠覆性、古典性和现代性的矛盾双重性质。毋庸置疑，本·琼生显然支持怪诞，这从他对贺拉斯美人鱼怪诞形象的保留态度便初见端倪；在对待阿里斯托芬和普劳图斯等问题上与贺拉斯的意见相左显得逐渐清晰明朗；随后在对伊拉斯谟和拉伯雷的肯定吸收上得到更加明显的肯定。琼生式怪诞既是基于古典主义思想的怪诞讽刺，是古典道德讽刺的载体；也是基于基督教人文主义的怪诞狂欢，是挑战权威、颠覆传统、呼唤自由的狂欢化。

在琼生评论界，无论是传统古典派，还是现代狂欢派，都一致认可琼生城市喜剧中的怪诞特征。某种程度上说，怪诞是琼生古典主义思想和狂欢化思想得以矛盾性共存的基础和前提。一方面，琼生站在古典主义权威立场，以维护既有社会秩序和稳定为己任，对一切违背古典“得体”原则的怪诞行为进行讽刺和批评，并旨在纠正怪诞，使社会和人们重回秩序和理性的轨道。另一方面，琼生又站在狂欢化人文主义的基础上，借用怪诞，来实现对既有统治秩序和社会等级制度的挑战和颠覆，以追求自由和平等。

在古典喜剧传统中，无论是亚里士多德的“滑稽”之说，还是贺拉斯的人头鱼尾“美人鱼”之说，均体现了古典喜剧思想与怪诞的密切联系，也体现了喜剧笑的本质；而锡德尼在这基础上，提出了喜剧的“怡悦”说，认为“一个喜剧的整个篇幅应当是充满怡悦的”(锡德尼 64)。他用一个例子来说明怡悦与喜剧的联系，

> 看了画得好的亚历山大图，我们会感到怡悦而并不大笑；看了许多小

> 丑表演，我们虽会大笑但并不感到怡悦；但看了赫拉克勒斯画得一脸凶相满嘴大胡子，穿上了女人的衣服，在翁法勒的吩咐下纺着纱，它会既产生怡悦又产生大笑。(65)

锡德尼这个怡悦的例子具有明显的怪诞性。在希腊神话中，赫拉克勒斯是力量和正义的崇高代表。而将其画成一脸凶相满嘴大胡子，是对其自然面容的违背，或者说是对崇高俊美的贬低降格，说到底是对古典"得体"原则的背离。让其穿上女人的衣服并纺着纱则实现了性别上的跨界和颠覆。就这样，崇高的精神活动被降格和脱冕了。降格、跨界、颠覆、脱冕均是怪诞的典型特征，因此画中的大力神赫拉克勒斯成了一个诙谐怪诞的形象。锡德尼认为这种怪诞形象是既能产生怡悦又能产生大笑的最好方式，喜剧应该塑造这类形象。锡德尼虽然并没有提出"怪诞"的概念，但是他分析喜剧的怡悦性时实际是围绕着一个怪诞的例子在进行。巴赫金也曾在《拉伯雷研究》中提出滑稽的赫拉克勒斯的怪诞性质(巴赫金 37)。

本·琼生和德莱顿分别在《发现》和《论戏剧诗》中引用阿里斯托芬喜剧《云》中关于苏格拉底的滑稽例子，与赫拉克勒斯一样，现实中的苏格拉底是严肃崇高和美德的代表，然而在《云》中，苏格拉底出现在舞台上一个用滑轮吊起的篮子里，手里拿着精密的刻度，试图丈量跳蚤一步能跳几英寸。在该喜剧中，严肃崇高的哲学家苏格拉底变成了幼稚可笑的诙谐怪诞形象。对于本·琼生来说，阿里斯托芬喜剧中的诙谐怪诞因素是一种"喜剧智慧"，值得肯定和借鉴。

作为一个古典主义者，本·琼生虽然肯定喜剧中的怪诞因素，但他的目的是通过怪诞之笑来实现道德教育和维护社会稳定。在这种角度上，怪诞是对社会秩序的违背和人性道德的背离，是需要批评与纠正的行为。琼生试图以古典主义理性、秩序和"得体"原则为基础，以诙谐的方式对这种怪诞的行为和人物进行讽刺和批评，以通过笑的方式来纠正人性之恶与人性之愚。

这里借助柏格森的喜剧理论有利于更深刻地理解琼生的怪诞讽刺思想。柏格森在《笑》(*Laughter*)中提出喜剧的笑是由滑稽所引起，他认为人的机械性或者物性造成了他的畸形与怪诞，人们之所以会笑是因为他们感觉到了被笑者身上的这种畸形与怪诞。而喜剧的功能便是通过嘲笑那些"心不在焉"的机械怪诞人物，随后将其重新接纳进社会的正常轨道。最后一点至关重要，喜剧最终的目的还在于通过笑将怪诞之人重新接纳进社会的正常轨道。柏格森的理论与本·琼生的怪诞讽刺何其相似，本·琼生的怪诞讽刺喜剧思想核心便是"通过笑来改变人和社会的愚蠢与罪恶”(Thayer 15)。这里的笑与柏格森的笑同样都是嘲笑。那么本·琼生又是如何通过对怪诞的嘲笑讽刺来试图改变人的愚蠢与罪恶，并最终实现维护社会稳定的目的？

首先，本·琼生有着强烈的社会道德责任感，时刻关注人们的道德健康和社会的稳定发展，他曾多次在作品中表达对社会道德腐败和人性之愚的忧虑和愤慨，他在《发现》中说，

> 使我愤怒的是如下这些人：由美德的衰败或者堕落滋养的人，沉迷于自己罪恶的人，抛弃或者玷污自己名誉一心向往罪恶的人，把所有的一切都投向各种畸形、被无知和恶毒所迷惑、内心隐藏着敌意与邪恶相随的人。(*Disc.* 1659~1663)

此外，他在《人人扫兴》中借助人物阿斯珀(Asper)之口也表达了相似的愤慨与担忧：

> 我将要痛斥那些模仿者：在这些谦虚者的眼前树立一面镜子，犹如我们演戏的舞台；在此，他们将看到时代的怪诞形象，细致到每一根神经，每一根筋骨，凭借着持久的勇气和对恐惧的鄙视。(*EMO*. 2. 117~122)

可见琼生试图站在社会道德的高度对一切违背道德的怪诞之人进行严厉批评。他以一种众人皆醉，唯我独醒的姿态表达了对社会道德腐败的讽刺批评，也表达对人性健康发展的呼吁和对社会良性发展的期待。从这种角度来说，怪诞是一种否定性的讽刺怪诞，是对古典主义理性秩序的一种违背，是道德腐败和人性堕落的一种畸形体现，是应该加以批评纠正的现象与行为。

而且琼生将怪诞与道德腐败、人性堕落相联系并不是偶然的现象，这是整个文艺复兴文学中的一种普遍现象。根据罗兹的研究，英国“16世纪晚期的文学怪诞有着讽刺和道德的目的”(Rhodes 9)。详细说来，“16世纪的怪诞是一种对罪恶的形象性和物质性表述”(14)。该时期艺术作品中的身体变形往往直接反映人物内在的道德畸变，比如博施(Bosche)的怪诞画不像以前的怪诞注重于外在的刻画，而是试图将人的内在道德的畸形外在化。此时的宗教领域也流行一种观念，那就是身体的变形和道德灵魂的变形彼此相通。因此布道者和道德家都致力于给予罪恶一种物质上或身体上的实体性表现。

宗教布道文中使用怪诞形象的传统最初来自于《圣经》。《圣经》中有大量

怪诞形象的描述，如“你世世代代的后裔，凡有残疾的，都不可近来献他做神的食物。因为凡有残疾的，无论是瞎眼的、瘸腿的、塌鼻子的、肢体有余的、折脚折手的、驼背的、矮矬的、眼睛有毛病的、长癣的、长疮的、或是破坏肾子的，都不可近前来”(利未记 21：17~20)。而最初的怪诞形象当属《创世纪》中罗得的妻子，当耶和华将硫磺与火施与索多玛和蛾摩拉，将城里的一切全都毁灭之时，罗得的妻子因为好奇回头一看，“便成了一根盐柱”(创世纪 19：26)。罗德之妻因为不顾耶和华的告诫，背叛了耶和华，结局是变成了一个怪诞物质形象——盐柱，丧失其人性乃至生命。可见，基督教《圣经》中的怪诞形象并不受耶和华的喜爱，也有可能是耶和华对背叛之人的惩罚。

因此，在伊丽莎白时代的艺术和宗教领域，怪诞在很大程度上是作为描写罪恶的一种独特的、形象的、物质的方式，以唤醒人们对罪恶的认识。这在文学领域更是如此，因为“在文艺复兴文学中，唤醒人们的罪恶感比唤醒人们对尘世苦难的同情更有价值”(Rhodes 11)。宗教布道文中的怪诞刻画有着一种天启般的效果，人的堕落导致上帝的愤怒，将惩罚降临到人世，因此人世间充满了各种怪诞的人物和景象，如怪胎、瘟疫或者疾病。而伊丽莎白—詹姆士一世时期两次大瘟疫(1592~1593，1603~1604)更让人联想起上帝对埃及的惩罚。这似乎是一种天启般的景象——上帝对罪恶之城和罪恶之人的惩罚。本·琼生是一名虔诚的基督徒，据考证，他曾经收藏有多个版本的《圣经》，对其中的怪诞形象自然非常熟悉，他将它们广泛应用在城市喜剧创作之中，其中瘟疫便多次出现在喜剧之中。

与宗教布道文相似，16 世纪文学中的怪诞形象往往是对人体器官或者部位进行碎片化、解剖化的物质性描述。这与巴赫金在讨论拉伯雷的怪诞人体物质性和解剖性很相似。西方文艺复兴时期，由于医学(特别是解剖学)的发展，艺术家对人的解剖特征变得非常熟悉，而这一特征也逐渐为文学家们广泛采纳。如果说拉伯雷小说中的怪诞人体器官解剖和碎片化的描述离不开他医生身份的个人原因，那么英国诗人锡德尼诗歌中的怪诞人体物质性和清单式刻画则更明显地得力于该时期英国医学和解剖学的整体发展。同样受此影响的还有讽刺散文家纳什(Thomas Nashe)，戏剧家莎士比亚等人。在如此大环境下，本·琼生也自然熟悉这种怪诞风格，他在其城市喜剧中特别擅长将人物进行清单式、碎片化、物质化的刻画，并通过这种怪诞的风格来实现道德讽刺的目的。

显然，本·琼生的怪诞与巴赫金笔下拉伯雷的怪诞存在明显区别。根据巴赫金的论述，17 世纪及其之后的诙谐怪诞文学开始逐步由全民性、双重性、世界观性的狂欢式向个别性、否定性、单一性的讽刺诙谐怪诞过渡；这一时期的"诙谐已失去了与世界观的重要联系"(巴赫金 116)。如果说 16 世纪的狂欢式怪诞主要建立在对中世纪腐朽制度的颠覆之上，那么 17 世纪文学怪诞的这种激进性已经有所减弱。这主要源于 17 世纪出现的"君主专制制度新秩序稳定化的局面"(116)，而这种新的官方文化的基本特征在"理性主义和古典主义中得到鲜明的体现"(116)。英国国王詹姆士一世便是一个典型的古典主义者，与相对保守的伊丽莎白女王不同，这位有着苏格兰血统的国王更倾向于借助外来的古典传统来巩固自己的政权。

而深受詹姆士一世欣赏的宫廷剧作家的本·琼生也倾向于用怪诞来讽刺剖析新兴资本主义社会中的各种道德弊端和人性险恶。他试图用古典主义的道德标准和理性原则来指引国家和社会的健康发展，试图对一切违背古典理性原则和道德标准的怪诞行为进行诙谐的讽刺，通过怪诞之笑来改变社会的腐败和人性的愚蠢与罪恶。从某种程度上说，琼生式怪诞更似于受到巴赫金批评的亨利·施涅冈斯的否定性讽刺怪诞。对于施涅冈斯来说，怪诞是"通过对不应有的东西的极度的夸张，给予不应有的东西道德和社会的打击"(巴赫金 53)。琼生式怪诞明显具有这种否定性和讽刺性特征。用罗兹的话说，"琼生和马斯顿都是执鞭者，也是有着喀尔刻①魔力的诗人，他们创造了一个怪诞的世界，这个世界中的人们都是应该受到鞭笞和清除的怪物"(Rhodes 137)。

如上所述，本·琼生是一个非常严谨的古典主义道德家，试图通过怪诞之笑，用古典主义道德观念来审视社会和剖析人性；用古典主义理性秩序原则来维护既有的社会秩序和君主制度。然而琼生式怪诞又植根于文艺复兴狂欢式世界观的传统，具有明显的狂欢性、颠覆性和肯定性。巴赫金认为狂欢化是文艺复兴时期文学的深层基础。本·琼生不仅精通古典主义传统，也熟知文艺复兴时期的狂欢化传统，并深刻了解英国文艺复兴时期的时代精神，他的城市喜剧在很大程度上犹如一面镜子，是对这种时代精神和狂欢化特征的现实主义反映。如果说怪诞讽刺代表的是官方的本·琼生，那么怪诞狂欢代表的则是民众的本·琼生。宫廷诗人和砖瓦匠人的双重身份决定了本·琼生无法摆脱这种矛盾性双重思想和立场。

此外，本·琼生的怪诞终究是喜剧性怪诞，他的伟大成就也主要在喜剧。而喜剧总是与自由如影随形。胡德才教授在《论喜剧精神》一文中提出了喜剧精神的四个层面：即讽刺批判精神、乐观自信精神、理性超脱精神和自由狂欢精神。胡教授特别强调了第四个层面，认为这是喜剧的最高最深的层面，"它

① 喀尔刻(Circean)是《奥德赛》中会巫术的美丽仙女。

既是喜剧所呈现出来的一种最高的精神境界，也是喜剧所追求的人类的最高理想”，因此在一定程度上说“喜剧的本质即在自由”(胡德才 82)。大英百科全书对喜剧定义是：喜剧(comedy)一词最初的希腊语表述与动词狂欢(revel)相关，喜剧兴起于庆祝农神的狂欢节，因此喜剧的起源与农神节的狂欢仪式紧密相连。[①] 可见，喜剧在本质上便是狂欢式的，对于巴赫金，狂欢节与喜剧同样都是通过欢笑、更新将人物重新纳入正常轨道。

这些传统虽然均产生于本·琼生之后，但也适用于分析他城市喜剧怪诞的狂欢性。本·琼生尽管有着浓厚的古典主义道德意识，时刻不忘对世人进行道德教诲，但他始终是一名著名的喜剧作家，是一个对人类未来充满激情和信心的乐观主义者，努力追求代表自由的新观念和新思想。正如我国喜剧作家陈白尘所认为的，“只有强烈地倾向于光明的人，才会对黑暗加以无情的披露”(转引自胡德才 81)。因此乐观主义喜剧家本·琼生的作品——哪怕是最具古典意识的诗歌——也透露着狂欢化的思想；而其最具争议性的城市喜剧，则更充满狂欢精神。

如前所述，本·琼生深受伊拉斯谟和拉伯雷的影响，将前者的愚人思想和后者的巨人思想广泛应用到自己的城市喜剧之中，这在很大程度上造成了他的城市喜剧怪诞的狂欢化特征。琼生借助这种诙谐的狂欢化怪诞形式，以一种节日的、游戏的、非官方的形式向腐朽的中世纪残余思想提出挑战和颠覆，也向伊丽莎白-詹姆士一世时代的君主制度和资本主义社会秩序提出质疑和批判。

相对于怪诞的否定性讽刺特征，琼生式怪诞的狂欢性更容易辨认和理解。在传统怪诞研究中，人们往往关注的也正是怪诞的狂欢性质，这在很大程度上得力于巴赫金的狂欢化怪诞理论。巴赫金的狂欢化理论是 20 世纪怪诞研究中最重要，影响最深远的成果。巴赫金不仅批评了凯泽尔[②]用现代主义怪诞的三棱镜去考察文艺复兴怪诞的不合时宜，也批评了亨利·施涅冈斯将怪诞定位为纯粹否定性讽刺的主观偏激。与他们不同，巴赫金将拉伯雷的怪诞置于西方诙谐史中，挖掘了文艺复兴诙谐的三种古希腊罗马源泉：希波克拉底关于诙谐具有疗效的学说；亚里士多德认为“一切生物中只有人类才会笑”(79)的观点；卢西恩关于梅尼普在阴间欢笑的形象。巴赫金通过这三种源泉将文艺复兴诙谐

① 参考大英百科全书电子版 http://www.britannica.com/EBchecked/topic/127459/comedy。

② 凯泽尔(Kayser Wolfgang)，著有《绘画和文学中的怪诞风格》，这是怪诞理论方面的第一本重要著作，主要研究浪漫主义时期和现代主义时期的怪诞。

引上了人文主义的轨道，也指出了诙谐具有包罗万象和世界观的性质，具有治疗和再生功效。

巴赫金在此基础上提出并强调了文艺复兴诙谐怪诞的肯定性、更新性、颠覆性和革命性。他认为16世纪是诙谐史上的重要转折时期，也是怪诞文学的鼎盛时期，拉伯雷、塞万提斯、莎士比亚的成就正是诙谐怪诞文学繁荣的标志。与17世纪之后的诙谐不同，16世纪的诙谐"具有深刻的世界观意义，这是一种关于整体世界、关于历史、关于人的真理的最重要的形式之一，这是一种特殊的，包罗万象的看待世界的观点"(巴赫金 77)。换言之，16世纪的诙谐，由于其独立于官方意识形态领域之外的特征，具备了一种有别于官方意识形态的世界观意义，因此也具备了一种不受官方意识形态控制的自由。

由于这种特殊性，诙谐登上文学殿堂，为广大文人提供了表达一种有别于官方意识形态的世界观的便利，也帮助文学家向官方意识形态提出挑战和批判。与16世纪其他诙谐怪诞文学相似，本·琼生的诙谐怪诞主要挑战和批判了腐朽落后的中世纪意识形态，如禁欲主义、天命论，以及这一形态的基础——封建制度。首先，琼生自身嗜好吃肉喝酒，明显表达了对禁欲主义的反对，还用幸运女神取代了阴郁的天命论①。与此同时，琼生也向严肃、冰冷、僵化的宗教制度和权威发出挑战。他虽然是一名虔诚的基督徒，却毫不犹豫地在喜剧中谴责和批判宗教制度的僵硬和教会的腐败。更重要的是，他也向当时已经取代封建制度而占据主流文化立场的资本主义制度提出质疑。

巴赫金从民间文化的角度出发，特别是在愚人节和狂欢节的基础上，提出了人们生活的两重性——"官方的和狂欢节的生活"(巴赫金 110)。与之相对，人们看待世界的眼光也分为两种——严肃的和诙谐的。也就是说，人们在日常生活中往往用严肃的、官方的世界观看待世界和生活；而在节日期间人们可以摆脱这种教条主义的严肃性，用诙谐的、狂欢化的世界观来看待世界和生活。因此狂欢节能够赋予人们一种自由，同时也赋予文学一种摆脱旧势力和旧真理，表达新的真理的自由。

琼生生活的时代有着严格的文学审查制度，每一部戏剧均应通过官方的严格审查，审查合格之后方能上演和出版。琼生早年的戏剧便因为犀利的讽刺和对官方权威的威胁而遭禁演，他自己也因此多次入狱。詹姆士一世时代，琼生

① 琼生在最后一部假面剧《致克洛里斯和她的仙女们》(Choridia)中塑造了一个手握喇叭，站立在球体上的声誉女神形象，人的命运犹如站立在这球体上的女神一样，随时可以升起，也随时可以降落。这对中世纪的天命论是一种不小的冲击。

本人也承担过娱乐审查官的职务，专门负责审查戏剧的上演和出版，所以他对这种严格的审查制度自然了解深刻。在这样一个时代，他只有用非官方的怪诞诙谐武装自己，才能够既规避风险，又迎合已经习惯了“对一切严肃性持怀疑态度并习惯于把坦率，自由的真理同诙谐联系在一起的人们大众”(巴赫金115)。可以说，琼生的城市喜剧是他戏剧创作成熟的标志。他通过诙谐怪诞将代表官方意识形态的古典主义思想和代表人民大众的狂欢化思想结合在一起，使喜剧既能得到包括詹姆士一世在内的官方认可，又能得到广大民众的热烈追捧。

同伊拉斯谟和拉伯雷一样，本·琼生肯定和强调了“愚蠢”和“丑角”的颠覆力量。伊拉斯谟通过《愚人颂》大力歌颂愚人精神而批评讽刺严肃的道德主义；拉伯雷则认为“愚蠢”是“人的第二本性”(转引自巴赫金87)，是“关于世界的第二种真理”(98)。本·琼生则时刻在喜剧中表达对愚人精神的肯定和推崇，《福尔蓬涅》中的丑角家仆们、《巴斯洛缪集市》中的奥弗多(Overdo)和特鲁布里奥(Troubleall)均是愚人形象的代表；琼生借助这些或傻或痴或疯的怪诞形象，用诙谐的方式在很大程度上挑战和颠覆了严肃的官方意识形态，也因此博得观众和读者的大笑。这种笑，除了之前提到过的讽刺嘲讽的笑，也是一种试图告别过去、面向未来、具有革命和更新精神的狂欢的笑。

琼生式诙谐怪诞的狂欢化还体现在琼生对待节日和游戏的肯定态度上。巴赫金认为节日“使全部官方体系及其所有禁令和等级屏障暂时失效。生活在短时间内脱离法定的、传统的常轨，进入乌托邦的自由王国”(巴赫金103)。在节日里，人们允许吃肉、吃荤油、过性生活，因此，物质-肉体因素与节日、诙谐、自由等因素紧密结合起来。而且，狂欢节(carnival)由“carnal”(肉体)一词发展而来，因此狂欢节与物质-肉体有着密不可分的联系。无肉不欢的本·琼生在喜剧创作中对物质-肉体因素也是青睐有加，猪肉便是《巴斯洛缪集市》中的核心意象，所有的人物和整个剧情均围绕着该意象而展开。琼生通过大量的物质-肉体因素为严肃的官方意识形态脱冕，表达了一种乌托邦的自由思想；诙谐地颠覆了传统意识形态中的禁欲主义和教条主义。

同理，游戏和表演也是琼生肯定并经常使用的技巧。巴赫金认为，“集体娱乐具有狂欢化的性质”(252)。他的狂欢化理论另外一个重要观点便是，“狂欢节不是艺术的戏剧演出形式，而似乎是生活本身现实(但也是暂时的)形式”，也就是说，“在狂欢节上是生活本身在表演，而表演又暂时变成了生活本身”(9)。因此，狂欢节抹去了生活和表演的界限，而这正是本·琼生极力肯定并推崇的喜剧思想，他认为“整个人生就是一场戏剧，每个人都忘记自我，乐此不疲地表演着他人”(*Disc.* 71)。他多次将舞台设置于广场或者市井，试图拉近观众与舞台的距离，抹去表演世界和现实世界的界限。在这个开放的表演舞台，人们同时可以观赏并参与各种节日活动，如逗熊、赛马等游戏。因此，戏剧、游戏、表演、生活成为一个浑然一体的世界，人们在集体娱乐、集体游戏、集体表演中感受着全民狂欢的自由氛围。

总之，文艺复兴时代深刻的狂欢化思想、伊拉斯谟和拉伯雷等人的狂欢化文学、古希腊罗马晚期以卢西恩等人为代表的诙谐讽刺文学，同时期托马斯·纳什等人的诙谐讽刺散文，加上琼生崇尚自由、敢于挑战权威的本性，这一切都让古典主义的推崇者本·琼生矛盾地走上狂欢化的道路，而他的城市喜剧怪诞则烙上了不可磨灭的狂欢化人文主义思想的标志。

综上所述，本·琼生是一个矛盾的个体。他既是英国文艺复兴晚期最具古典意识的戏剧家，推崇用古典主义道德观念来审查社会和剖析人性。他从古希腊罗马正统的古典主义思想中吸收营养，用古典主义者所批判和反对的怪诞来讽刺和揭示人性的罪恶和社会的腐败，以达到“寓教于乐”的目的，试图让人们在对怪诞者的嘲笑中了解人性善恶，避免犯同类错误，以实现喜剧道德教育目的，也维护既有的君主专制统治秩序和社会稳定。同时，本·琼生又是一个深通文艺复兴狂欢精神的基督教人文主义者。他积极从古希腊罗马晚期诙谐讽刺文学中吸取精华，努力从中世纪民间文化传统中吸收营养，并虚心向文艺复兴时期多国狂欢化怪诞文学学习，试图用怪诞表达对自由平等思想的憧憬和渴望，也实现对主流意识形态的挑战与颠覆。

总之，本·琼生城市喜剧既保留着中世纪狂欢化诙谐怪诞的因素，又在以理性秩序为主要特点的古典主义官方文化的影响下发生着改变。因此矛盾双重性是琼生式怪诞的独特特征。与巴赫金笔下通过否定来实现肯定的双重性怪诞有所不同，本·琼生怪诞的双重性是否定与肯定并重，是两种价值观和思想体系的碰撞和对话。他的怪诞并不是通过否定正统的古典主义思想来肯定自由平等的乌托邦思想，更不是反其道而行之。琼生式怪诞既体现了他对古典主义思想的肯定和维护，也体现了他对狂欢化思想的拥护和推崇。这两种思想的矛盾融合构成了琼生式怪诞的独特性，也增强了琼生城市喜剧的艺术价值和魅力。

第二章 道德劝诫与愚人狂欢的结合——《福尔蓬涅》中的愚人怪诞

第一节 关于《福尔蓬涅》的争议

《福尔蓬涅》是本·琼生第一部成功的城市喜剧，于1605—1606年由国王陛下供奉剧团(the King's Men)演出。在上演后的一个世纪里，该剧成为本·琼生所有戏剧中仅次于悲剧《喀提林》(*Catiline*)的最受欢迎的戏剧。《福尔蓬涅》曾多次在英国多个剧院上演，直到内战开始，伦敦剧院关闭才被迫停止演出。但随着王朝复辟时期剧院重新开张，该剧也被重新搬上舞台，并于"1733年达到演出的巅峰时期，一年之内由两家剧院轮番上演12场，1734年1月2日两家剧院甚至同时上演这部喜剧"(*CWBJ* Vol. 317)。

然而1785年之后，《福尔蓬涅》便从舞台上销声匿迹达136年之久，直到1921年才由凤凰剧团(Phoenix Society)重新搬上舞台，随后成为同时代戏剧中除莎士比亚戏剧外演出最频繁的戏剧。被誉为"现代戏剧之母"的英国现代编剧家琼·利特尔伍德(Joan Littlewood)于1953年编导了《福尔蓬涅》，他认为，"《福尔蓬涅》是最伟大的喜剧"(转引自Schafer 160)。在现代评论界，这部喜剧被公认为本·琼生最著名的代表作品，同时也是最具争议性的喜剧。

对《福尔蓬涅》的系统性评论始于1688年德莱顿的《论戏剧诗》。德莱顿系统比较了莎士比亚和本·琼生的戏剧与诗学成就，也详细分析了《福尔蓬涅》中的道德性和第五幕的作用。德莱顿的相关研究开启了现代评论界关于这部喜剧的道德性和戏剧结构的长期争议。现代评论界对《福尔蓬涅》的研究与其在现代舞台上的复兴基本同步，具体"始于1919年艾略特所写的关于本·琼生的评论散文"(18)，该散文收录于散文集《圣林》(*The Sacred Wood*)。自此之后，评论界围绕该剧的三个方面展开了长久争论，主要涉及"该剧在琼生艺术创作发展过程中的地位、它的道德性、它的结构"(18)。

关于第一点，评论界基本上一致认为《福尔蓬涅》标志着本·琼生戏剧创作的转折点，代表着琼生从早期的癖性喜剧(comedy of humours)过渡到中期成熟的伟大喜剧。“和早期癖性喜剧不同，在《狐狸》[①]中琼生不再致力于‘鞭笞人的愚昧’，他竭力探索的是人的本性”(何其莘 134)。也就是说这部喜剧摆脱了早期古典主义癖性喜剧的程式，不再致力于刻画程式化、类型化的癖性人物，而是着力于探索复杂的人性。换言之，《福尔蓬涅》中的人物不再是简单平面的类型化人物，而是内心复杂、充满矛盾和对话特质的复杂人物。正如艾略特所认为，“本·琼生成熟喜剧中的任何一个人物都不是‘癖性人物’可以简单概括的”(Eliot, *The Sacred Wood* 117~118)。

《福尔蓬涅》中的道德问题一直以来被评论家们争论不休。哈里·莱文(Harry Levin)认为，“《福尔蓬涅》是本·琼生关于诗学正义(Poetic Justice)探索的最后试验……随着现实主义手法在剧中的使用，琼生逐渐放弃了他一贯宣称的道德目的。”(Levin, *The Myth of the Golden Age* 238~239)这应该是所有评论中对《福尔蓬涅》道德性所做的最直接的否定性评价。然而，无论是在早期的癖性喜剧中，还是中期成熟喜剧中，抑或是宫廷假面剧中，本·琼生都自始至终没有放弃自己的道德目的。只不过相对于早期喜剧中清晰明朗的道德讽刺，《福尔蓬涅》中的道德性变得更加复杂难辨。因为“剧中的道德想象超越了惩罚与奖赏的简单道德讽刺模式”(Eliot, *The Sacred Wood* 158~159)。在此，道德问题不再是非此即彼的透明判断，而是更加复杂地糅合进古希腊罗马人文主义思想对人性的积极肯定和张扬，同时也融合了基督教思想中的宽容和救赎意识。

迈克·布雷特(Mike Brett)认为本·琼生并不仅仅是一个道德家，“很难说清楚他在《福尔蓬涅》中到底是维护了道德秩序还是颠覆了道德秩序”(Brett 39)。一方面，他努力让这部喜剧达到善有善报、恶有恶报的效果：代表善良与天真的西莉亚和博纳瑞尔获得了回报(哪怕回报并不是那么丰厚)；而代表邪恶的福尔蓬涅和莫斯卡等人则得到了严厉的惩罚。然而，福尔蓬涅和莫斯卡虽然行恶多端，但他们行恶的对象却是邪恶之人，而非与之强烈对照的善良之人。同时福尔蓬涅和莫斯卡身上也承载着强烈的美学价值，为观众提供了美学欣赏的机会，这也让该剧的道德判断变得更加含混模糊。

---

① Volpone，既译为《福尔蓬涅》，也译为《狐狸》，本论文统一采取第一种译法。“Volpone”来自拉丁语，相当于英语中的“fox”，也就是“狐狸”的意思。本·琼生用“Volpone”为主人公命名，也为整个喜剧命名，意指主人公的性格像狐狸一样贪婪、狡猾，也意指整部喜剧围绕狐狸而展开。

当然，也有很多评论家认为《福尔蓬涅》是一部典型的道德剧，表达了作者强烈的道德意识。艾伦·德森(Alan C. Dessen)便从中世纪道德剧传统出发，详细阐释了《福尔蓬涅》中的道德主题。他虽然否认该剧是一部传统意义上的道德剧，但是用伊丽莎白时代的身份道德剧①的模式分析了剧中代表身份(estates)的人物——遗产追逐者们，也分析了准恶角——福尔蓬涅和莫斯卡，并进一步剖析了造成社会畸形的原因——金钱至上的资本主义价值观念。德森从英国中世纪本土道德剧传统分析《福尔蓬涅》中的道德主题，认为这是琼生伟大的道德喜剧的预备之作(他认为其成熟之作是《巴斯洛缪集市》)。德森的研究为《福尔蓬涅》的道德性进行了保守的排他性辩护，却忽略了它的古典主义源泉，更遮蔽了剧中的狂欢化现代因素。

关于《福尔蓬涅》结构上的争议主要围绕剧中次要情节和第五幕在剧中的作用展开。德莱顿认为《福尔蓬涅》有两个戏剧行动，主要行动在第四幕已经结束，而第五幕则围绕另一个独立的戏剧行动展开，因为在这一幕中，福尔蓬涅的形象性质发生了改变。德莱顿显然是用古典主义戏剧原则对《福尔蓬涅》的结构进行解读，认为本·琼生在该剧中违背了戏剧只能围绕一个情节展开的古典主义戏剧原则。受德莱顿影响，很多现代评论者并不重视戏剧的第五幕，甚至认为这是多余的，一些现代编剧家甚至将最后一幕直接省略。然而，这种观点和做法有害于剧作。

本·琼生是一个恪守古典主义简洁文体原则的戏剧家。对于他来说，每句台词均对戏剧整体意义有着不可或缺的意义，占戏剧五分之一的第五幕自然也必不可少。他在《发现》中曾用维维斯②的话表达过自己对戏剧结尾部分的重视，“我们在文章的开头和结尾所表达的普遍观点应该比中间部分要更加精

---

① 身份道德剧(the Estates Comedy)是德森在研究 The Tide Tarrieth No Man (1576)时提出的一个概念。根据他的研究，传统道德剧是按照“人物种类模式”(humanun-genus-structural-pattern)，以一个抽象的预言式人物来代表整个国家或者人类，围绕一个中心主题来总体分析社会道德问题，如《人》，《坚韧之城堡》；而伊丽莎白时期的“身份道德剧”往往是以“观点论证模式”(thesis-and-demonstration-structure)，由多个表述社会类型的“身份”人物(如地主，商人，守财奴，律师等等)和与之相对的几个美德人物(如正义，基督，忠诚等等)来分析社会畸形和病态(身份人物的怪诞表现)以及形成这些畸形的原因(如金钱主宰一切的价值观)，如《英格兰三女士》《一切为了金钱》。详情参考 Alan C. Dessen, Jonson's Moral Comedy (Northwest UP, 1971)第一章。

② 维维斯(Juan Louis Vives, 1493—1540)是西班牙著名学者和人文主义者。他非常关注人的灵魂和情感，因此被称为现代心理学之父。

确"；"结尾更是如此，然后是开头"（转引自 Donaldson，*Jonson's Magic Houses* 106~107）。而且他在戏剧《磁力女士》（*The Magnetic Lady* 1632）也借助剧中男孩强调了戏剧最后一幕的重要性，邀请人们无论如何一定要坚持"留下来，看完最后一幕"（107）。本·琼生在给寓言①下定义的时候强调了寓言的整体性，他认为"寓言是对一个完整的完美的行动的模仿，行动的各个部分都彼此关联，拿走任何一部分都会损害整体的意义"（*Disc.* 1903~1905）。

由此可见，《福尔蓬涅》的最后一幕哪怕不是至关重要，也至少是必不可少。而事实上，第五幕对我们分析福尔蓬涅这个双重性怪诞人物至关重要，对我们理解喜剧的整体意义也非常重要。如果说前四幕主要体现了本·琼生的古典主义道德讽刺目的，那么第五幕则明显将该剧上升到道德讽刺和怪诞狂欢相结合的复杂喜剧。第五幕既完成了古典道德剧传统中的最后审判，宣扬了善有善报、恶有恶报的道德观念，同时也很大程度上释放了该剧中怪诞的狂欢化力量。

关于《福尔蓬涅》结构上的争议也围绕关于准政治夫妇（Sir Politic Would-Be and Lady Would-Be）等人的次要情节展开。早在 17 世纪后期，英国评论家约翰·丹尼斯（John Dennis）便对准政治夫妇等人物在主要剧情发展中的必要性提出了质疑。在 20 世纪，对该主题进行详细探讨的有巴里斯（Jonas Barish），他在 1953 年的一篇关于该剧的双重情节的论文中强调了次要情节在整个剧情发展中的重要作用。这一观点随后得到其他评论家的共鸣，如阿诺德（Judd Arnold，1965），莱格特（Leggatt，1997）等。

至今，评论界针对该主题基本达成共识，认为主次两个情节在主题上彼此相联系。然而准政治先生躲在龟壳里受戏弄的情节依然被认为破坏了主要情节的完整性，甚至增加了主要情节的混乱感。而该剧的一些现代版本断然删除这一情节，这同样不妥。关于准政治夫妇的次要情节在我们分析阐释该剧的怪诞主题时同样非常重要。准政治先生对福尔蓬涅的怪诞模仿一定程度上反映了福尔蓬涅的怪诞性质，而准政治夫人则多方面反衬了西莉亚的传统古典性质，同时也透露出剧中的狂欢化怪诞人体观念。

除艾略特提到的这三方面的争议之外，《福尔蓬涅》在评论界还存在其他一些明显争议，这些争议对于我们理解该剧的意义，特别是其双重性怪诞非常重要，因此也有必要稍作梳理。其中一个争议是关于该剧性质的争议——《福

---

① 寓言也就是"fable"，本·琼生认为诗歌——无论是史诗还是戏剧——最核心的部分就是寓言。

尔蓬涅》到底是一部喜剧还是悲剧？抑或是悲喜剧？它虽然被归在喜剧一类，但剧中不乏沉闷悲怆的气氛，特别是它打破了喜剧需以皆大欢喜为结局的传统①，不是以结婚收场而是以离婚收场，剧中没有人是赢家，几乎所有主要人物都受到严厉惩罚。

这让不少评论者对该剧的喜剧性质发起了质疑。诺斯诺普·弗莱(Northrop Frye)和威廉·燕卜荪(William Empson)便为福尔蓬涅做了有力的辩护。弗莱在《批评的剖析》中详细分析了琼生的喜剧，认为"《福尔蓬涅》是对悲剧进行喜剧模仿的一个例外，它仔细地展示了福尔蓬涅的狂妄野心"(弗莱 195)。燕卜荪也认为，《福尔蓬涅》是一部"关于福尔蓬涅的悲剧"(Empson 25)。福尔蓬涅是"一个绝望的人物角色"，"他时刻准备好向我们展示威尼斯地狱般的商业世界，但他是与我们站在一起反对这个商业地狱的"，"我们应该对他抱有同情心"(71)。可见，弗莱和燕卜荪均否认了福尔蓬涅的邪恶性，而强调了他身上的悲剧力量。

然而，泰勒(C. G. Thayer)却并不赞同《福尔蓬涅》是一部悲剧或者倾向于悲剧的观点，他认为"它包含了大量琼生之前写过的最愉悦的场景，却不包含任何悲剧性的场景"(50)，是一部真正意义上的喜剧。海伦(Helen Ostovich)也为该剧的喜剧性进行了辩护，她在《本·琼生四大喜剧》(*Jonson*, *Four Comedies*)的介绍部分提出，"《福尔蓬涅》是一部结合了阿里斯托芬喜剧和狂欢喜剧因素的喜剧"(Ostovich 8)。关于《福尔蓬涅》到底是喜剧还是悲剧的争议与该喜剧中的矛盾思想密切相关，这关系到我们对福尔蓬涅这个人物的分析，福尔蓬涅到底是一个恶角还是一个有着悲剧精神的人？这对于理解该剧中的矛盾性双重怪诞非常重要。

评论界一般认为福尔蓬涅是一个邪恶之人。对于一些从道德讽刺角度分析该剧的人来说，福尔蓬涅可以说是一个恶角，或者至少是一个准恶角，是整个喜剧道德批评的主要对象。也有一些评论者从古典主义出发分析福尔蓬涅，认为他是一个类似于早期癖性喜剧中的癖性人物，他的癖性主要表现在对财富的追求上，因此他又被定义为一个古典主义喜剧中的程式化人物——守财奴。那

---

① 4世纪迦太基主教多纳图(Aelius Donatus)认为悲剧和喜剧的区分，从根本上说在于喜剧以凶开场，以吉收幕；反之悲剧以吉开场，以凶收幕。意大利喜剧家但丁秉承了这一说法，将自己的杰作《神曲》命名为神圣喜剧，而该剧是便以地狱开篇，以天堂结尾。毋庸置疑，但丁对喜剧的定位非常明显地影响了英国文艺复兴喜剧思想，这一时期的喜剧大多遵从这一传统。详情参考陆扬：《文艺复兴诗学》，上海：上海交通大学出版社，2012，23。

么，福尔蓬涅是一个邪恶之人吗？或者是一个真正意义上的守财奴吗？有很多评论者对此发表了不同意见。燕卜荪并不认为福尔蓬涅是一个邪恶的角色，相反强调应给予他同情（Empson, *Volpone* 71）。而弗莱认为福尔蓬涅是一个有狂妄野心的人，是一个悲剧人物（弗莱 195）。格林布拉特（Stephen Greenblatt）则认为，福尔蓬涅"是一个杰出的人物，是一个竭尽自己的智慧，过自由生活的独立个体"（转引自 Bloom, *Volpone, or the Fox* 34）。现代评论界对福尔蓬涅的争议从未停止，这主要是因为福尔蓬涅的矛盾性和复杂性。因此，只有深入了解他身上的矛盾特质才能对他做出更加深刻和全面的分析。

综上所述，关于喜剧《福尔蓬涅》的评论存在众多争议，而这些争议均与该剧的矛盾性和复杂思想密切相关。无论是对该剧性质的确定，还是关于人物特别是福尔蓬涅的定位，或是关于该剧道德性的争议，亦或是关于喜剧次要情节和最后一幕的作用，都离不开《福尔蓬涅》中的双重性怪诞思想。《福尔蓬涅》虽然是一部喜剧，但是剧中人物和戏剧结局又让喜剧带上沉闷忧郁的气氛，这在很大程度上离不开剧中人物的复杂性和矛盾性。《福尔蓬涅》有着非常明显的道德主题，然而剧中怪诞人物身上所具备的狂欢化因素和颠覆力量又让其道德批判主题变得模糊隐晦。另外，喜剧的次要情节和第五幕则在不同程度上让喜剧从传统的道德批评模式上升到兼具道德批评与怪诞狂欢的双重性高度，同时也让人物福尔蓬涅从古典主义程式化的人物形象——守财奴——过渡到一个复杂多变、自我对话的人物形象。

《福尔蓬涅》是一部遵从古典主义原则的喜剧。本·琼生早在《人人高兴》的前言中就批评了约翰·黎里（John Lyly）①的《恩底弥翁》和莎士比亚的《亨利六世》，认为他们违背了古典戏剧的三一律，"让一个现在仍在襁褓中的婴儿，在一瞬间变成老态龙钟的老人，跨越了六十年的时间。或者凭借三把锈剑和音步不全的诗句，来描述约克和兰开斯特王朝的争端"（转引自王佐良、何其莘 159）。他在《福尔蓬涅》的前言中更是公开宣布该剧遵从"时间、地点和人物均统一"（*Volp*. Pro. 31）的古典主义原则。然而，尽管琼生极力标榜自己的古典主义旗帜，但这部喜剧又时刻透露出对古典主义原则的背离。正是在这些对古典原则的遵从和背离的矛盾裂缝中，本·琼生的狂欢化人文主义思想得以闪现。

---

① 约翰·黎里是比莎士比亚之前就在伦敦出名的四个"大学才子"之一，其余三个是托马斯·基德（Thomas Kyd），克里斯托弗·马洛（Christopher Marlowe）和罗伯特·格林（Robert Greene）。

第二节　古典主义视域下的道德劝诫

本·琼生在《福尔蓬涅》剧首的书信(*Epistle*)中对当时英国的戏剧创作提出了批评，他认为许多剧作都是“粗俗、低贱、渎神的，是对上帝和人类的冒犯之作”(*Volp. Epistle* 28)。而他创作《福尔蓬涅》的一个重要目的便是使戏剧摆脱这种粗俗渎神的面貌，用严肃典雅的古典主义模式让诗歌(特别是戏剧)“重新抬起被诋毁的头颅，使它摆脱那些由时代所带来的腐朽和卑贱的糟粕，使它回归最初的特征与荣光”(98～101)。显然，琼生深受贺拉斯影响，试图通过喜剧创作来为英国诗歌(特别是戏剧)进行锡德尼式的辩护。具体地说，琼生试图用古典主义的典雅形式创作喜剧，使自己的喜剧摆脱同时代喜剧粗鄙与渎神的面貌。而且他进一步明确指出该喜剧会遵从古典三一律原则。由此可见在喜剧开始之前，琼生已经从多方面强调了该剧的古典主义动机。

显然，本·琼生在一定程度上打破了自亚里士多德以来的喜剧传统观念。亚里士多德认为，“喜剧总是模仿比我们今天的人坏的人”(亚里士多德、贺拉斯《诗学·诗艺》8～9)。但是喜剧的坏并不是针对“恶”，而是针对“丑”而言。因此，亚里士多德用美学价值取代了喜剧的道德功能。与之相似，弗莱也认为，“社会价值对荒唐行为的裁决比之于道德价值对邪恶行动的裁决更接近喜剧的范畴”(弗莱 198～199)。也就是说喜剧的目的不在于揭示罪恶，而是荒诞。然而，本·琼生将严肃的古典主义道德价值判断引入滑稽荒诞的喜剧中，特别是他的中期成熟喜剧，《福尔蓬涅》便是典型代表。

在本·琼生创作时期，古典主义并没有成为英国文学的主流，人们更多地还沉浸在对中世纪腐朽观念和陈旧思想的清剿追杀，沉浸在摆脱旧传统的狂欢呐喊之中。因此，拉伯雷和莎士比亚式的人性狂欢才是文学的主流。那么为何本·琼生会在这种时候敢于打破文学传统，试图用理性、严肃、典雅的古典主义思想来进行文学(特别是喜剧)创作，并公开宣称要以此来重振诗歌的旗帜，恢复诗歌的尊贵地位？这既离不开他博大精深的古典主义素养，也离不开他对当时社会现状的深刻理解。

出生于市井却博学多才的本·琼生，无论是对英国社会还是对意大利威尼斯、曼图亚等城市的社会现状都非常熟悉。进入文艺复兴晚期的欧洲各大城市，经过早期人文主义的洗礼，虽然迅速发展壮大，但也早已经危机四伏。尽管人文主义依然是此时的主流思想，但文艺复兴晚期的人文主义思想已经不同于早期的人文主义思想。众所周知，人文主义思想因为时间和地域的不同而存在不同的形态，我们不妨借用我国学者肖四新的观点。

肖四新总结了文艺复兴时期人文主义的三种主要形态，其中第一种是在复兴古希腊罗马文学中形成的人文主义，主要以意大利为代表，具有意大利式的感情色彩，可以称为意大利人文主义。欧文·白璧德称为‘自由扩张的人文主义’①。意大利人文主义以一种决绝的姿态向中世纪权威挑战，主张全力恢复古希腊罗马文学中的人本主义思想。然而，随着人本主义思想的大力发展，一系列的社会问题随之滋生，如情欲泛滥和道德堕落。加上 15 世纪伊壁鸠鲁式的快乐主义在意大利开始流行，“瓦拉②在 1431—1432 年之间写成长篇对话《论快乐》，其中表达的伊壁鸠鲁快乐主义传统很具代表性。他发人深省地否定了斯多葛主义，而间接肯定了伊壁鸠鲁传统的快乐学说”(陆扬 65)。

意大利人文主义思想促进了威尼斯等城市的迅速发展，杜兰特·威尔认为，“15 世纪末 16 世纪初，是威尼斯人生活最为光辉灿烂的时期”(362)，但是“威尼斯人的生活，在物质上远比精神上来得诱人……它是历史上最多姿多彩、最奢华、最享乐的文明”(364)。物质上的辉煌灿烂换来了人们精神生活的岌岌可危，宗教几乎丧失了控制道德的力量，不再相信道德律来自上帝的人越来越多。因此当马丁·路德在 1511 年拜访意大利时说，“假如有地狱的话，那么罗马便是建立在地狱之上，我也听见罗马人自己这么说”(转引自威尔 768)。而罗吉尔·阿谢姆③(Roger Ascham)也曾如此形容意大利，“一个英国人要是意大利化了，就变成了魔鬼的化身”(768)。

然而，威尼斯又是文艺复兴时期著名的商业王国，同时“威尼斯的政府组织也闻名于世，其余帝国亦大为钦佩，远道遣使而来，学习其政府之组织与功能”(353)。威尼斯等意大利城市的威名通过各种主观和客观的渠道传遍欧洲大陆，很多英国文学家将意大利城市作为文学创作的背景，如莎士比亚和本·

---

① 根据肖四新的研究，人文主义的三种形态如下：第一是意大利人文主义；第二是指在意大利萌芽，在阿尔卑斯山以北的一些国家和地区形成的人文主义，主要以德国为代表。他们在古希腊罗马文化中的人本主义精神启发下，主张通过回归原初基督教教义改造教会，一般称为基督教人文主义，也称为圣经人文主义；第三是在文艺复兴晚期出现的人文主义，具有怀疑、忧郁、内省特征，主要以法国和英国为代表，一般称为怀疑论人文主义。具体参考肖四新：《文艺复兴时期人文主义的三种主要形态》，《高等函数学报》(哲学社会科学版)2004. 2。

② 瓦拉(Lorenzo Valla，1407—1457)是意大利人文主义者、修辞学家和教育家。

③ 罗吉尔·阿谢姆(Roger Ascham，1515—1568) 是 16 世纪英国著名学者、散文家和教育家，于 1548—1550 担任伊丽莎白公主的希腊和拉丁语老师。

琼生。本·琼生深刻了解意大利城市和英国城市的腐朽败坏，也明白造成这种局面的原因离不开意大利人文主义者对古希腊罗马人本主义的极度扩张。

身为英国晚期人文主义者的代表，他深刻理解意大利人文主义在带来人性解放的同时，也带来了人们精神上的荒芜和道德上的败坏。鉴于此，他强调用古典思想中的理性精神对早期人文主义进行反思。在琼生看来，真正的理性应该是既强调人文精神，又要在社会道德规范之下解放人性。因此以贺拉斯、西塞罗和斯多葛等为代表的古典道德思想成了琼生文学创作的重要源泉和有力武器。

换言之，本·琼生以戏剧的形式，对两个多世纪以来的人文主义思想进行了深刻反思，他意识到意大利人文主义带来了情欲泛滥和道德堕落的局面，试图用古典思想中的理性、得体、秩序等原则和严谨的道德标准来矫正这种危机。在很大程度上说，《福尔蓬涅》正是本着这样一种目的而创作，是为了惩戒因为早期人文主义危机而导致的各种道德恶习，并弥补因早期人本主义扩张和享乐主义盛行而造成的道德和精神危机。喜剧结尾的一句台词道出了琼生的这一目的，“一切恶行都会受到滋养，正如野兽一般；然而终有一日它会如野兽般血流而尽”(*Volp*. 5. 12. 150 ~ 151)。用我国的一句俗语来说便是“善有善报，恶有恶报，不是不报，时候未到”。

《福尔蓬涅》的主要场景之一是福尔蓬涅的住所(更确切地说是他的卧室)，正如博纳瑞尔所说，这是一个“魔鬼的巢穴”(the den of villainy)(3. 8. 271 ~ 273)。或者如本·琼生所暗示的，这是一个由各种动物和物质所组成的怪诞王国。无论是主人公福尔蓬涅、仆人莫斯卡还是接踵而至的遗产争夺者们，都是应该受到惩罚的怪诞之人，人物们的名字便透露了他们的动物本性。

本·琼生显然借助了古典传统中的动物意象，“Volpone”来自于拉丁语中的“Vulpinus”，源于“Vuples”，是“狐狸”的意思，主要代表贪婪和狡猾。仆人莫斯卡的名字“Mosca”是意大利语，源自于拉丁语中的“Musca”，指代寄生虫“苍蝇”。而律师沃尔托尔的名字“Voltore”源自于拉丁语中的“Vultur”或者“Voltur”，相当于英语中的“Vulture”，意为“秃鹰”或者“秃鹫”，也指代“贪婪之人”。另外两位遗产争夺者商人科维诺(Corvino)和老贵族科尔巴西欧(Corbaccio)的名字分别取自意大利语中的“Corvo”和“Corbo”，前者指代“Raven”，而后者指代“Crow”，这两者意义相近，都是指代食腐动物“乌鸦”，主要的区别在于前者可以指代体型较大的“渡鸦”，而后者仅指代乌鸦。三者的共同点在于它们都是具有掠夺性的食腐动物，同狐狸一样具有贪婪的本性。

从拉丁语源中选词为戏剧人物命名是琼生戏剧的显著特点。在这部喜剧中，琼生精心从拉丁语中选取这些动物名字为喜剧的主要人物命名，其意昭昭。他旨在打造一个贪婪成性、弱肉强食地动物般的世界。但这依然是一个人的世界，绝非如一些评论者所认为的是寓言故事中的动物世界①，《福尔蓬涅》也并不是一部真正的动物寓言，哪怕它受到了中世纪寓言故事，特别是伊索寓言中关于狐狸的寓言的明显影响。

"在中世纪寓言传统中，狐狸代表了七重罪里的贪婪"(Partridge, *The Broken Compass* 84)。本·琼生借用了这一传统，也借用了寓言故事所用的动物名字。但《福尔蓬涅》的主人公并不是寓言故事中寓指人性特点的动物，而是颇具兽性的人。因此这是一部关于人的喜剧，一部努力按照古典主义喜剧模式所创作的人文主义喜剧。再者，作者的目的并不是通过动物来寓意人世道理，而是在基督教传统之内对违反基督教罪恶的具体人物予以惩戒，并达到以儆效尤的目的。用罗兹的话来说，本·琼生"创造了一个怪诞的世界，这个世界中的人们都是应该受到鞭笞和清除的怪物"(Rhodes 137)。

《福尔蓬涅》是一部关于遗产继承与争夺的喜剧，这显然是来自古典讽刺喜剧传统，何其莘认为，"对遗产继承人的抨击是古罗马喜剧的主题之一"(何其莘 134)。本·琼生在这一点上深受古典讽刺剧传统的影响。然而，与古典喜剧中对遗产继承人这一人物群体的批判有所不同，《福尔蓬涅》中批判的不仅仅是遗产继承人，而是包括遗产分配者在内的所有人。与其说该剧讽刺了遗产继承人的贪婪，还不如说他披露的是普遍意义上每一个人心中的贪婪本性。相对于古罗马喜剧中对某一个社会群体的批评与讽刺，本·琼生在《福尔蓬涅》中的讽刺更具普遍性和深刻性。

《福尔蓬涅》的世界是一个黑白颠倒的魔怪世纪，人们价值观念和传统秩序被扭曲变形，而这一切皆因人性的贪婪和人的掠夺本性。"贪婪"是基督教七大重罪之一，而这种贪婪又具体体现在对世俗世界中的金钱、物质和肉体享乐的追求上，因为在基督教看来，金钱是世俗权力的代表。事实上，早期人本主义对世俗权力和人性解放的追求在一定意义上与基督教观念并不相容。这造成了文艺复兴时期人们在人文追求和精神归属方面的矛盾与冲突，这种冲突在悲剧人物身上反映非常明显。然而，福尔蓬涅首先是一个喜剧人物，是一个具

① 理查德·达顿(Richard Dutton)在编辑整理《福尔蓬涅》时所写的介绍中认为，《福尔蓬涅》是一部讽刺寓言，同乔叟的《修女的教士的故事》，斯威夫特的《格列弗游记》和奥威尔的《动物农庄》属于同类，详情参考 CWBJ, Vol. 33。

有一定类型化特点的滑稽怪诞人物①，他身上的矛盾性体现并没有悲剧人物哈姆莱特般分明。在很大程度上，福尔蓬涅是一个具有功能性特征的人物，他的存在是为了服务于作者夸张、滑稽、喜剧性地表达一种翻转扭曲的价值观。福尔蓬涅在第一幕中关于黄金崇拜的独白清晰地表达了这种扭曲的价值观：

早晨好，新的一天；早晨好，我的金子。
打开我的神龛，让我朝见我的圣人。
欢呼吧，世纪的灵魂，同时也是我的。
万物滋生的大地希望看到盼望已久的太阳
从白羊座的方向慢慢升起
但我却更乐意看到你的光辉压过太阳的光芒。
……
啊，炼金士手中炼金石的儿子，你比你的父亲更加光彩夺目，
让我满怀敬意地给你一个吻，
以及这座圣殿中每一件无价的宝藏。
……
亲爱的圣人——财富，
你默默无闻，却教人说话，
你一动不动，却指使人干出各种勾当。
你是灵魂的代价，
有了你，地狱也变成天堂。(*Volp*. 1. 1. 1~25)②

福尔蓬涅是怪诞的，但他的怪诞并不是拉伯雷笔下高康大式的长相怪诞，也不是斯宾塞笔下人与动物相结合的魔怪式怪诞。他的怪诞是一种信仰和思想上的怪诞，也就是说他的怪诞并不是身体畸形造成的怪诞(physical grotesque)，而是一种思想变异造成的怪诞(metaphorical grotesque)。在此，怪诞是作为人物内心道德败坏的外在表现，是古典主义者本·琼生在道德传统之内，披露道德腐败的一个讽刺工具。从这种程度上说，怪诞是古典主义理性和得体原则的对

① 柏格森认为，悲剧致力于刻画个人；而喜剧致力于刻画类型。参考柏格森：《笑》，徐继曾译，北京：十月文艺出版社，2004，111。

② 这段译文选自王佐良、何其莘：《英国文艺复兴时期文学史》，北京：外语教学研究出版社，2006，163。

立面，应该予以取缔或者纠正。人的贪欲使人文主义的世俗追求变成了思想道德上的畸形发展，最终使人成为违背或者完全颠覆基督教道德秩序的怪诞之人，严重影响了社会的健康发展。

具体说来，福尔蓬涅的怪诞是对自然秩序或者传统信仰的一种扭曲，他的狂妄之词表达了对基督教道德秩序的颠覆和逆转。“神龛”“圣人”“圣殿”等基督教神圣词汇被用来形容对世俗权力——黄金——的赞美。这是对崇高的基督教信仰的降格：卑贱之物被奉为神灵，黄金的光芒甚至盖过了太阳的光芒，或者说代表物质的黄金之光超越了代表精神的阿波罗之光。对黄金的崇拜取代了对上帝的崇拜成为福尔蓬涅的人生追求。因此，这段话也往往被引来作为福尔蓬涅是守财奴的直接证据。毫无疑问，福尔蓬涅是爱财的，但是金钱至上并不仅仅是福尔蓬涅的价值观，更是其他三位遗产争夺者的唯一追求。

正如他们的名字一样，三位争夺者是不顾一切争夺腐肉的动物般的贪婪者。从三位登场的顺序可以看出作者的别有用心。首先出场的最为凶猛的秃鹰——律师沃尔托尔，其次是稍弱的渡鸦——商人科维诺，最后是老眼昏花又耳背的乌鸦——老贵族科尔巴西欧。本·琼生用最为凶猛的秃鹰指代律师，寓指17世纪威尼斯(也指英国)律师的贪婪和他们对社会的危害非常之大。喜剧通过沃尔托尔这个律师角色，将威尼斯法律系统的腐败揭露得一览无遗，律师为了自己的利益可以歪曲事实并随时改变辩护词，而法官在法庭上却想着将“富有”的当事人物色为自己的女婿。

第五幕中沃尔托尔为了争夺利益第二次迅速改变自己的辩护词一幕非常滑稽可笑地表达了他的贪婪。意识到自己被骗的沃尔托尔①很不甘心，因此率先打破了骗子联盟，私自在法庭上篡改辩护词，为博纳瑞尔和西莉亚的无辜进行了“正义”的辩护。正当昏聩的法官准备重新宣布审判结果时，乔装打扮的福尔蓬涅凑近沃尔托尔的耳边与他进行了一番私下协商，两人的对话颇富戏剧性和滑稽性：

福尔蓬涅：先生，福尔蓬涅的仆人托我转告你他还活着，你依然是继承人，你的希望还在，这只不过是一个玩笑——

沃尔托尔：怎么可能？

① 福尔蓬涅在卧室试图强奸西利亚(科维诺之妻)，被碰巧躲在屏风后的博纳瑞尔(科尔巴西欧之子)抓获。随后福尔蓬涅、沃尔托尔、科维诺、科尔巴西欧等人为了各自的利益结成联盟，捏造事实，伪造证据，将无辜的博纳瑞尔和西利亚送上法庭。

福尔蓬涅：先生，如果你够坚定，你又是如何处理的？
沃尔托尔：你确定他还活着吗？
福尔蓬涅：和我一样健在。
沃尔托尔：哦！天啦！我太鲁莽了。
福尔蓬涅：先生，你完全可以自救。他们说你被魔鬼附体了；那么你倒下假装如此吧：我会助你成功。
[沃尔托尔即刻倒在了舞台上]（*Volp*. 5. 12. 15～25）

沃尔托尔的轻信和他的瞬间倒地说明他被遗产蒙住了双眼，失去了思考和辩白的能力。急速变化的剧情和夸张的表演造成了强烈的滑稽讽刺效果，任何正常人均不会如此愚蠢和轻信旁人，沃尔托尔这一形象显然具有一定的功能性，是作者为了讽刺“金钱主宰一切”的社会现象而设立的一个脱离正常人性的夸张、滑稽的怪诞角色。随后科维诺帮助福尔蓬涅一起寻找沃尔托尔身上的恶魔一幕进一步展示了琼生辛辣的怪诞讽刺：

福尔蓬涅：看到了吗，法官？现在它到了他的肚子里！
科维诺：啊，魔鬼！
福尔蓬涅：现在到了喉咙。
科维诺：啊，我看得很清楚。
福尔蓬涅：它要出来了，它要出来了，站远一点。看它会飞到哪里去！它有着蓝色的癞蛤蟆模样，还长着一双蝙蝠的翅膀！（*Volp*. 5. 12. 27～31）

福尔蓬涅和科维诺的对话演绎了一番“皇帝的新装”似的表演。极度夸张的表演和荒诞的剧情发展都透露出本·琼生的喜剧目的——“展现时代的缩影，鞭笞人的愚蠢而不是罪恶”（转引自王佐良、何其莘 159）。沃尔托尔是一个律师，第四幕中他作为骗子集团的辩手，靠着良好的口才和严密的逻辑对原本无罪的西莉亚和博纳瑞尔进行了强有力的有罪指控，这证明了他有着精明的头脑和完整的理智。然而第五幕中他愚蠢的表现却让人瞠目结舌，他对金钱的贪婪让自己的理智丧失殆尽，他变成一个任人摆布的木偶，由此可见金钱的魔力。这里关于魔鬼的说法既有讽刺的目的，也包含另一层含义。沃尔托尔虽然在福尔蓬涅的诱惑下假装被魔鬼附体，但事实上他也确实被魔鬼左右了心智，是潜伏在他心中的贪婪的魔鬼俘获了他，让他丧失了理智，而陷入愚蠢与罪恶的深渊。

不仅沃尔托尔被这个魔鬼控制，福尔蓬涅、科维诺和科尔巴西欧等也均被它左右。琼生讽刺批评的并不仅仅是人的“愚蠢”，也包括人的罪恶，《福尔蓬涅》的世界是一个“魔鬼的巢穴”(3. 8. 272~273)。福尔蓬涅在第二次面临困境时，紧张地自言自语，“当我出此下策的时候，定有恶魔主宰我的头脑”(5. 11. 5)。基督教认为，每个人内心都有一个恶魔，稍不留神就会被其左右，因为“人是半天使、半野兽的，能够拥有智慧，但人的动物本能总是将人引入歧途”(*CWBJ*. Vol. 319)。由此可见，本·琼生始终在基督教的范畴内，用夸张、滑稽、怪诞的方式对人性罪恶进行了无情的讽刺和抨击，道德讽刺始终是琼生式怪诞的目的之一。

随后出场的人物商人科维诺也被恶魔左右了心灵，失去理智，成为一个远离自然秩序的滑稽怪诞之人，他的怪诞代表了 17 世纪威尼斯(英国)商人的贪婪和无耻。科维诺原本是一个严格恪守封建男权思想的保守商人，这从他开始对待西莉亚的态度可以明显看出，他平日对妻子西莉亚进行非常严密地监控，决不允许她在公共场合抛头露面，用莫斯卡的话说是，“西莉亚就像你福尔蓬涅的金子一样被严加看管着：永不出门、永不呼吸外面的空气”(*Volp*. 1. 5. 118~120)。当科维诺得知西莉亚向窗外的江湖游医福尔蓬涅抛出了一块手绢之后，即刻大发雷霆：

> 我的荣誉被你埋葬了，居然和一个城市愚人?
>
> ……
>
> 你这个虚伪的女人，
>
> ……
>
> 你这个妓女。
>
> ……
>
> 我真该用这把匕首杀了你，你这双淫荡的眼睛看了多少眼，我就该捅你多少刀。(2. 5. 1~35)

科维诺对待妻子的态度足以说明他骨子里根深蒂固的封建男权思想，将自己的名誉看得极其重要，也因此嫉妒成性。他将妻子当成自己的附属品或者他自己的私有财产，妻子在他眼里没有任何人身自由可言，更别说人身权利。然而，在面对金钱利益时，这些所谓的夫权、名誉全部土崩瓦解，当莫斯卡引诱他向“临死”的福尔蓬涅献出自己的妻子做药引时，他的态度瞬间发生了翻天覆地

的变化，

> 科维诺：你在哪里？我的妻子？我的西莉亚？妻子！
> ……过来，我并不嫉妒。
> 西莉亚：不嫉妒吗？
> 科维诺：名誉，我不在乎，我从来都不在乎；
> 这可怜的东西，毫无用处的癖性。
> ……我相信你，你将会看到这一点；
> ……穿上你最漂亮的衣服，带上你最耀眼的珠宝；
> 我们受邀去参加老福尔蓬涅的庄严聚会
> 我会让你看见我离嫉妒与害怕有多么遥远。(*Volp*. 2. 7. 1~18)

在金钱利益驱使下，嫉妒成性、囚禁妻子的科维诺居然主动提出将妻子奉献给福尔蓬涅。他态度变化之迅速与沃尔托尔在法庭上的态度变化有惊人的相似性。与沃尔托尔一样，对金钱的贪婪让科维诺失去了理智，也放弃了对自己一贯坚持的封建夫权思想，露出了丑陋、愚蠢、滑稽的面貌。贪婪吞噬了人的心灵，让人丧失理性，丑态百出，变成脱离常轨的怪诞之人。

最后出场的科尔巴西欧是一个比福尔蓬涅还年老的老贵族，听力严重衰退，每次都因此遭到莫斯卡的嘲弄，甚至在法庭上都无法听清楚法官对自己的宣判。然而，这样一个将死之人，也丝毫不想放弃任何获得财富的机会，自欺欺人地不断给福尔蓬涅送礼，幻想他会比自己早死，因此继承他的财产。如果说沃尔托尔和科维诺还会对自己的贪婪之心稍作掩饰，那么科尔巴西欧则是赤裸裸地表露自己的野心。他进门便向莫斯卡询问福尔蓬涅的症状，连续用六个"好"(1. 4. 13~48)来回应莫斯卡对福尔蓬涅病情恶化的描述，最后认定自己"会比他活得更久，也让自己年轻了二十年"(1. 4. 55~56)。

更可笑的是，他居然听从莫斯卡的建议，取消自己儿子的遗产继承权，重列福尔蓬涅为他的遗产继承人，因为他自欺欺人地相信福尔蓬涅会先他死去，这样他就可以继承福尔蓬涅的财产。对金钱的贪婪让他完全丧失了自己的判断能力，变得愚蠢盲目，难怪莫斯卡会说，"你的智力并不比你的听力好"(1. 4. 126)，"阁下是一头尊贵的蠢驴"(129)。科尔巴西欧不仅愚蠢，而且无情，丝毫不顾及父子之情，居然在法庭上做伪证，使无辜的儿子背负与人通奸的罪名。与之前的法律权威和夫妻之情一样，科尔巴西欧与其儿子的父子之情在金钱利益面前也土崩瓦解。

无论是福尔蓬涅，还是三位遗产争夺者，他们的一个共性便是贪婪。有评论者认为从道德剧的角度出发，福尔蓬涅和莫斯卡是该剧的邪恶角色，是他们造成遗产继承者的堕落，这样的评论有失偏颇。本·琼生确实从多个方面展现了“金钱主宰一切”的社会现象，以及这一现象对人物关系的危害。在金钱利益面前，父子关系、夫妻关系、主仆关系都遭到颠覆。律师为了遗产可以肆意践踏法律的尊严，任意做虚假辩护；父亲为了遗产可以断绝父子关系，甚至在法庭上与人合谋置儿子于死地；嫉妒成性的丈夫为了遗产可以将自己原本严加看管的妻子送到别人床边。造成这些人犯错堕落的根源并不是福尔蓬涅或莫斯卡，而是潜伏在每个人心中的贪婪本性。

因此，福尔蓬涅和莫斯卡作恶的对象并不是善良之人，而都是贪婪之人，无论是作恶者，还是被作恶者，在琼生眼里，都是应该遭受惩罚的脱离常轨之人。如果将福尔蓬涅或者莫斯卡定位为恶角，显然不符合传统道德剧的逻辑。如果说喜剧真有一个恶角，那么这个恶角并不是福尔蓬涅，也不是莫斯卡，而是潜伏在每个人内心的贪婪本性。正是人内心潜伏的贪婪本性，造成了这个社会的畸形与怪诞。

由此可见，琼生在《福尔蓬涅》中有不容否认的道德讽刺和劝诫目的。他通过大量的动物性人物名字和动物意象营造了一个动物般的怪诞世界。在这个世界里，贪婪和金钱主宰一切，世界变得黑白颠倒，是非不分。但造成这种怪诞的一个重要原因是早期人文主义对世俗权力的过度追求引起人性贪婪的膨胀，导致人人以金钱至上为人生目标，丧失理性和道德，从而变成充满兽性的怪诞之人。正如托马斯·罗(Thomas Roe)所说，人人“都有可能犯下此类肮脏的罪恶，但这并不是他的罪恶，也不是你们的罪恶，而是时代的罪恶”(转引自 *CWBJ*. Vol. 335)。换言之，这是文艺复兴晚期人文主义危机的具体体现，是人本主义的过度发展和扩张带来的社会道德腐败和人类精神幻灭。本·琼生深刻了解这种早期人文主义的危机，试图用古典道德观念和理性至上的原则来追索人性的失落，并试图以此警醒堕落中的人们。

通过这部关于人和人性的喜剧，本·琼生对早期人文主义危机进行了反思，通过夸张诙谐的方式，塑造了一批违背古典主义理性原则的怪诞之人，并最终将这些人物一一严惩，以此实现自己的喜剧目的——“告诫年轻人遵从良好的纪律；激发成年人实现美好的品德；让老年人保持最好最崇高的状态，或者引导他们回归童年的纯真”(*Volp. Epistle* 18~20)。不仅如此，琼生还借此对产生这些怪诞人物的时代进行了批判，因为这不仅是个人或者群体的罪恶，而是“时代的罪恶”。所以，本·琼生塑造福尔蓬涅、沃尔托尔等一系列动物性的怪诞人物，显然也服务于该喜剧目的，这些人物的结局最能说明这一点。

不同于拉伯雷式狂欢化怪诞人物，琼生的这些怪诞人物最终均受到了严厉的惩罚，被含纳进正常的社会轨道：福尔蓬涅被判终身监禁；沃尔托尔被取消律师资格并逐出威尼斯；科维诺被判离婚并赔偿西莉亚三倍多的嫁妆；科尔巴西欧被没收财产并逐去修道院。因为他们的怪诞是对古典道德和理性秩序的背离，应该予以批评和纠正。本·琼生确实是塑造了一个怪诞的动物般的世界，但最终通过对怪诞者的清算和惩罚又让社会秩序回归了正常。

第四幕的庭审部分非常形象地体现了传统官方和基督教权威在一群骗子的围攻下分崩离析，天使般的人物(西莉亚和博纳瑞尔)毫无还击的能力，任人宰割，沦为阶下囚。戏剧发展到此，本·琼生站在道德审判家的高度，塑造了一个黑暗腐败的怪诞世界，一切都脱离了正轨，父亲抛弃儿子，丈夫不仅将妻子送上他人的床，还与人合谋做伪证，将妻子送入监狱；律师在法庭上大放阙词、信口开河、让法律的权威扫地。

从这种程度上说，琼生式怪诞是实现古典主义道德讽刺和劝诫的工具，也是位于基督教道德范畴之内的讽刺工具。本·琼生站在古典与权威的立场，对一切违背自然的怪诞进行清算和惩罚，其目的是为了在欢笑中将怪诞之人重新接纳进社会的正常轨道。然而，如果仅仅将《福尔蓬涅》定位为一部讽刺喜剧，远远没有挖掘出该喜剧的深层用意，剧中的怪诞人物虽然充当了道德讽刺的工具，但是他们身上又时刻透露出狂欢化怪诞的特征。同时，该喜剧还时刻显露出对古典喜剧原则的背离，以及与道德讽刺相矛盾的因素，这一切都透露出本·琼生根深蒂固的狂欢化人文主义思想。

第三节　人文主义视域下的愚人狂欢

愚人，他们的世界是唯一受到世人羡慕和欣赏的国度；
远离世俗烦扰和悲伤，
与人欢乐，也与己欢乐。
他们的言行举止纯正无比。
伟人们啊，愚人是你们的宝贝，
也是尊夫人们的快乐源泉；
口舌是他们的珍宝。
他们的面容只为带来欢笑，

能够说出真理却免于屠杀；
他们是每次宴会的恩典，
有时还能奉为最尊贵的客人；
当他拿起餐盘，坐上餐桌
智者开始侍奉愚人。
哦，谁不愿成为愚人他
哈，哈，哈？（*Volp*. 1. 2. 66~80）

这是《福尔蓬涅》的愚人们在第一次出场表演时所唱的歌曲。非常明显，本·琼生借鉴了伊拉斯谟的《愚人颂》。福尔蓬涅家的职业愚人对愚蠢做出了伊拉斯谟式的歌颂，愚人原本是为所谓的伟人们提供娱乐和欢笑，以彰显伟人们的智慧和身份高贵，却又被拜为伟人们的座上宾，心安理得地享受智者的侍奉。这是一个翻转的世界，狂欢的世界。特别是最后一句双关语，英文原文是"Who would not be he，he，he?"在有些版本里是"Who would not be hee，hee，hee?"

一方面，这是愚蠢的普遍化。"他，他，他！"指剧中人物福尔蓬涅、莫斯卡、遗产争夺者们、准政治夫妇们，甚至也直指舞台下的观众或者文本之外的读者。喜剧塑造了一个愚人的国度，有专业愚人——内诺、卡斯特罗纳、安德鲁基纳；有邪恶的愚人——福尔蓬涅、莫斯卡和遗产争夺者；也有无辜的愚人——准政治夫妇。同时，观看戏剧演出的每一个观众和读到剧本的每一个读者也有可能是愚人，愚蠢在此成为了人的第二种天性，这跟伊拉斯谟的愚人辩护很相似，伊拉斯谟的愚人也指代普遍意义上的每一个人。

不同的是，伊拉斯谟的愚人有着寓言抽象的性质，并没有实际的身份存在，泛指普遍意义上的每一个人；而《福尔蓬涅》中的愚人却都有各自的身份和特征，既有个性又有普遍性。另一方面，愚人们颠覆了既有的等级秩序和传统观念，发出了狂欢式的大笑"哈，哈，哈！"这是一种脱离官方世界观的笑、跨越界限的狂欢的笑，在此智者与愚人之间，主人与仆人之间的界限被完全消解。

显然，这段愚人的歌唱词表明《福尔蓬涅》中有怪诞狂欢性质，并预示了喜剧中浓厚的狂欢化内容。与基于古典主义道德判断范畴内的怪诞讽刺不同，《福尔蓬涅》中的怪诞狂欢体现的是本·琼生的狂欢化人文主义思想。这是整个英国文艺复兴时期怪诞文学的普遍特征，以颠覆旧传统、旧思想为己任。如果说前者面向的是过去，企图用古典时期的辉煌来指引和规范当下的生活，那么后者则面向未来，试图通过挑战和颠覆旧传统来确立新的秩序和观念。这两者都是《福尔蓬涅》中不可或缺的因素，也是本·琼生矛盾喜剧思想的具体体现。

本·琼生之所以选用愚人主题有其主客观方面的原因。在主观上，琼生早年因为通过直白辛辣的讽刺喜剧挑战了宫廷权威，多次被关进监狱，所创戏剧多次被禁演，剧本也被烧毁。在客观上，英国有着源远流长的愚人文化传统，无论是宫廷皇室，还是贵族王府，都有豢养专业愚人的传统。据记载，托马斯·莫尔①便在家中豢养过不少愚人。这些愚人或者身体畸形如侏儒，或者身体残缺如阉人，或者长相丑陋如小丑。他们一方面为主人提供消遣娱乐；另一方面也彰显主人的尊贵和高人一等的身份。再者，依照传统，愚人并不受言论限制，可以无所顾忌地说出真理而免受惩罚。在文学和言论均受到官方严密监控的伊丽莎白—詹姆士一世时代，思想渐趋成熟的本·琼生巧妙利用愚人形象，既表达了自己的真实立场又避免了官方的审查。

福尔蓬涅同17世纪许多贵族一样，通过豢养愚人作乐来消遣时间，同时也彰显自己的尊贵和高人一等的身份。如内诺所说，“我们三人均是作为富人的玩物，通过取悦主人来宣布主人的优越和尊贵”(3.3.5~6)。从表面上看，愚人的表演似乎彰显并巩固了既有的等级秩序，然而内诺们的对话和表演事实上又不经意间道出他们表演的不同性质，因为他们只不过是“漂亮的小猴子，通过滑稽地模仿伟人(或者主人)的言行举止来获得掌声和欢笑”(3.3.12~14)。换言之，内诺们的表演表面上彰显和稳固了既有的等级秩序，实际上却透视着一种边缘对中心的颠覆，表达了一种翻转和颠覆的世界观。

福尔蓬涅虽然承担了怪诞讽刺载体的任务，但他身上的狂欢化特质也不容忽视。愚人们的怪诞表演在很大程度上反映了福尔蓬涅的怪诞性。正如莫斯卡在第一幕第五场所指出，“侏儒、愚人、阉人②都是他的私生子；他福尔蓬涅是所有这些人的父亲”(*Volp*. 1.5.47~48)。福尔蓬涅原本是这些愚人的主人，但是正如愚人们所歌唱的，主人和侍者之间，智者与愚人之间的界限很模糊，

① 托马斯·莫尔(Thomas More，1478—1535)是英国文艺复兴时期著名的人文主义思想家、社会哲学家、律师、作家、政治家。他最重要的文学作品是《乌托邦》。莫尔的人文主义思想和作品《乌托邦》对本·琼生均有较大影响。

② 侏儒指内诺(Nano)，愚人指雌雄同体的安德鲁基纳(Androgyno)，阉人指卡斯特罗纳(Castrone)，三人均是福尔蓬涅豢养的专业愚人，剧中有多次歌唱和表演。

随时可以消解或者颠覆。自认为是智者的福尔蓬涅到头来也被证明是一个聪明的傻瓜，他在第一幕第二场迎接第一个遗产追逐者时，身穿睡袍、披着皮草、头戴睡帽、乔装打扮地隆重登场，就像一个逆向世界的国王，一个被加冕的国王，开始在自己的黑暗国度（睡房）进行愚人式的表演，睡帽是他的皇冠、睡袍是他的皇袍。

伊拉斯谟的愚人是一个体现抽象观点的怪诞人物，还有着中世纪道德剧中抽象人物的影子。虽然深受伊拉斯谟的影响，但本·琼生笔下的福尔蓬涅绝不仅仅是一个抽象性的怪诞人物，也不是某些评论者所认为的只是一个功能性喜剧形象①，只为实现作者的讽刺目的，并不具备人的特征。他有强烈的自我意识和鲜明的身份特征，格林布拉特（Stephen Greenblatt）便认为，“福尔蓬涅是一个完完全全创造了自己身份的人物……他的这种身份不依赖于世间任何等级制度的束缚”（转引自 Bloom，*Volpone，or the Fox* 34），是脱离了严肃官方秩序的身份。

首先，福尔蓬涅的身份非常特殊，他在第一幕第一场便发出这般感叹，“除了穷尽我智慧，自由地享受财富带给我的各种愉悦之外，我又能做什么呢？因为我没有妻子、没有父母、没有孩子，也没有合伙人可以来继承我的财富”（*Volp.* 1. 1. 70～74）。可见，福尔蓬涅的身份便是对传统封建伦理道德的一种颠覆与挑战。

中世纪传统观念认为，人在整体（国家、宗教、社区、家庭、等级）中的角色性质远远大于人的独立性，人甚至不能作为一个独立的个体而存在，人的存在往往由上帝命定。而福尔蓬涅是一个自由个体，他的身份并不受制于任何等级制度。具体地说，福尔蓬涅不同于莎士比亚戏剧中的人物，后者要么是作为王公贵族，承载着国家（如哈姆莱特）或者家族（如罗密欧）的使命，要么至少是作为家庭中的一名成员，他们的存在离不开家庭其他成员（往往是父亲）的牵制或者推动。说到底，他们是传统封建伦理关系中的一个环节，与传统封建集体的关系非常紧密。

但是福尔蓬涅不同，他脱离了与世界的联系。具体地说，他脱离了与过去的联系——没有父母；脱离了与现在的联系——没有配偶；也脱离了与未来的

① 泰勒（C. G. Thayer）便认为本·琼生的喜剧人物都是喜剧形象（comic figures）而非真正意义上的人（human beings），虽然他意识到了福尔蓬涅的进步性，但他始终认为福尔蓬涅只是差一点就脱离了喜剧角色的藩篱几乎成了人，但他毕竟还只是一个角色，而非人。参考 C. G. Thayer，Ben Jonson，Studies in the plays.（U of Oklahoma P，Norman：1963）54。

联系——没有孩子。他的独立性存在在很大程度上将“传统封建国家的向心力拆解成一个原子化的、个人化的都市。个人身份与传统宗教、社区、家庭和等级体系的联系变得松散”(Womack 74)。换言之，福尔蓬涅的独立性存在代表了新生资本主义城市经济体制，挑战和颠覆了传统封建农业经济体制。福尔蓬涅是原子化资本主义城市中的独立个体，而不再是网状封建社会中的一颗被确定的棋子。然而在处于新旧交替之时的人们，依然更多地适应于前者，而代表着后者的福尔蓬涅却是一种怪诞性的存在。

其次，福尔蓬涅有着强烈的自我意识。这种自我意识的最明显特征便是他对第一人称的频繁使用。福尔蓬涅无论是在形容他的财产、他的仆人，还是形容遗产追逐者们，都习惯于使用代表所属性的形容词性物主代词——“我的”(my)。我们不妨看一些例子，他在第一幕第一场发表对黄金膜拜的独白时说，“我的(my)金子”“我的(my)圣人”“我的世界之魂(mine)”(1.1.1~3)。而他在称呼遗产争夺者们时也同样是采用第一人称：“我要让我的(my)秃鹫，乌鸦和渡鸦快快飞来这里……我的(my)母狼和一切的一切”(5.2.64~66)。同时，他在称呼家中的愚人时也一样：“我的(my)侏儒，我的(my)阉人，我的(my)愚人”(1.1.69)。而且他在引诱西莉亚时再一次重复了这一称呼：“我的(my)侏儒将会舞蹈，/我的(my)阉人将会歌唱，我的(my)愚人将会搞怪”(3.7.218~219)。这一切重申了福尔蓬涅作为逆向世界国王的身份，无论是仆人、愚人、遗产追逐者，甚至财产都服从于他的统治。

当然，福尔蓬涅的这种自我意识表现最为突出的莫过于一次又一次对仆人莫斯卡的称呼，如：“我亲爱的莫斯卡”(1.2.30)，“我神圣的莫斯卡”(1.5.84)“我珍贵的莫斯卡”(5.2.15)，“我优秀的恶魔”(5.3.46)，“我聪明的坏蛋”(5.3.102)。甚至在第三幕第七场当莫斯卡帮助他成功骗取科维诺向他献出西莉亚时，福尔蓬涅得意忘形地对莫斯卡说，“你是我的荣耀，莫斯卡，是我的骄傲，我的快乐，我的幸福，我的乐趣”(3.7.68~69)。在所有这些称呼和话语里，福尔蓬涅都采用物主代词“my”，表达自己强烈的自我意识，确立自己的主人身份，这显然是对传统封建等级秩序中他者化、客观化的人物身份的强烈挑战和颠覆，是一种人文主义思想的体现。

再者，福尔蓬涅虽然爱财，但如果将他仅仅定义为一个古典讽刺喜剧传统中的类型化角色——守财奴形象，那就大大削弱了他的人物魅力。福尔蓬涅打破了传统古典主义类型化人物的范畴，有着丰富的内心活动和人物个性，也有着超越金钱的其他追求。确切地说，福尔蓬涅并不是一个真正意义上的守财奴形象，我们可以通过对比他和阿巴贡①便能得到证实。阿巴贡可以作为守财奴的代名词，但是福尔蓬涅不可以。福尔蓬涅虽然爱财，但钱财绝不是他唯一的追求目标，早在第一幕第一场的时候，他便强调，“与收获财富相比，我更喜欢追求财富的机智巧妙过程”(*Volp*. 1. 1. 30～32)。可见，与追求财富相比较，福尔蓬涅更向往智慧和机智，他行骗的理由自然有对财富的追求，但他更想通过愚弄他人以证明自己的机智与活力。

而且，福尔蓬涅随后也清楚地表达了自己行骗的目的是“让樱桃触碰他们的嘴唇，随即从其嘴边夺回”(1. 1. 89～90)。因为他相信，“相对于他们时间和金钱上的损失，我更加可怜他们的愚蠢和轻信，因为金钱可复得，而天生的愚蠢却无药可救”(2. 2. 134～136)。这足以证明福尔蓬涅对财富的追求并不具备阿巴贡的绝对排他性。再者，当莫斯卡提出可以帮助他赢得西莉亚时，福尔蓬涅的表现也违背了一个守财奴的本性，他将自己收藏财富的钥匙交给了莫斯卡，对他说，

> 我的美好天使，将我的钥匙拿去吧，
> 金子、古董、珠宝，一切都听从你的安排；
> 按照你的意愿去支配它们吧！(2. 4. 21～24)

这样的行为，在守财奴阿巴贡的世界里根本不可能发生。可见，福尔蓬涅并不是一个程式化的守财奴形象，他的形象超越了琼生早期癖性人物的单一性和类型化，是一个有着强烈自我意识的个性化人物。

此外，福尔蓬涅的狂欢化颠覆性还体现在剧中的狂欢化表演上，包括第一场第一幕中愚人们的专业表演和第二幕福尔蓬涅本人在广场上的表演。首先，“愚人的怪诞表演代表了身为父亲的福尔蓬涅的怪诞本质”(Womack 144)。他们的表演明显体现出对古典精神的逆转与颠覆。表演的台词主要来自卢西恩的《梦，或雄鸡》，表达了毕达哥拉斯的灵魂转世概念以及诙谐戏仿的主题。侏儒内诺身上承载着高贵的阿波罗的灵魂，而哲学家毕达哥拉斯则被转换成雌雄同体的愚人，这种戏仿和降格的方式是狂欢化怪诞的典型特征之一。

具体地说，阿波罗的高贵灵魂灵活易变，它首先进入赫尔墨斯之子埃塔里

① 阿巴贡是法国著名古典主义喜剧大师莫里哀的代表作《吝啬鬼》中的主人公。嗜钱如命，极端吝啬是他的典型特征。他连赠你一个早安都不说，而用借你一个早安。阿巴贡是莫里哀塑造得最为成功的古典主义喜剧类型化人物之一，是吝啬鬼和守财奴的代名词。

德斯(Athalides)体内，此人能够记住一切发生过的事情；随后进入在特洛伊战争中死于斯巴达人之手的特洛伊人欧福尔波斯(Euphorbus)体内；接着进入赫尔摩底谟(Hermotimus)体内；紧接着又进入一个希腊哲学家也就是毕达哥拉斯体内；然后，这个神圣的灵魂进入了一个妓女体内。推而广之，国王、骑士、流浪汉、无赖、地主和傻瓜均获得该灵魂的栖息，这个灵魂甚至能够居于牛、驴、骡、骆驼、山羊等动物体内发话，就像卢西恩的雄鸡①一样。就这样，阿波罗的灵魂变成了脱冕的、丧失了自己高贵地位的灵魂。这是一种典型的狂欢化怪诞意象，因为狂欢化怪诞人体"与世界相混合，与动物相混合，与物质相混合"(巴赫金 32)。

可见，内诺们的表演透露出明显的不确定性，灵魂的不断变化以及身份的不停改变预示了主人福尔蓬涅身份的易变性和不确定性，同时也实现了对崇高严肃的古典哲学家思想的降格和戏仿，将高贵的古希腊哲学家的灵魂降格成一个雌雄难辨的小丑角色。小丑的滑稽表演体现了对高贵精神的降格与戏仿，实现了对古典严肃性和稳定性的挑战与颠覆。

随后在第二幕第二场，福尔蓬涅便在西莉亚窗前的广场上亲自上演了一场愚人似的表演。如果说之前的愚人只是在封闭的室内表演，那么福尔蓬涅的表演则具有广场狂欢节的性质。他乔装打扮成了一个江湖游医的形象，无论是他扮演的角色还是换装本身，都具有中世纪民间狂欢节的特征。根据巴赫金的研究，"在民间医学形式和民间艺术形式之间自古以来就存在着传统的联系"(巴赫金 180)。

福尔蓬涅的叫卖声就像中世纪狂欢节广场上的吆喝，加上韵律和节奏，使他成为一名广场演员。他的表演有着自由、坦率、不拘形迹的非官方性质。如同中世纪狂欢节的广场吆喝声一样，福尔蓬涅的叫卖声也具有诙谐和讽刺的意味，本·琼生正是用这种诙谐的眼光来看待世界而免于官方的审查和惩罚，因为自中世纪以来，"戏谑的商贩，无论他瞎扯什么话题，只要用的是欢快的诙谐语调，都不会被指责为异端"(187)。

福尔蓬涅扮演的角色江湖游医曼图亚的斯科托(Scoto of Mantua)意义重大。

① 卢西恩(Lucian)是古希腊著名的讽刺大师，他的作品以诙谐讽刺为主要特征，对伊拉斯谟、莎士比亚、拉伯雷、本·琼生均产生了重要影响。巴赫金曾把他当成文艺复兴时期诙谐哲学的源泉之一。他的代表作品《梦，或雄鸡》对《福尔蓬涅》影响深刻。该作的主人公是一只雄鸡。这种通过对卑贱之人或物的歌颂和赞美来表达辛辣的讽刺风格直接和间接影响了《福尔蓬涅》中对愚人的歌颂。

根据辛普森的研究，“Scoto of Mantua”原名为“Dionisio”(Herford and Simpson Vol. 4 704)。如此说来，曼图亚的斯科托便具有了酒神“Dionysus”的精神，而与正统严肃的阿波罗(Appollo)精神背道而驰。再联系到第一幕第一场福尔蓬涅黄金膜拜一幕对阿波罗精神的颠覆，不难发现福尔蓬涅所代表的具有颠覆性的酒神精神。福尔蓬大量借用阿里斯托芬喜剧中的鄙俗复合词如，“turdy-facey-nastey-partey-lousy-fartical”(*Volp*. 2. 2. 54)和意大利即兴喜剧中的台词，试图将大家带进“另一个世界”(2. 2. 60)，这是一个“充满愉悦和快乐”(2. 2. 64)的世界，一个脱离官方统治的狂欢世界。

同时，福尔蓬涅也通过用炼金术的道具和术语，实现了对基督教统治秩序的讽刺和颠覆。按照传统基督教观念，人的命运都由上帝决定，生死亦由上帝左右，而福尔蓬涅居然吹嘘兜售起炼金术中的万灵药“elixir”(2. 2. 112)，试图引诱人们“跨越生命的自然界限”(2. 2. 76~77)，去除一切疾病，延长生命。这显然是对既有基督教秩序的挑战，是人文主义思想肯定人的价值和力量的表现。这既是福尔蓬涅真实想法的写照，也是文艺复兴晚期人文主义者精神危机的体现——是对人的力量的无限追求和对死亡的恐惧之间的矛盾。福尔蓬涅是怕死的，所以才会不停地以装死来掩饰自己的对死亡的恐惧：他通过不停表演各种身份和行骗来证明自己的活力与生机，然而不管他如何挣扎，以表演死亡来拒绝死亡，可最终还是败给死亡。

福尔蓬涅所代表的酒神精神进一步延续到第二幕对西莉亚的迷恋和赞美。他成功见到西莉亚后，一回到家里便表达了对西利亚的强烈情感：

> 外表的伤我都能忍受。
> 但是愤怒的丘比特，像火焰般地直射我心底，
> 他燃烧的火焰将我置于熔炉之中，
> 狂热的火焰煅烧着熔炉，断绝了我所有的出路，
> 我的内心在挣扎奋战。
> 莫斯卡，如果你不帮我，我的生命将无法继续；
> 我的肝脏在融化，除非她温柔的呼吸能够与我抚慰。(2. 4. 4~10)

福尔蓬涅对西莉亚情感的表达完全不同于莫斯卡。莫斯卡在第一幕中向福尔蓬涅如此描述西莉亚：

> 意大利的闪亮之星，

一位极美的少妇，正值成熟之时！
她的肌肤赛过一切天鹅的白色！
也赛过银子，白雪和百合花！那柔软的双唇
时刻吸引你的永恒之吻！
她的肉体似乎一经触碰便能化作血！
她如同你的金子般闪亮，金子般可爱！
……
她被严加看管着，就像你的金子！
……
她的容貌赛过葡萄或者樱桃。(1.5.108~120)

莫斯卡对女性西莉亚的描述，哪怕是赞美之词，都具有明显的物质性和怪诞性，也体现了该时期男权主流意识形态对女性的审美观念。女人只是一个被欣赏的客观对象，并不具备主体性。从表面来看，莫斯卡是在赞美西莉亚，而实际上他的语言又表现出对女性的物质化和怪诞化，因为他一直将西莉亚比作物品——星星、银子、百合花、金子、葡萄或者樱桃。他一直围绕着女性的外表和容貌赞美，丝毫未曾涉及女性的内在或者情感，可见此时男权社会对女性的标准审美仅仅止于表面，女性于他们只不过是一个物化的对象，一个仅供欣赏把玩或者可以拥有的物品，就像福尔蓬涅的金子。这种将女性比作各种花卉、植物或者水果的做法表面上是对女性的赞美，事实上则表达了男权意识形态对女性的物化贬低，女性充其量只是男性的一个他者，一个物体。

而福尔蓬涅的描述则有所不同，他并没有从客观上去描绘西莉亚的美艳动人，而主要是从自己的内心情感出发来表达对西莉亚的情感。相对于莫斯卡对待女人的客观机械性赞美，福尔蓬涅的语言具有了人文主义色彩，注重人的心灵和内心情感。如果说本·琼生在第一幕里通过对莫斯卡的描述表达了 17 世纪初期男权主流意识形态对女性的物质性、怪诞性的他者化，那么在第二幕中福尔蓬涅的表达则在一定程度上实现了对这种传统观念的挑战和颠覆。他不再拘泥于对女性进行物质化的赞美，而是从自身内心情感出发，表达西莉亚的魅力。然而，福尔蓬涅并不完全具备革命者的身份，他虽然已经迈出变革的脚步，可他的臀部依然端坐在在古典传统观念为基础的男权意识形态之中，这从他对准政治夫人的态度可以看出。

众所周知，文艺复兴时期主流意识形态对女性的定位建立在基督教化了的古典主义基础之上，理想的女性形象应该沉默、顺从、居家。换言之，女性人体应该封闭、静止、从不跨越界限。西莉亚便是这样一个典型代表，但是准政治夫人则是这一形象的对立面，她不畏夫权，独自行走意大利，“曾经学习过医学，目前学音乐。她早上学习两小时绘画、学习文学艺术、学习辩论、写作、绘画的技能”(3.4.67~71)。这与西莉亚的顺从、居家、沉默形成鲜明的对比，她是一个不断变化的、跨界的人体形象，一个怪诞的人体。

福尔蓬涅对这样一个洪水猛兽般的女人唯恐避之不及。他对准政治夫人的呱噪表示出极大的不耐烦和恐惧，并借用柏拉图的话警告她，“女人最大的美德便是沉默”(3.4.77~78)。然而这并不奏效，对方依然我行我素。福尔蓬涅如临大敌、恐惧万分、认为自己“之前只是装病，而此刻真正患病了”(3.4.62)。可见，福尔蓬涅并没能摆脱传统古典女性观念，他认为女子应该沉默、居家、顺从，也正因为如此，他才会爱上西莉亚。

从福尔蓬涅对待西莉亚和准政治夫人的不同态度可以看出他思想的矛盾性。一方面，他是传统男权意识形态的代表，推崇传统古典主义的女性观；另一方面，他又具有明显的人文主义意识，并不像莫斯卡一样对女性进行物质化、怪诞化的描述，而是更侧重情感上的表达。这种表达在第三幕第七场福尔蓬涅对西莉亚所唱的情歌中体现更加明显：

来吧，我的西莉亚，让你我证明，
我们尚能拥抱爱情。
时光虽终会离我们而去，
可它终归会带给我们些许美好；
万不可浪费了这馈赠，
太阳一次次沉没又升起，
而我们短暂的光阴一旦熄灭，
便将沉入永恒的漫漫长夜。
为何要延迟我们的快乐？
名誉和流言都只是玩偶。(3.7.165~174)

这是一首具有明显的人文主义思想的爱情诗歌，其主题是“人生苦短、及时行乐”，这显然是对当时主流意识形态中“节制、忍耐、回归心灵”的阿波罗精神的挑战和颠覆。本·琼生一贯坚持的理性、严谨、节制的道德观念在此遭到瓦解。这进一步证明了本·琼生思想的矛盾性和双重性：虽然他极力推崇以理性、节制为主的古典主义道德观念，可他也坚持詹姆士一世时期的时代精神和独立意识，强调人性的解放和自由，肯定世俗享乐的权利，这首情诗后来还被人谱曲，一直传唱至今。

《福尔蓬涅》中的狂欢化怪诞还体现在怪诞意象和物质性语言的大量使用上。罗兹认为，“将不协调的字面意象拉在一起是怪诞的主要特征之一”（Rhodes 25）。本·琼生在《福尔蓬涅》中使用了大量的厨房意象、建筑意象、神话意象来形容人物，或者将各种意象强行并置在一起形成怪诞。当福尔蓬涅在歌颂膜拜黄金的时候，他将代表人类灵魂的阿波罗意象和神圣的基督教意象换置成物质意象——黄金，将代表人类精神和灵魂的高贵意象脱冕，使之物质化、低俗化，从而实现对官方严肃正统思想的颠覆。

与之相似，福尔蓬涅在追求诱惑西莉亚的时候，用了大量物质性的怪诞意象。他大方地打开了自己的存宝箱，用各种珠宝诱惑西莉亚：

> 你会被加冕为王后。
> 看，这一串珍珠，
> 每一颗都比埃及艳后狂欢的珍珠更珍贵：
> 把它熔化，把它饮下。看，这红宝石
> 光芒赛过我们城市的双眸；
> 这钻石几乎可以唤来罗马皇后
> 让她如星光般降临
> ……
> 让我们品尝如此美味。
> 鹦鹉头，夜莺舌，
> 孔雀脑和鸵鸟脑
> 将会成为我们的美食；而且，如果我们能得到凤凰，
> 若不是世间不再有此物，她也将成为我们的盘中餐。（*Volp*. 3. 7. 187～204）

珍珠、红宝石、钻石的排列透露了福尔蓬涅的物质性世界观，西莉亚所追求的完美心灵和高尚道德遭到福尔蓬涅物质性世界观的疯狂进攻，而他用各种肉体组成的饕餮大餐将西莉亚所追求的基督教禁欲主义观念进行了无情颠覆。作为热衷于物质肉体生活的人，福尔蓬涅与禁欲主义的理想处于尖锐对立之中。随后，他批评西莉亚的所谓高尚追求只不过是一种“乞丐的美德”（210），接着他进一步用更多的物质享受引诱西莉亚：

你可以用七月花汁，
玫瑰和紫罗兰香氛沐浴，
独角兽的奶，美洲豹的气息
都将集合成袋与克里特岛酒混合
我们可以用黄金和琥珀做酒杯
拿着酒杯直到屋顶开始旋转；
我的小矮人为我们舞蹈，
阉人为我们歌唱，而愚人为我们进行怪诞的表演，
而我们，可以不停地换装，演奥维德的故事，
你像欧罗巴，而我像朱庇特，
我是战神马耳斯，而你是维纳斯。(3.7.212~222)

在这段话语里，福尔蓬涅成了一个想象大师，将各种珍稀植物意象、动物意象、珠宝黄金的意象，以及神话意象并置在一起，为西莉亚编制了一个怪诞的物质世界。在这个世界里，有愚人的怪诞表演，也有主人不停换装，扮演各种角色。他们从高贵的神到普通的"各种现代角色"(225~229)，再到低贱的"黑奴"(231)和冷酷的"俄罗斯人"(231)，不停地转化自己的灵魂，跨越各种身份和各种等级之间的界限，摆脱严肃官方等级秩序的统治。

总之，福尔蓬涅是一个具有人文主义意识的狂欢化怪诞人物，同时也承载着本·琼生进行古典主义道德讽刺载体的使命。这种双重性质大大增强了福尔蓬涅的复杂性和不确定性。在喜剧第二幕第二场准政治先生(Sir Politic Would-be)和他的英国同伴佩里格林(Peregrine)展开了对福尔蓬涅性质的争论。前者认为作为江湖医生的福尔蓬涅是"欧洲最博学的人、最伟大的学者、杰出的医生、最受尊敬的政治家、最专业的幸运儿；是伟大王子们的献策者，全世界最懂语言的人"(2.2.9~13)。在准政治先生眼里，福尔蓬涅是一个博学多才的人文主义艺术家，而佩里格林则认为他只不过是一个无耻的江湖骗子，"是最无耻的骗子，靠行话、抢夺、和各种小把戏行骗；他们假装深受伟人们的厚爱，出售低贱的假药，依靠一些恶魔般的誓言来出售，之前卖 60 先令，随后又卖 2 便士"(2.2.14~19)。

两人之间的争论事实上代表了两种思想的交锋。如果说佩里格林的观点代表了传统的古典主义官方立场，对江湖医生的不耻行为进行无情的批评和讽刺，那么准政治先生则代表了一种愚人的观点，道出了另一种截然不同的真

理，江湖医生事实上也具备颠覆力量，用诙谐欢快的方式对传统官方秩序和观念进行挑战和颠覆。换言之，佩里格林代表官方古典的本·琼生，而准政治先生则代表狂欢诙谐的本·琼生。而这两种思想在怪诞的福尔蓬涅身上同时并存并彼此融合。

综上所述，福尔蓬涅是一个怪诞的形象，他的怪诞通过自身不断的换装和表演体现出来；通过自己豢养的怪诞愚人们的诙谐表演体现出来；也通过准政治先生对他的滑稽模仿体现出来。但是，福尔蓬涅的怪诞具有非常明显的双重性和矛盾性。一方面，他的怪诞是对本·琼生一贯支持的古典理性、得体原则的背离，是道德败坏或者人类罪恶的外在物质性表现。他是本·琼生对詹姆士一世时期人文主义危机进行古典主义反思的体现，是对人类罪恶进行古典主义道德讽刺的表现。这两种思想彼此对立又最终统一。

另一方面，他的怪诞依然是植根于文艺复兴时期狂欢化人文主义土壤之中的怪诞，是对旧思想、旧制度、旧秩序的一种挑战和颠覆。具体地说，这是对中世纪封建残余思想和对基督教教条主义的一种挑战和颠覆。显然，本·琼生在《福尔蓬涅》中既诙谐怪诞地唱出了伊拉斯谟式的“愚人颂歌”，又实现了对人类罪恶的无情披露和辛辣讽刺。这两条主线构成该喜剧的必不可少的因素，也是造成喜剧意义多元的主要原因。

总之，《福尔蓬涅》颠覆了古典主义喜剧重在塑造人物类型的传统，打破了英国文艺复兴时期浪漫喜剧一统天下的局面，将严肃高雅的古典主义诗歌形式同诙谐怪诞的喜剧形式相结合，将怪诞诙谐的喜剧形式与严肃的道德探索相结合，为詹姆士一世时期的英国喜剧开创了一种崭新的局面。本·琼生的矛盾性双重怪诞在《福尔蓬涅》之后的另一部喜剧《安静的女人》中得到进一步发扬。

第三章　替罪羊与颠覆者的统一——《艾泼辛》中的女性怪诞

《艾泼辛》(*Epicene*, *Or the Silent Woman*)，又名《安静的女人》，于1609年由儿童演员剧团在黑衣修士剧院(Blackfriars)①首次演出。这部喜剧受到同时期剧作家弗朗西斯·博蒙特(Francis Beaumont)、王朝复辟时期著名日记作家萨缪尔·佩皮斯(Samuel Pepys)、剧作家兼诗人和评论家(John Dryden)约翰·德莱顿的高度赞美。德莱顿称它为"情节最完美的剧本"(转引自王佐良、何其莘 166)。同时他认为该剧是17世纪古典主义喜剧的先驱和典范，而它的剧情是"所有语言所写的纯粹喜剧中最伟大、最高贵的"(转引自 Summers 235)。佩皮斯曾多次观看这部喜剧，并于1667年提出，"这部戏剧中的智慧超越了随后十部新戏剧中智慧的总和"(*CWBJ* Vol. 3376)；随后又于1668年强调，"这是英国至今为止最好的喜剧"(376)。19世纪著名诗人柯勒律治(Coleridge)也对这部喜剧给予了高度评价，他认为这是"琼生所有喜剧中最令人愉快的一部"(转引自 Summers 235)。

然而《艾泼辛》的演出再一次让本·琼生陷入与当局的矛盾与冲突之中。这部喜剧在1609年12月首次上演之后，便由于国王詹姆士一世的表妹阿拉贝拉·斯图亚特(Arabella Stuart)的指控于次年2月被迫停演②。可是《艾泼辛》虽然在17世纪上半叶遭禁，却成为1660年伦敦剧院重新开放后首部上演的戏剧。这部喜剧在本·琼生的剧作中占有独特地位。它是琼生第一部以英国为背景的喜剧，也是琼生公开承认的第一部以伦敦为背景的喜剧，是一部非常典型的城市喜剧。

---

① 黑衣修士剧院是文艺复兴时期主要的私人剧院之一，以上演讽刺喜剧为主。本·琼生的《辛西娅的狂欢》(1600)，《艾泼辛》(1609)，《炼金术士》(1610)均在此上演。

② 根据威尼斯大使的记载，阿拉贝拉看了《艾泼辛》之后，觉得剧本隐喻地讽刺了她的婚姻，而人物艾泼辛直接隐射了阿拉贝拉本人，因此很不高兴。随后当局便禁止了这部戏剧的演出。具体参考 CWBJ Vol. 3375~3766。

这部喜剧的伟大之处主要在于它一方面讽刺了17世纪初期伦敦商业资本主义发展的弊端和道德沦丧；另一方面刻画了正在崛起的女性力量和狂欢精神。它表达了作者将典雅的古典戏剧形式同世俗的伦敦现实题材相结合，将严肃的道德批判和诙谐幽默的狂欢化相融合，将古典主义道德讽刺和性别狂欢紧密结合。琼生一方面以性别怪诞形象为隐喻和工具，讽刺批判了詹姆士一世时期资本主义城市伦敦的各种道德恶习；另一方面又明显展现了该时期女性意识崛起对封建男权思想所带来的挑战和颠覆。

同《福尔蓬涅》相似，《艾泼辛》在现代评论界也一直存在颇多争议。无论是关于它的来源、传统、剧情、结构，还是关于它的主题、基调、形式等方面都未曾达成明显的共识。它到底是一部轻松的喜剧还是一部严肃的讽刺剧？本·琼生在剧中到底是反女性主义还是支持女性主义？主人公莫罗斯到底是批判的对象还是值得同情的人物？剧作家的立场到底是维护主流意识形态还是站在边缘的立场为弱势群体代言？这些争议从多方面证明了这部喜剧的矛盾性质，也反映了本·琼生在该剧中表达的矛盾思想。

虽然关于这部喜剧的评论众说纷纭，但大体上可以分为两大阵营：一方肯定并维护了剧中严肃的道德目标，重点关注剧中的道德讽刺性质，特别是古典主义道德讽刺；另一方则强调该剧中的诙谐欢快因素，认为它摆脱了琼生早期喜剧(特别是癖性喜剧)中严肃的道德讽刺性质，甚至有不少学者指出了该剧中的人文主义狂欢精神。

德莱顿是第一阵营的典型代表。他认为，《艾泼辛》是17世纪古典主义喜剧的典范和先锋之作。这部喜剧的确是本·琼生最严格遵从古典三一律的喜剧：喜剧的场景限制在伦敦城内；喜剧的行动完整单一；喜剧的时间也限定在一天之内。从形式上说，这当之无愧是一部古典主义喜剧。在德莱顿的影响下，17世纪戏剧界主要关注《艾泼辛》中的古典主义性质，特别是其古典主义道德因素。

即使到了现代也有不少评论者关注这部喜剧的古典主义道德因素，诺尔(Knoll)便非常详细地从道德的角度审查了剧中的女性人物，认为她们是“邪恶的，而不仅仅是错误的”。因此诺尔觉得，“《艾泼辛》是一部揭露了道德疾病的严肃戏剧”(转引自 Summers 242)。弗莱则认为，“本·琼生喜剧中最接近莫里哀古典主义戏剧结构的是《艾泼辛》，整个喜剧行为均出自于主人公莫罗斯的怪癖气质”(转引自 Maus 199)。显然，弗莱将这部喜剧归结为琼生的古典主义癖性喜剧范畴。而达顿(Richard Dutton)则更加直接地判断，“莫罗斯是本·琼生所创造的最具代表性的癖性人物”(Dutton, *Ben Jonson* 67)。古森

(Goossen)也认为，“《艾泼辛》是本·琼生古典主义癖性喜剧的进一步发展”(170)。

然而，许多现代评论家则提出了不一样的观点，他们认为该剧从多方面违背了古典主义喜剧原则，比如喜剧行动并不单一持续。与传统古典派不同，这些现代评论者更关注剧中的欢庆因素。唐纳森便认为该剧剧情更接近本土“节庆喜剧”(Festive Comedy)而不是传统评论者所认为的罗马新喜剧或者旧喜剧。艾略特也认为将整部喜剧紧密联系起来的并不是古典主义喜剧所推崇的剧情一致，而是“一种散发到剧情和人物之间的灵感的整合”(Eliot, *The Sacred Wood* 115)。而汤森(Townsend)则认为，“这部喜剧中的巴洛克因素比古典主义因素更加明显”(转引自 Summers 241)。

随着多样性和对话性越来越成为现代文学批评界的主流，更多的评论者开始质疑《艾泼辛》中的古典主义思想，而更多地关注剧中的狂欢化因素。唐纳森认为，“《安静的女人》呈现了一个欢闹的农神节社会。在此，传统社会规则被逆转、传统社会功能被悬置”(Donaldson, *The World Upside Down* 20)。泰勒(Thayer)认为这是一部关于愚人狂欢的世俗喜剧，琼生在该剧中描绘了一个“愚人的宴会，在这个世俗的宴会上，琼生感觉到失去平衡的社会秩序完全变成了一个颠倒的世界(upside down)”(Thayer 79)。柯南(Kernan)则认为，“自从 1609 年《艾泼辛》之后，本·琼生不再致力于揭露世界的愚蠢和罪恶，不再强求秩序和公正”(转引自 Summers 243)。也就是说，琼生自从《艾泼辛》之后便放弃了早期喜剧中严肃严谨的道德目标。

艾尔斯(P. K. Ayers)认为，“《安静的女人》是一部以代表青春活力和希望的青年一代(多尔菲等)战胜代表冷酷、无情、僵死的老年一代(莫罗斯)的农神节欢庆喜剧”(Ayers 82)。凯瑟琳·茅斯则认为，“《安静的女人》中特鲁威特对莫罗斯的胜利代表着世界和世俗的价值观念对哲学慰藉的胜利”(Maus 70)。世界和世俗的价值观念可以理解为人文主义的价值观念，而哲学慰藉所指代的则是古典主义道德哲学。因此，茅斯的观点也可以理解为是人文主义世俗观念对古典主义道德哲学的胜利。

阿诺德(Arnold)则将这部喜剧归为风俗喜剧的范畴，拒绝从道德主义的角度来分析该剧，因此他认为剧中人物多尔菲、克莱里蒙特和特鲁威特是“琼生人物中最机智和热情洋溢的英雄”(Arnold 243)。约翰·黑尔(John Hale)相信，“本·琼生在《艾泼辛》中将崇高的道德目标放置一旁，而将取悦观众作为唯一的目的”(转引自 McEvoy 92)。沃德尔(Irving Wardle)批评说，“这是一部男性主义猖獗的怪诞喜剧，没有唤起任何方面的同情心”(92)。奈茨(Knights)则认为，“《巴斯洛缪集市》和《艾泼辛》均属于舞台娱乐剧，剧中的娱乐性质不存在严肃深刻的涵义”(转引自 Boris Ford 302)。

总之，现代评论界关于《艾泼辛》的评价从未达成一致，而关于该剧本评论一致性的缺乏也说明了关于剧作家本·琼生的评论难以达成共识。他到底是一个时刻致力于纠正人物愚蠢和罪恶的道德讽刺家，还是一个提倡现代狂欢精神的人文主义剧作家，或者两者皆而有之？如本书第一、二章所述，琼生是一个矛盾的剧作家，他的矛盾精神一直体现在戏剧中，《福尔蓬涅》如此，《艾泼辛》也不例外。双重性和矛盾性正是《艾泼辛》的重要特点，也是众多评论者所关注的焦点。

罗斯(Mary Beth Rose)从性别政治的角度分析了《艾泼辛》的矛盾精神。她认为剧中“学园女子们传达了一种女性独立和平等意识，挑战了(或者试图挑战)男权主流意识”(Rose 57)。但同时琼生又在剧中表达了一种厌女情结，并通过各种途径维护了传统的等级制度(63)。另一位评论家理查德·巴伯尔(Richmond Barbour)则认为在该剧中“琼生被权威性和颠覆性这两股力量深深地分裂着”(Barbour 1006)。霍华德(Jean E. Howard)与罗斯一样“肯定了剧中的厌女情结主题但也为女性观众争得了一席地位”(转引自 McEvoy 88)。纽曼(Karen Newman)则阐释了“中产阶级女性如何通过消费主义这个中介沦为‘城市罪恶’的比喻，同时挑战并威胁了传统以土地为基础的封建精英主义思想”(88)。

以上四位学者分别从性别和阶级层面指出了《艾泼辛》中的矛盾性。琼生一方面代表边缘群体挑战了权威，特别是代表商业资产阶级向封建权威提出了质疑和挑战，中产阶级代表多尔菲等人最终以法律合同的方式打败了老封建贵族莫罗斯。同时琼生也刻画了追求平等独立的女性对传统男权意识的挑战。但另一方面，本·琼生又潜意识地维护了既有的等级制度，剧中学园女子虽然独立敢言，却终究在男性集团的谋略面前沉默，她们最终改变不了什么，也革命不了什么。无论是封建的，还是资本主义的，占据主流意识形态的依然是男性。

正如在《福尔蓬涅》中一样，琼生在《艾泼辛》中也表达了非常明显的矛盾精神。涵义深刻的喜剧标题便蕴含着这种矛盾精神。“Epicene”(艾泼辛)指穿着女性服装的男性，从这种角度来说，艾泼辛毫无疑问指剧中男扮女装的“新娘”艾泼辛。同时“Epicene”也指代缺乏男性气质的男性，从这种层面来说，“Epicene”便暗指了剧中所有缺乏男性气质的男性人物，如有着女人名字的多尔菲(Dauphine)①、臣服于妻子统治的奥特(Otter)②等。

可见“Epicene”这个词语本身便代表了一种男权主义，因为无论何种表示，它主要描绘的是男性的气质或者说男性气质的缺乏。然而，喜剧本身却对剧中男性进行了调侃和讽刺，而非一味袒护。更重要的是，剧作也展现了一种雌雄同体的气质，也就是男人表现出女人气质，而女人则表现出男人气质。如此这般，性别之间的界限也变得模糊不清，无论男人还是女人，都成了性别之间(in-between)的生物，成了跨界之人，也便成了怪诞之人。

此外，这部喜剧也叫《安静的女人》(*The Silent Woman*)。“安静的女人”代表男权主流意识形态对理想女性的要求和标准。即使在人文主义思想如火如荼的文艺复兴时期，人们对女人的要求依然是“沉默、居家、顺从”。然而具有讽刺意义的是，剧中真正的女人们非但不安静，而且能言善辩，并最终将害怕噪音且试图寻求一个安静女人为妻的老贵族莫罗斯打败。因此，喜剧的标题也表达了一种矛盾的性别政治观念。不能否认，琼生在该剧中发出了女性主义的声音，为女性赢得了一定的地位，但却很难说琼生是为女性主义代言，因为剧中到处透露出传统男权思想，这部喜剧也因此被一些评论者认定为本·琼生厌女思想的典型代表作③。然而，这样的评论不无道理却过于片面偏激。

总之，《艾泼辛》的矛盾性主要体现在性别问题上。毋庸置疑，琼生在这部喜剧中塑造了一批特征明显的怪诞女性人物，她们身上集合了该喜剧的矛盾和对话精神。一方面剧中的女性怪诞是道德讽刺的载体和工具，是社会病态的一种男权主义阐释，是对女性的他者化和妖魔化，或者说女性怪诞是以男权思想为基础的社会腐败与道德沦丧的替罪羊；另一方面女性怪诞释放了明显的狂欢精神，是对封建男权思想的挑战与颠覆。

---

① Dauphine 原指法国王妃，是一个含有明显女性气质的名字。众所周知，在法语中，所有阴性词汇均以“e”结尾。琼生给剧中的男性人物命名为 Dauphine 用意深刻，名字能彰显人物的女性气质，事实也正是如此，因为多尔菲是一个特别注重服饰外表，惯于着蕾丝，用香料的男子，而这些均被认为是女性特质。

② Otter 意为水獭，是一种水陆两栖动物。Otter 暗示了人物的双栖性质。奥特是一个妻管严，在家完全臣服于妻子的管制，从传统男权主流意识形态来看，奥特显然是一个缺乏男性气质的阴阳人。

③ 罗斯(Mary Beth Rose)便认为在所有詹姆士一世时期的戏剧中，没有哪一部能像本·琼生的《安静的女人》一样如此详尽、彻底、成功地表达了厌女情节。参考 Sean McEvoy, Ben Jonson, Renaissance Dramatist(Edinbough: Edinbough UP, 2008)85。

第一节 西方女性怪诞化历史概述

说到女性怪诞，首先需要厘清怪诞的概念。怪诞(grotesque)一词的发展有着复杂漫长的历史。人们普遍认为该词最初是用来形容15世纪末或16世纪初在一处罗马地下废墟中发现的一种将人和动植物主题相结合的奇特壁画。因此，怪诞最初的词源是意大利语“la grottesca”，或者“grottesco”，源自于“grotta”，意为“洞窟，洞穴”，指代这种装饰风格发现的地点，并没有我们今天理解的“怪诞”之意，也没有贬斥或者讽刺的涵义。

该词先后于1532年和1640年相继相继首次出现在法语(crotesque)与英语(grotesque)之中。随着古罗马建筑的出土，16世纪的欧洲出现了一种竞相模仿该种装饰风格的浪潮，拉斐尔①是其中典型的一位艺术家，他在梵蒂冈壁画中大量借鉴这种大胆奇特的风格。随着这种新的装饰风格在16世纪欧洲各国的兴起，“grotesque”一词在此时也经历了第一次词意的扩张。16世纪的“grotesque”既指古罗马废墟中的装饰和装饰风格，也指代该时期人们对这种风格的模仿之作。直到17世纪下半叶，英语中的“grotesque”一直是指一种艺术风格，并没有进入文学的领域。

相对而言，“怪诞”一词在法语中发展更加成熟，早在17世纪早期，“crotesque”在法语文学中的使用已经比较普遍。拉伯雷便于1535年在《巨人传》中使用过该词，而散文家蒙田在1580年也使用该词形容过自己的作品。从17世纪下半叶开始，英语中的“grotesque”才开始逐渐被用来指“奇特、怪异、古怪、滑稽”等涵义，也逐渐有了贬义的倾向。随后，英国进入新古典主义时代，“grotesque”一词的含义在这一时代也经历了更加明显的扩张和普遍化。由于理性成为时代的核心价值观念，怪诞的艺术风格成为人们讽刺和反对的目标，该词的形容词有“滑稽、扭曲、不自然”的涵义，而名词则意为“荒诞、对自然的背离”。

在18世纪，怪诞经历了第二次明显的词义扩张，它不再是16、17世纪那种纯粹关于装饰风格的描述性词汇，而是开始具备两种用法：“其一指自然事物；其二指其他艺术形式，特别是文学”(Clayborough 7)。具体地说，怪诞的自然事物，其主要特征是“不自然”，或者“非自然”，既可以指行为的不自然，

① 拉斐尔(Raphael，1483—1520)是意大利文艺复兴时期著名画家。他与达芬奇、米开朗琪罗同称为“文艺复兴后三杰”。他是三人中最年轻的一位，以创作圣母画而闻名。

如李尔王的女儿们；也可以指身体的不自然，也就是身体的畸形、夸张、扭曲等；还可以指代景色的不自然。至于贬义的特征，虽然可能存在，却并不是怪诞的必然因素。

至于第二层含义，英语中“怪诞”一词用于指漫画、喜剧作品始于 18 世纪，然而它是一个描述性的词，如漫画的本质是怪诞的，闹剧的本质是怪诞的，意大利即兴喜剧（Commedia dell'Arte）①和滑稽戏的本质是怪诞的。将怪诞与哥特式联系起来的是 18 世纪下半叶《奥特兰多城堡》（*The Castle of Otranto*，1764）的作者贺拉斯·沃波尔（Horace Walpole），他用“怪诞”形容哥特式建筑。随后，在浪漫主义时期，怪诞一词同“哥特”（gothic）一样，被用在文学中，而“浪漫主义时期的“怪诞”一词，意为“高度奇幻、荒诞、非常奇怪”，却并没有贬义色彩。

“怪诞”在 19 世纪发生了词意的进一步扩张。在英语中当“怪诞”用来指代非原始意义（装饰风格）时，无论是作为名词还是形容词，均描述“与正常经历的不一致”。之后也有不少学者对怪诞进行过研究并试图为其定义。卡泽尔将怪诞视为“滑稽的一个分支，主要是作为粗俗、低级、嘲讽的甚至是枯燥的滑稽分支”（凯泽尔 6）。让·保尔认为，“怪诞是幽默的配料”（49）。凯泽尔则认为，“怪诞是一种结构，它的性质可以用一句经常向我们暗示的话来总结说：怪诞是异化的世界”（195）。他在《美人与野兽》一书结尾总结道，“各种形式的怪诞是对所有理性主义和系统思想的最显著、最明确的否定”（200）。

蒙田是第一个将怪诞引进文学的法国人文主义者。他用怪诞形容自己的作品，认为它们是“无形的聚集物”“嵌合体”“奇幻的妖怪”（转引自 Barasch 35）。罗斯金（Ruskin）将怪诞定义为“一种喜剧类型，一种建立在将滑稽和可怕并置上的戏谑”（155）。柯勒律治给怪诞下了如下定义：“当不同的词语或者意象不是凭借相互联系放置在一起，而是不寻常的强制并置（juxtaposition）在一起，就会形成古怪或者怪诞”（153）。玛丽·拉索（Mary Russo）则提出了两种怪诞

① 意大利即兴喜剧（Commedia dell'Arte）发源于 16 世纪的意大利，特别是在狂欢节期间的街头，由专业演员头戴面具即兴创作。演员往往扮演一些固定的、程式化的人物：如愚蠢的老头、狡猾的仆人、吹牛的士兵等。巴赫金认为，“在这种喜剧的所有非情节性的技巧中，怪诞的人体概念得以充分展现”（巴赫金 410），而且即兴喜剧中的怪诞人体有着明显的狂欢性质。这喜剧对英国文艺复兴时期戏剧产生过很大影响，莎士比亚人物福尔斯塔夫便有着吹牛的士兵的影子。本·琼生也深受这类喜剧的影响，如《福尔蓬涅》中的街头兜售药品的场景便直接来源于意大利即兴喜剧。

观念：一种是基于巴赫金理论的“狂欢化怪诞(carnival grotesque)”；另一种是基于凯泽尔理论和弗洛伊德心理学的“暗恐怪诞(uncanny grotesque)”(Russo 7)

黑格尔认为怪诞分为三种形式：(1)不同领域的事物不合理地融合。(2)极端和歪曲。(3)不自然的“同功能事物的增值、众多的手臂、头颅的出现等等”(转引自凯泽尔 106)。中国学者李梦则在其博士论文中归纳出四种不同的怪诞说：“怪诞的反常说”(李梦 8)、“怪诞的滑稽说”(12)、“怪诞的凶险说”(14)、“怪诞的狂欢说与象征说”(17)。

以上学者们分别从不同的领域或者专业为“怪诞”进行定义。他们中有人将其限定为文学艺术术语，有人单纯从文学类型为其定义，有人从心理学角度进行研究，有人从美学角度进行定义，他们的定义都各有道理却有着各自的专业局限性。亚瑟·克莱伯勒(Arthur Clayborough)对该词进行了全面的研究和定义。他认为“怪诞”具有以下几层含义：(1)名词，古罗马晚期的一种装饰风格；按照该风格创作的作品。(2)名词，从十五世纪晚期起对这种艺术风格的模仿，按照这种模仿的风格创作的作品。形容词，属于这种艺术风格的作品风格等。(3)名词，荒诞；对自然的滑稽的、令人不快的变形。形容词，滑稽、扭曲、非常丑陋。(4)①名词，对自然的扭曲，特别是艺术。生活中的滑稽和可怕因素，总的说来是一种持续的怪异和不一致。②“怪诞”，一种和滑稽，恐怖因素相关的艺术形式；形式或者内容与人们普遍认为正常或者真实的观念不一致的艺术。形容词，不规则、狂野、古怪、滑稽、荒诞、高度奇幻、令人吃惊的恐怖、不一致等。

无论哪一种定义，怪诞最基本的特征都离不开对自然的违背、对理性的背离，简言之便是违背常理。用克莱伯勒·盖伊的话说，“怪诞是一种现象与既有的有关自然协调的观念之间的不统一”(转引自 Guy 17)。因此，无论是指自然物，还是艺术品或者艺术风格，乃至文学形式，怪诞都强调了对协调观念的违背。而本章对怪诞的使用，主要借鉴以上盖伊定义中的第(3)点：“名词，荒诞；对自然的滑稽的、令人不快的变形”。而女性怪诞(female grotesque)则指由女性所扮演的怪诞。

为何要采用女性怪诞(female grotesque)而不是怪诞女性(grotesque female)的概念呢？诚然，女性怪诞不同于怪诞的女性，前者的含义更加广泛全面。单纯用怪诞的女性不足以涵盖喜剧中的女性人物。如用怪诞女性，意味着也有正常的女性，或者说理想的女性。而事实上，女性本身是男权意识形态下的一个怪诞存在、一个他者，她永远不可能代表巴赫金理论中理想的古典人体。因为根据巴赫金的概念，“怪诞人体不与外部世界分离，不是封闭的，完成的，现成的，他超越自身，超出自身的界限”(巴赫金，31)。而女性人体始终是一种开放的状态。正因为如此，在巴赫金狂欢化理论中女性人体与怪诞也紧密相连。

因此，女性怪诞可以有两个层面的所指。首先它指所有的女性，这是广义上的女性怪诞。有学者认为单纯从性别并不能完全决定女性的怪诞属性。盖伊在其博士论文中指出，

> 女性的怪诞属性必须要求女性在一个已经将女性定义为怪诞的男权社会中体现出一种不合时宜。比如：穿男性服装；说话呱噪；将性当成一种权力；似乎拥有某种秘密武器；参与传统男性活动；并最终赢得‘畸形’‘妖怪’等称号。(Guy 23)

盖伊的观点很有道理，她指出了女性怪诞存在的前提是一个将女性怪诞化了的男权社会。鉴于此，从狭义上来说，本章的女性怪诞特指在男权社会中行为举止不合时宜的女性。

那么以男权为中心的西方主流意识形态又是怎样将女性怪诞化的呢？这是一个由来已久、持续发展、多方结合的过程。可以说整个西方历史从宗教、医学、文学上对女性实行了多方位的怪诞化。

宗教上的女性怪诞化可以追溯到《圣经》中上帝造人之时。上帝按照自己的样子造成了男人，却只用男人的一根肋骨捏成了夏娃。因此相对于男人而言，女人没有身份可言，她只是男性的一个附属品或者复制品，是一个异化的他者，具有明显的边缘性质。自此以后，女性的从属地位和他者身份便固定了下来。肖明翰认为，

> 无论《圣经》还是基督教传统，都把妻子看作丈夫的附属物。在“创世纪”里，夏娃只不过是用亚当的一根肋骨所造，这就在宗教的意义上界定了女人的地位。《圣经》还说：“你们做妻子的，当顺服自己的丈夫，如同顺服主。因为丈夫是妻子的头，如同基督是教会的头”(“以弗所书”5：22~24)。(肖明翰，《试论〈坎特伯雷故事〉的多元与复调》78)

这种女性的异化或者他者化是女性怪诞化在宗教领域的最初表现。随后，女性进一步沦为人类原罪的源泉。因为根据《圣经》记载，当初人类被逐出伊甸园便是因为夏娃禁不住诱惑而率先偷吃禁果，她违背了上帝的旨意，也违背了对

亚当的顺从，引诱亚当吃下禁果。因此，在主要信奉基督教的西方社会，女性往往是罪恶渊薮和肉体诱惑。同时，女性往往也是作为基督教某种或者全部罪恶的表征，成为社会堕落和腐败的替罪羊。

医学上女性也历来被认为比男性更加脆弱和不确定。女性的功能比如妊娠、哺乳、月经等使女性区别于男性而成为怪诞。亚里士多德和盖伦(Galen)医生认为，“女性的血液缺乏热度，而体温偏低和身体潮湿的特点使其有更强的性欲”(转引自 Guy 21)。而且，他们认为女性因为血液缺乏热度而表现出一系列弱于男性的特征，比如她们更容易接受外界的诱惑，更易于做有悖于道德的举动，且情感丰富，易犯歇斯底里症。这些特征使得女性在本质上似乎是“反”自然的，且缺乏控制，因此她们在本质上是怪诞的。

古罗马名医盖伦①的医学理论在整个中世纪甚至文艺复兴时期影响深远，他从生理科学的角度确立了女性身份的低劣性和边缘性，他认为，“最好的女人的血液远不如最好的男人血液的纯净、精炼和完美，女人具有更明显的从恶倾向”(转引自 Paster 79)。因此盖伊认为，

> 血液特征加上子宫的作用造成了女性呱噪、歇斯底里、缺乏理性、情感强烈的特征。而这一切都让科学家们认为正常女性比男性更易患身体和心理、精神上的疾病：女性有着更强烈的憎恨、愤怒、恐惧等情感；同时也有同情、怜悯和爱的能力。而这些均被认为是心理脆弱的表现。(Guy 22)

医学界对女性的研究和分析为西方男权意识形态对女性的边缘化和怪诞化提供了“科学”根据。正是有了这些“医学成果”的支撑，在西方男权话语体系中，女性时刻需要监控。古奇(Gouge)、沃特利(Whatley)和斯诺塞尔(Snawsel)认为，“女性身体不像男性，她们本质上是怪诞的，因此需要监控和围圈”(转引自 Stallybrass 126)。因此主流意识形态用“沉默、居家、顺从”的标准来要求并监控女性。

除了神学和医学领域之外，西方哲学和文学界也对女性实行了边缘化和怪诞化的阐释。其中最典型的莫过于柏拉图，他“显然拿不定主意，到底应该把

---

① 盖伦(Galen)是古罗马帝国著名内科医生、解剖学家和哲学家。他在希波克拉底人体体液理论的基础上，提出了人的气质说。具体地说，人体任何一种体液的失衡均会使人表现出某一方面的气质。盖伦的这一理论是本·琼生癖性喜剧的直接理论来源。

女人摆在理性动物之列，还是没有理性的牲畜之中”（转引自 伊拉斯谟 17）。中世纪晚期和文艺复兴时期的正统文学都认为女性有呱噪的倾向，因此文学家们纷纷认为沉默的女子才是理想的女性形象。伊拉斯谟便在《怨妻》（*The Complaining Wife*，1528）中提出过类似阐释，作品中一个男子恢复了哑妻的说话能力，而一个魔鬼却告知该男子说，一旦女人开始说话，那么所有的魔鬼都没法让其停止。

威廉·沃特利（William Whatley）曾说，“毫无疑问，一个头脑简单但能保持安静的女人比一个头脑聪明却喋喋不休的女人拥有更高的荣誉”（转引自 McEvoy 77）。而布拉斯维特（Richard · Brathwaite）则认为，“沉默是一种动人的修辞，它能让女人求爱成功，而她的呱噪则总让她失败”（77）。英格兰国王詹姆士一世也曾公开表示，“沉默是一个女人无可比拟的美德”（转引自 Donaldson，*The Magic Houses* 10）。

由此可见，本·琼生喜剧《艾泼辛》是作为对整个西方传统文学女性怪诞化的积极反应。本·琼生对这一传统显然不陌生，他深知“沉默”是多方面已经将女性怪诞化了的传统男权社会对女性的标准要求。本·琼生使这些女性怪诞从边缘发出自己的声音，向传统男权意识形态发出挑战。矛盾的是，由于深受传统男权文化（特别是古典文化）的浸润，本·琼生又总摆脱不了传统官方思想的影响。因此，他笔下的女性怪诞便具有了矛盾性质和双重功能。

首先，《艾泼辛》中的女性怪诞是琼生站在古典主义官方文化的立场对社会病态进行阐释的一个载体和工具。换言之，女性怪诞是社会病态的一种反映，也是人类堕落、当局者权利焦虑的替罪羊；或者说，女性怪诞是本·琼生进行道德讽刺的工具，是他谴责人类堕落和社会病态的载体。从这种角度来说，女性怪诞是一种否定性的怪诞，是社会腐败的一种隐喻性表征。无论在西方文化还是中国文化中，都存在将国家和城市比喻成女性的传统。该传统原本表达了对女性的赞美和尊敬，却无意中为《艾泼辛》中的女性怪诞成为社会疾病隐喻提供了便利。

虽说伊丽莎白执政末期由于王位的不定等原因导致英国政局动荡，但是17 世纪初期詹姆士一世上台之后，英国政局随着王位的尘埃落定而变得相对稳定。在一定程度上，“17 世纪的英国出现了君主专制制度稳定化的局面”（巴赫金 116），国王本人也大力推广古典主义文化，此时英国“新的官方文化的基本特征在理性主义和古典主义中得到鲜明体现”（116）。身为宫廷剧作家的本·琼生适应时代发展，站在官方古典主义的立场关注和谴责社会腐败和人类堕落。与《福尔蓬涅》中的愚人怪诞不同的是，琼生在《艾泼辛》中主要是通过女性怪诞来达到社会道德讽刺的目的。

然而，本·琼生虽然努力代表古典主义主流意识形态来关注社会现实，但他同时也是一个来自于社会底层的剧作家。成长的经历使他摆脱不了对社会边缘群体的关注，而骨子里的叛逆性也加剧了他挑战权威的勇气。因此，他也为《艾泼辛》中的边缘群体——女性怪诞——代言，赋予了她们明显的狂欢化精神。剧中的女性怪诞在很大程度上质疑和挑战了文艺复兴时期的传统女性观念，她们尝试性、临时性地颠覆了男权主流意识形态。

总之，《艾泼辛》中的女性怪诞具有双重涵义。它广义上指全体女性，是男权主流意识形态下的女性他者。在很大程度上是男权主流意识形态赋予了她这种怪诞性。因此，无论是理想女性，还是怪诞女性全都涵盖其中。女性怪诞在狭义上特指已经将女性怪诞化了的男权社会中行为举止怪异的女性，也就是我们理解的怪诞女性。

同时，女性怪诞从功能上说也具有双重性。一方面，《艾泼辛》中的女性怪诞是表达当局者权利焦虑的替罪羊，是社会病态和城市病态的隐喻性阐释，更是剧作家进行社会道德讽刺的载体和工具。她承载的是琼生的古典主义思想；另一方面，《艾泼辛》中的女性怪诞具有明显的狂欢化精神，是向旧思想旧制度提出挑战和颠覆的力量，她是本·琼生狂欢化人文主义思想的代表。简言之，女性怪诞是本·琼生古典主义思想和狂欢化人文主义思想矛盾并存的载体和场所。

第二节　充当道德惩戒替罪羊的女性怪诞

17世纪初期的英国在詹姆士一世的统治下虽然出现了相对稳定的君主专制局面，但是社会意识形态领域却在发生着巨大的变化。伊丽莎白时代的英格兰，是一个以秩序为核心，有着严格的等级制度、社会分层非常明显的封建农业国家。托勒密的地心说宇宙观念依然根深蒂固，人们普遍认可天体等级差异，也认可人类世界的尊卑有序。绝大多数戏剧家和诗人都强调等级制度的重要性，如莎士比亚在《特洛伊罗斯和克瑞西达》中写道，

所有的天体、行星、这个地球的中心
都遵守等级、秩序、地位，
规则、航程、比例、时节、形式、

职务、惯例，一线相接，秩序井然；
……啊！等级
是一切壮举的阶梯，一旦受到震撼，
事业就染上重病。要是没有等级，
社会里的集团、大学里的学位、城市里的行帮、
大洋彼岸之间的和平交往，
家庭里长子的权利和义务，
高龄、王冠、节杖、桂冠和特权，
又怎能保持确实的地位！
等级一旦抛弃，犹如琴弦失调，
好一片噪音，物物对碰，
好一阵冲突！海里的浪潮
会猛涨高升，越过海岸，
将这个坚实的地球泡个稀烂！
强壮的青年会凌驾衰弱的老人，
不孝子会一拳打死老父亲。（转引自王佐良、何其莘 359~360）

这段诗句代表了相对稳定的伊丽莎白时期人们对等级秩序的普遍看法。然而进入詹姆士一世时期，这种秩序和等级概念发生了变化。人文主义和宗教改革的纵深发展，国王的复杂身份和其有别于伊丽莎白女王的统治政策，以及资本主义的发展从各方面不同程度地瓦解着英格兰社会严格的封建等级秩序。

与莎士比亚对秩序的理想追求不同，1611 年诗人约翰·邓恩（John Donne）则在表现伽利略的宇宙不和谐观，他认为，“一切都化成碎片，所有的东西都变化不居”（转引自 特拉斯勒 61）。17 世纪初期的英格兰呈现出一种强烈的不稳定性和社会流动性，而各种传统价值观念也正经历着翻天覆地的变化。人们在这个急速变化之中的时代体会到各种不稳定所带来的权力焦虑。

社会不稳定性和流动性在很大程度上源于资本主义城市的发展。以伦敦为例，在 16 世纪晚期，伦敦便逐步成为英国的金融、商业和贸易中心。而 17 世纪初期的伦敦市场，正从一个官方管制下的传统封闭市场向一个开放、流动、变化、自治的抽象市场转变。具体说来，伦敦市场从一个以地理空间为基础，封闭、稳定、可操控的传统市场慢慢向一个开放、流动、不受地理空间决定的

抽象化市场过渡。对于在社会急速变化中感到焦虑和无所适从的伦敦人们来说，过渡时期的市场显然具有陌生化和怪诞色彩。

伦敦在 1607 年宣布成为自治市，标志着伦敦对封建宫廷的依赖进一步削弱，城市与宫廷的关系、国王与议会的关系也变得更加敏感和脆弱。人口的急速增长也给伦敦带来道德沦丧、瘟疫肆虐等一系列社会问题。

伦敦市场的转变与文艺复兴女性的转变存在相关性。如前所述，文艺复兴时期建立在古典主义基础上的主流意识形态要求女性必须“沉默、居家、顺从”。这一时期理想的女性应该沉默不语、足不出户、出嫁前必须服从父亲、出嫁后则服从丈夫。然而随着人文主义思想的发展，女性在一定程度上获得了身份的自主性，也获得了一定的自由活动空间。资本主义商业经济的发展则向女性敞开了大门，有一些女性开始走出家庭、进入社会、涉足市场、从事一定的经济活动。《艾泼辛》中的奥特夫人便经营着一家唐饰店，并独自承担着养家的重担。

如果说传统女性的怪诞性是男权主流意识强制赋予的，那么文艺复兴时期的一些女性则主动表现出行为举止上的怪诞。她们穿着男性服装、能言善辩，参与传统上属于男性的活动。简言之，被动的广义女性怪诞开始向主动的狭义女性怪诞转变。总之，文艺复兴女性正从一个“贞洁、沉默、居家”的传统形象向一个开放、能说会道、跨出家门、走向社会和市场的怪诞形象转变。由此可见市场和女性在转变上有着明显的相似性，两者均从一个封闭的、固定的、可控的传统形象向一个开放的、变化的、不可控的形象转变。

在表达资本主义发展早期不稳定性和危险性的时候，隐喻往往是言说这种急速转变的最好方式。亚当·斯密斯曾在《国富论》中提出，“在 17、18 世纪的经济系统里存在高度隐喻性的话语来指代市场的功能”(转引自 Miller 73)。17 世纪女性和市场转变的相似性加上这种隐喻性言说方式，使得女性怪诞顺利成为阐释资本主义城市怪诞化发展的隐喻，也成为男权主流意识形态在资本主义发展初期释放权利焦虑的替罪羊。

女性怪诞的替罪羊属性在剧中男性人物对女性的他者化、妖魔化、怪诞化描述和评价中体现得非常明显。剧中的男人们无一例外均体现出恐惧和焦虑的情绪，而这些情绪与正在崛起的资本主义城市密切相关。其中典型的例子莫过于莫罗斯对艾泼辛的评价和咒骂。

莫罗斯是一个传统的单身封建老贵族，因为不满继承人侄儿多尔菲对他的不敬而试图通过娶妻生子来剥夺其继承权。莫罗斯有一种怪异的疾病——不能忍受任何噪音，因此他想要寻找一位安静的女人为妻。莫罗斯的怪病有着明显的隐喻性，声音既是权利的体现，也是城市发展的标志。17世纪初期的伦敦是一个车水马龙、街道拥挤、商业繁荣的大都市，噪音便是伦敦城市繁荣发展的典型标志。莫罗斯对声音的抗拒和恐惧暗示了这个封建老贵族对新生商品市场和喧闹的城市生活的抵触与无所适从。里盖特便认为，“莫若斯对声音的抵制是对社会生活的抵制，他拒绝接受任何人与他发生关系”(Leggatt 221)。

莫罗斯生活在拥挤嘈杂的伦敦城中心，这里街道狭窄拥挤，充斥着各种城市噪音：鱼贩和水果贩的叫卖声、扫烟囱孩子的呼叫声、铁匠和铜匠的打磨声、喇叭手和号手的弹奏声。这是一个嘈杂喧闹的商业资本主义城市，然而城市的繁荣喧嚣却让莫罗斯无所适从，他只好“将自己的房子建了两层围墙、三层屋顶、紧闭门窗，整日靠烛火照明，上周还因为有人的新鞋发出噪音而将其驱赶”(*Epicene* 1. 1. 146~148)。顽固守旧的莫罗斯就像一个落魄的国王封闭式地坚守着自己的国度——他的家，而且他绝不允许任何人对他的权威发出挑战。

更滑稽的是他居然命令仆人只穿袜子走路，并且通过一根可以传声的长管来对话，或者干脆命令仆人用手或者脚来回应。第二幕第一场莫罗斯的这种可笑怪癖表现得淋漓尽致，他拿着传声长管和仆人一同上场：

> 再也找不出比这长管更简便的方法了，有了它便可以解放仆人们的说话力，而我也可以将各种不和谐音阻挡在双耳之外，让我看看：一切声音除了我自己的，都让我深受折磨；它们是如此刺耳、粗暴、令人厌烦。——难道你就不能用手势明白地回答我？即使我问你也不要说话。有没有按我的要求将临街门外的门铃拿走？用沉默而不是用语言回答我。(仆人动动脚，做做手势。)很好。有没有在门外钉一床厚棉被或者棉垫，这样即使有人用短剑或者砖头砸门我也听不到噪音？用你的脚回答。(哑巴仆人动了动脚。)很好……有没有将剃头匠卡特彼尔德 喊来见我(哑巴仆人动了动脚。)很好……门外突然传来号角声怎么回事？噢！噢！什么恶魔，人间居然有如此不可思议的声音？快去看看。(2. 1. 1~30)

本·琼生用他一贯的滑稽讽刺技巧将身患怪疾、行将就木的莫罗斯刻画得入木三分。莫罗斯是一个年老、孤独的老贵族。同福尔蓬涅一样，他既没有妻子，也没有子女，更没有朋友，连唯一的亲人多尔菲也与他并不亲近，两人关系剑拔弩张。这个孤独的老贵族顽固地生活在自己的幻想中，拒绝接受商品城市的喧嚣繁荣和社会等级制度的流动性。他之所以想要剥夺多尔菲的继承权，很大程度上是因为多尔菲通过金钱为自己购买了骑士的爵位①。因为多尔菲的封爵大大冲击了莫罗斯极力维护的传统封建等级制度所以他心存不满。用金钱购买爵位正是资本主义商品经济的反映。爵位买卖说明等级不再单纯建立在血缘或者土地占有的基础上，而是通过资本运营进行流动和流通。

可见，莫罗斯从多方面感受到资本主义商品经济带给他的冲击和焦虑。本·琼生一方面通过“恐音癖”来隐喻讽刺莫罗斯的权利焦虑；一方面通过安排一位并不安静的“安静女人”来深化对这种焦虑的讽刺。莫罗斯对噪音的恐惧在面对“安静的女人”——艾泼辛时表现得更加滑稽可笑。

艾泼辛原本是一个沉默不语的娇羞“女子”，完全符合文艺复兴时期理性女性的标准。艾泼辛的仆人约翰·道便作了一首打油诗赞美了这种美德：

> 女人的沉默就像男人的雄辩，
> 谁能否认这观点？
> 这也绝非虚构
> 女人的罪恶应是男人的美德，
> 男人的罪恶该是女人的美德；
> 你会看到
> 并更加相信
> 我善于言辞而她恪守沉默。(2. 3. 102~110)

这首打油诗也明显体现了男权主流思想对女性的怪诞化定义。男人应该雄辩而女人则应该沉默，女人一旦拥有了男人的雄辩便是罪恶。莫罗斯对这个理想的安静女人非常满意，哪怕她没有任何嫁妆，也决定即刻迎娶她，因为他觉得，“艾泼辛的沉默是她最好的嫁妆”(1. 2. 22；2. 5. 69~70)。如果说莫罗斯对多尔菲购买爵位的不满体现了他对传统阶级观念的维护，那么他对艾泼辛的钟爱则体现了他对传统性别等级观念的维护。不管怎样，莫罗斯是一个设法维护封

---

① 詹姆士一世上台之后，摒弃了伊丽莎白时期保守的官爵封授制度。1603 年 3 月，詹姆士一世在由苏格兰南下前往英格兰的途中便封授了 46 个骑士爵位，在登基加冕的头四个月内，这位新君所加封的新骑士就有 906 人，为了弥补财政空缺，国王甚至公开售卖官爵牟利。参考王晋新：《现代早期英国社会变迁》，上海：上海三联书店，2008，88。多尔菲通过金钱获取骑士爵位便反映了这样的时代背景。显然，这种滥封敛财的封爵政策从多方面冲击了英国的等级制度，莫罗斯对多尔菲封爵的不满和愤怒正反应了传统等级制度维护者对这种冲击行为的不满和焦虑。

建传统意识形态的顽固老者。

然而，莫罗斯没料到艾泼辛是多尔菲专门栽培来对付自己的演员，牧师一宣布两人婚姻合法，艾泼辛便发出了自己的声音，开始干涉他对家庭事务的处理，甚至要求仆人们开口说话，因为“她/他不允许自己统治的家里有如此怪异的沉默”(3.4.45~46)。莫罗斯对此感到非常惊诧又气愤，“她已成为我的摄政女王！我娶了一个彭忒西勒亚①女战士，一个塞弥拉米斯女王，我把我的自由卖给了女人”(3.4.47~48)。

此时，莫罗斯对资本主义城市噪音的恐惧与对女性声音的恐惧交织在一起。艾泼辛也似乎成了怪诞资本主义商品城市的产物。她能言善辩、喋喋不休、不驯服于丈夫、敢于与他辩论；她广交朋友(3.5.6)，并邀请他们来家里高谈阔论。原本沉默、顺从的理想女子瞬间变成了呱噪、霸道、失控的怪诞女子，正如原本封闭可控的市场突然变成了自由、开放、喧嚣的市场。害怕城市噪杂的莫罗斯对艾泼辛的女性声音也同样感到恐惧不安，因此称她为亚马逊女战士②和摄政女王。

喜剧中不仅莫罗斯对艾泼辛进行了妖魔化、怪诞化表述，其他男性人物也有类似举动。和莫罗斯一样，多尔菲、特鲁威特、克莱里蒙特也同样对急速发展和变化的资本主义商品社会感到不安和焦虑。鉴于同样原因，他们也将女性怪诞当成替罪羊，他们甚至认为正是女人的贪婪、享乐，她们对物质生活的奢求、对服饰商品的追求推动了商品经济的发展，也造成了城市的腐败和市民的普遍堕落。因此，在他们看来，女人是碎片化的存在，是怪诞的女性，是社会病态的根源。这从特鲁威特对女人的描述可以明显看出：

> 女人就像一座精心装扮的花园，与世上任何一处花园都不同：她可以随时改变，时时照镜子，选择最美的服装。如果耳朵长得好，就展示它们；头发好，便秀出来；腿漂亮，便穿短裙；手美丽，便时刻露出来；想

① 彭忒西勒亚是希腊神话中的亚马逊女王，她是战神阿瑞斯的女儿，在特洛伊战争中率领女战士援助了受困的特洛伊人。塞弥拉米斯是亚述帝国的摄政女王。

② 在古希腊神话中，亚马逊（Amazon）是一个自给自足，全由女人组成的国家，女战士们为了更好的使用武器甚至不惜割掉一边胸部。文艺复兴时期不少文学家将亚马逊女战士刻画成怪诞女性形象，因为在他们看来，她们既可怕又是迷人。斯宾塞在《仙后》中阐释了亚马逊女战士和女性权利之间的联系。本·琼生在假面剧中塑造了不同类型的亚马逊女战士，她们都是集唯美和怪诞的矛盾体。具体参考 Diana Robin, et al., eds. Encyclopedia of Women in the Renaissance. Santa Barbra (Denver, and Oxford: ABC-CLIO, 2007) 7~8。

尽一切办法改善口气、清洁牙齿、修缮眉毛、化妆，并以此为职业。(1.1.84~88)

正如克莱里蒙特形容霍特女士的美是一种“支离破碎的美”(Pieced beauty)(1.1.66)，特鲁威特所形容的也是一种碎片化的女性美，更是一种物质化的美，没有内涵、没有思想，只有对外表和服饰的过度追求。而且她们爱慕虚荣、追求时髦、虚伪善变。她们整天抛头露面、主动求欢，甚至将性当成职业。正是她们的出格造成了社会的堕落和腐败。

因此，男人们普遍对女人怀有敌意，甚至将她们视为洪水猛兽。剧中的女性是一批怪诞的女子，她们不甘于夫权统治和家庭生活，自发组织了一个团体——女子学院。其中一个叫梅维斯(Mavis)，正如名字所意指的“画眉鸟”，该人物身上积累了典范女性不该有的特性——呱噪，是一个典型的将人与动物性质混合的怪诞形象。巴赫金认为，怪诞人体的一个显著特点是“它与世界相混合，与动物相混合，与物质相混合”(32)。另外一个女士叫肯陶洛斯(Centaur)，“Centaur”是人首马身的妖怪，更加直接明显地彰显了女性的怪诞性质。

对于主流意识形态而言，这群敢于冒天下大不韪的女性是十足的妖怪，而将女性与怪物等同的现象在剧中比比皆是。另一位叫霍特(Haughty)的傲慢女士超出了传统女性应该具有的顺从品质，具有超出男性控制、跨越界限的怪诞倾向。总之，这是一群走出家门、走入社会、追求自己的乐趣和身份、拒绝接受丈夫的控制、甚至拒绝做母亲的“怪诞”女人们。她们“整天都试图招徕新的成员”(1.1.63~64)，以扩大自己的影响和力量。

学院女子们经常在一起讨论时尚、政治、文学等。更重要的是，她们对御夫、求爱最津津乐道，有三位女士甚至一起追求多尔菲。她们是资本主义时代的产物，正如自由开放的市场一样，她们的身体也是开放的，时刻向世界打开。这些怪诞的女人和商品市场一同构成了莫罗斯、特鲁威特等人的权利焦虑，这种焦虑不仅来自于女性意识的侵入，也来自于商品市场对传统生活的冲击。

当特鲁威特试图说服莫罗斯打消娶妻的念头时，他竭尽全力对女性进行了妖魔化描述。他对莫罗斯说，“你要娶妻，简直就是在冒着跟妖怪共处的危险”(*Epicene* 2.2.31)。紧接着他又将女性比作妖怪戈耳工，戈耳工在希腊神话中是一群长着尖牙、头长毒蛇的妖怪，看到这些妖怪的人会变成石头，其中最有名的是美杜莎。奥维德的《变形记》中将美杜莎描绘成一个头长毒蛇、面容俊美的女妖，有着令一切正视自己的人变成石头的魔力。特鲁威特对女性的极端妖魔化实际上体现了他在面对女性失去控制的局面所表现出来的恐慌和焦虑。

无独有偶，托马斯·奥特也对妻子进行了妖魔化描述，而他的描述也最清晰地表达了女性怪诞同资本主义商品经济的紧密联系。奥特原本是一个游手好闲、终日赛马的懒汉，家庭的经济重担全由妻子承担，而他也对妻子毕恭毕敬，甘愿向她俯首称臣，称她为女王，即使在家里也对她脱帽致敬。

然而，这些都是表面现象，一旦喝酒后他便发大发牢骚，对妻子进行了言语攻击，原来他认为妻子这个角色压根就不存在，他只有“一个厨子、一个洗衣工、一个干家务的苦力者”(4.2.42)。他甚至更加坦言自己之所以结婚根本就不是为了所谓的妻子，而只是为了“六千英镑，所爱的也是金钱”，他“几乎有一年没有亲吻过这个暴政女王了”(4.2.63~64)。更加可笑的是，他如此形容妻子的容貌，

> 她有一张最邪恶的脸，她的假牙是在黑衣修士区制造的，她的眉毛是在斯特兰德大街制造的，她的头发是在白银街制造的。总之，这个城市每一个地方都拥有她身体的一个部位。(4.2.74~77)

紧接着他又说，“每晚睡觉之前，她会将自己的身体分别装进二十个盒子里，而第二天中午又把这二十个部位合起来，就像一个德国钟表，随后在这栋房里响起令人乏味的警钟”(4.2.79~83)。同特鲁威特将女人描写成一座善变的花园一样，奥特也将妻子进行了碎片化、怪诞化地描述。不同的是，特鲁威特的描绘是以自然界为基础，而奥特的描绘则是建立在商品上。将怪诞人体与清单式的商品相联系是本·琼生城市喜剧的一个重要特点，也反映了琼生的良苦用心。

从他的描绘可以看出，奥特将妻子拆解成了一个个零部件，而这些零件又可以重新组合成一个钟表。而且每一个零件的生产地均不同：牙齿在黑衣修士区；眉毛在斯特兰德大街；头发在白银大街。假发、假牙在16、17世纪的英国并不罕见，伊丽莎白女王便一直携带假发直到去世，奥特夫人的这些饰品也很普遍。不仅女人如此，17世纪初的英国男子们也乐于追求服饰和打扮，因此男子们也经常佩戴假发、蕾丝等，剧中多尔菲便有此爱好。

需求势必会刺激着这些饰品的生产和销售。仅这三样饰品的产地便勾画出了伦敦商业中心的主要区域。奥特对妻子的描述虽属酒后乱言，实则道出了

17世纪伦敦商业的繁荣以及商业对人们生活的影响。在商业化的影响之下，人也变得非人，不再完整真实，或者干脆也变成商品，奥特妻子便是最好的例证，她就像一个机械的“德国钟表”，睡时可以将自身拆解成二十多个部位分装在不同的盒子里，醒时再组装成一个整体。奥特对他妻子的机械化拆解仅仅只是17世纪初期英国资本主义商业经济对人们生活影响的极小断面。但观众和读者却能因此管窥资本主义经济对人们生活的巨大影响。

由此可见，琼生对资本主义商品经济的态度存在着保留的态度，而这种保留态度又与女性怪诞紧密相连。因为商品经济的怪诞化在很大程度上通过女性怪诞人体来体现，奥特夫人虽然经济独立，独自支撑起家庭经济重担，但她只不过是资本主义商品经济的一个产物，甚至只是一个商品，她依然不曾拥有自己独立的身份，虽然她摆脱了丈夫的统治，不再是丈夫的附属品或者所有物，但她却始终属于资本主义城市，因为“城市的每一个区域都分别拥有她身体的一个部位”(4. 2. 76~77)。

于是，女性怪诞便成功完成了作为替罪羊的角色：她是男权意识形态不稳定性的替罪羊，是以古典主义思想为基础的男权主流意识形态在面对资本主义商品经济时所体现出的权利焦虑阐释，这种替罪羊角色主要是由男权主流意识形态所赋予。从这种角度来说，本·琼生是保守的，代表的也是官方意识形态。他对资本主义商品经济的发展确实有着保守的态度，这种态度通过将女性怪诞与商品市场紧密相连来呈现。当然，这并不能说明本·琼生是一个完完全全的保守派。他是矛盾的，一方面站在官方主流意识的立场；另一方面也真真实实地代表了边缘群体，替女性发出了自己的声音，这种态度从剧中女性怪诞的狂欢性质可以充分体现。

第三节　充当狂欢化颠覆者的女性怪诞

随着资本主义商业经济的繁荣发展，戏剧表演逐渐变成了一种商业活动，而剧场本身也成为一种商业场所，任何人只要买票便可进入剧场看戏。观众中既有王公贵族，也有底层市民，甚至流浪汉，以及各种犯罪分子。戏剧观众的不同阶级性催生了戏剧话语的歧义与多声性。简单说来，戏剧成为多个权利主体交叉对话的载体，而剧场则是此类对话的场所。由于剧场对城市公共秩序存在潜在性威胁，城市当局对待戏剧整体持有敌对态度，甚至多次要求关闭剧场。该时期的伦敦戏剧得以在城市当局的虎视眈眈下持续发展的主要原因在于得到宫廷的保护。宫廷极力保护戏剧不被关闭，但作为代价，要求每一部上演的戏剧都受到宫廷的监管。

这一举措从另一方面影响了英国戏剧的发展，戏剧逐渐滑入宫廷的控制之下。1642 年宫廷专制主义的终结和伦敦剧场的关闭同步发生并不是偶然，这充分说明该时期英国戏剧离不开宫廷的保护，而戏剧的发展也反映了宫廷与城市当局之间、国王与议会之间的权力交锋。因此，“詹姆士一世时期的剧场至少面向两种观众发声，一种是多样的，一种的独一的——一种是民众，一种是国王”(Womack, 17)。如果说本章第二节阐释的是《艾泼辛》面对国王发出的声音，代表的是官方的立场。那么这一节讨论的将是该剧面向民众发出的声音，代表的是民众的立场，特别是边缘群体——女性的立场。

官方的本·琼生站在古典主义的理性、秩序的立场上，而大众的本·琼生则是以自由、狂欢为己任。琼生本人对狂欢节的生活并不陌生，他在 1607 年策划并亲自参与了一场欢迎亨利王子的大型宴会，詹姆士一世和亨利王子均参加了该宴会。宴会现场有着拉伯雷式的狂欢富足。各种美食堆积如山，其中包括“啤酒 28 桶，白酒 448 加仑”(Donaldson, *The World Upside Down* 238)。宴会上，人们饮酒狂欢，唱歌跳舞，完全摆脱了传统官方生活的严肃性，场面俨如一场现实的狂欢节。

《艾泼辛》虽然在室内剧场上演，但它终究是一部喜剧，与狂欢节有着毋庸置疑的联系，而剧中的狂欢色彩主要通过女性怪诞来体现。正如唐纳森在《翻转的世界》(*The World Upside Down*)中所提出的，《艾泼辛》中有着明显的颠覆主题。在剧中，代表希望的青年一代捉弄和教训代表僵死的老年一代，如多尔菲等人对莫罗斯的捉弄。然而，剧中的颠覆主题更加明显地表现在性别之上，比如奥特夫人对丈夫的打骂；艾泼辛对新婚丈夫莫罗斯的责骂；以及学院女子对整个传统性别观念的颠覆。

首先，喜剧在情节来源上便与狂欢化怪诞有着紧密的联系。《艾泼辛》的情节主要来源于意大利艳情诗人阿瑞提诺①(Aretino)的《触不到的恋人》(*Il Marescalco*)。这部作品讲述了一个男子因被迫与一个由男侍童扮演的女人结婚，想尽办法要离婚的故事。《艾泼辛》正是讲述莫罗斯为了继承人而娶男扮女装的艾泼辛为妻，后因为妻子不符合自己的择偶标准而想方设法与其离婚的故事。可见，《艾泼辛》的性别颠覆主题多少来自于《触不到的恋人》。而根据

① 阿瑞提诺(Aretino, Pietro, 1492—1556) 是意大利著名文学家，艳情诗人。他善于写毁谤和讽刺文章，因为写艳情诗歌而被迫离开罗马，定居于威尼斯。他的文学作品特别是诗歌对本·琼生喜剧有一定影响。

巴赫金的研究，即兴喜剧和阿瑞提诺的艳情诗歌均在一定程度上影响了文艺复兴狂欢化怪诞的产生和发展。

其次，《艾泼辛》中有一个与狂欢节密切相关的背景——闹婚仪式。根据巴赫金的阐释，狂欢式的怪诞人体形象“在中世纪的各种民间节庆演出形式中得到巨大的和重要的发展：如在愚人节上，在闹婚仪式中，在狂欢节上”（巴赫金 32）。闹婚仪式（Charivari）也称为喧闹杂乐（Rough music），起源于中世纪法国、英格兰、意大利等地。这是一种世俗的审判仪式，犯罪者（或者由邻居扮演）反向骑在驴背上、梯子上、或者杆子上，随后簇拥着他游行，并伴有由罐子、盆子、口哨、铃等乐器演奏的杂乐，以实现对犯罪者的惩罚和审判。

闹婚仪式作为一种世俗审判仪式，主要针对以下三种行为：“一个鳏夫或者寡妇的再婚，特别是再婚伴侣年龄相差悬殊；妻子对丈夫的打骂行为；女人的通奸行为”（Alford 506）。简言之，闹婚仪式主要是针对老夫少妻型再婚行为；妻子打骂丈夫行为；妻子通奸行为等对当事人进行的愚弄式的惩罚和审判，审判过程中伴随着换装、杂乐等戏谑因素。

《艾泼辛》的主要戏剧场景是婚礼现场。婚礼的主角是年老的莫罗斯与年轻的艾泼辛。两人年龄相差悬殊暗示了这场婚礼的不合理。当多尔菲等人和学院女子们都来到莫罗斯家中，对声音极度恐惧的莫罗斯瞬间变得惊恐万分，一个人自言自语道，“大海涌进了我家，要把我淹没了。又一波洪水汹涌而来，我会被噪音的洪水猛兽吞噬，我感受到地震已经来临”（3. 6. 2~4）。

随后，客人们你一言我一语地开始为莫罗斯策划筹备婚礼：有准备美食的，有准备音乐的，有准备婚礼颂歌的，有索要婚酒的等等。瞬间，莫罗斯家变成了一个人声鼎沸、热闹非凡的狂欢会所。这可把莫罗斯吓坏了，他语无伦次地发泄着自己的痛苦，“阴谋！阴谋！阴谋！这是一场针对我的阴谋！”（3. 7. 3）大家依然不管不顾，克莱里蒙特准备乐谱，安排乐师，正要奏乐，特鲁威特则开始劝说莫罗斯：

> 勇敢一点，我们要开始上演受难者的判决。耐心地嘲笑他们所有的努力吧。只不过是短暂的一天而已，如果是我便会英勇地忍受。驴子难道不应该刚毅地超越我前行？你的驴耳出卖了你的弱点，任他们在你面前扔鸡蛋吧。你只管勇敢坚强地忍耐。（3. 7. 9~12）

特鲁威特的劝说暗示了这场婚礼的闹婚性质，也更加深了莫罗斯的恐惧，他喃喃自语，“这是戈耳工来了吗？是美杜莎①来了吗？快把我藏起来！快把我藏起来”(3.7.16)！能说会道的女人，对于莫罗斯来说，就是蛇发妖怪一样，他唯恐躲避不及。然而事情并没有完，此时奥特也加入了队伍，他“带来了公牛、熊和马，还有号手和鼓手②”(3.7.36~37)。接下来的场景让人忍俊不禁：

> [屋外响起鼓声和号声]
> 莫罗斯：噢！噢！
> 奥特：我们还会祝酒，为勇敢的英格兰人。
> [鼓声和号生再起]
> 莫罗斯：噢！噢！
> 所有人：跟上，跟上！(3.7.35~40)
> ……
> 特鲁威特：吐沫声、咳嗽声、笑声、喷嚏声、放屁声、舞蹈声、各种音乐声、加上她男性化的大声命令声、统治着整栋房子，他感觉自己娶了一个希腊复仇女神(Fury)。(4.1.5~7)

一场别开生面的婚礼闹剧如火如荼地进行。婚礼最主要的特点是喧闹，噪音成了婚礼进行曲。噪音在《艾泼辛》中颇富内涵，它可以是资本主义城市喧嚣的象征，如本章第二节所述；也可以是狂欢化的标志，如莫罗斯的婚礼闹剧现场。与其说这是一场婚礼，不如说这是一场闹婚仪式。参加婚礼的人并非为了表达祝贺，而是为了捉弄和惩罚娶了年轻妻子的老头莫罗斯。

莫罗斯被噪音的海洋包围着几近崩溃，几乎印证了第一幕中特鲁威特所说的“我要制造和印刷一个假日历，在加冕日把[莫罗斯]拉到伦敦塔码头，用噪音的大炮杀了他”(1.2.12~14)。在日常生活中，多尔菲和特鲁威特等人对莫罗斯的专制守旧毫无办法，然而他们通过狂欢化的婚礼闹剧，实现了对莫罗斯的惩戒和颠覆，在精神上用各种噪音组成的“大炮”将他“杀死”。同时也实现了对莫罗斯所代表的腐朽没落的价值体系的脱冕和颠覆。

---

① 戈耳工和美杜莎都是希腊神话中的怪诞女性形象。她们都是蛇发女怪，头发和脖子上布满鳞甲，头发是一条条蠕动的毒蛇，长着野猪的狼牙，还有一双铁手和金翅膀。她有着能让男人化为石头的神力。

② 奥特是一个游手好闲的妻管严，整天在外晃荡，喜欢赛马、斗牛、逗熊。这些活动在17世纪的伦敦非常流行，特别是在狂欢期间的广场备受欢迎。这为喜剧抹上了狂欢广场性质。

喜剧中的脱冕和颠覆主题非常明显。莫罗斯在大白天头戴睡帽(nightcap)，耀武扬威，用一根传声管发号施令，而且只允许仆人用手势回答自己的盘问。“睡帽”在此有着深刻的涵义：一方面它代表男权。根据记载，莫罗斯所带的这种巨型睡帽是仅适用于男性的装扮①；另一方面睡帽象征皇冠，代表一种逆向世界的权威，莫罗斯在白天戴着睡帽，相当于自我加冕。在大白天头戴睡帽的莫罗斯是一个非常滑稽可笑的形象，他就像一个被加冕的逆向世界的国王：睡帽是他的皇冠；传声管是他的权杖；沉默是他统治自己王国的规则。之后多尔菲在婚礼闹剧上再次提到莫罗斯的睡帽，

> 莫罗斯整个身子都缩进睡帽里，躲在屋顶，能够离开噪音多远他便爬多高。我从缝隙中窥见他跨坐在房梁上，就像坐在马上，领着队伍，昂首挺胸，穿过街道。(4.1.14~18)

莫罗斯此刻的形象更像一个被加冕的狂欢节“国王”，率领着游行队伍穿过街道。可见多尔菲的描述暗示了莫罗斯家中的狂欢节性质。这场狂欢节式婚礼闹剧的参与者有来自不同阶级的人。多尔菲、特鲁威特等人代表着年轻的资产阶级，学院女子们代表着女性群体，而莫罗斯则是代表着封建男权思想的老贵族。

在这场宴会中，原由的等级秩序不复存在：房间的主人莫罗斯，也就是权利的代表，被迫东躲西藏；原本处于边缘地位的女人们占据着整栋房子，吃喝谈笑；原本依附于莫罗斯的多尔菲则暗中掌控着整个局面。这是一个失去平衡的世界、颠倒的世界，在此权利的代表莫罗斯遭到了双重脱冕。这种脱冕通过莫罗斯与艾泼辛之间的矛盾和斗争来体现。

可以说《艾泼辛》中的主要矛盾体现在莫罗斯和艾泼辛之间。艾泼辛是一个性别概念模糊的雌雄同体人，名字暗示了她/他的雌性同体性质。他是一个跨界的怪诞人体，有着双重性质：他既代表着商业资产阶级多尔菲的立场，也代表着女性的立场，对莫罗斯实行了双重的颠覆和脱冕。艾泼辛是多尔菲专门培养的男童演员，在多尔菲和理发匠卡特彼尔德的安排下成为了莫罗斯的妻子，他是多尔菲对莫罗斯斗争的武器。同时他又阴差阳错被女子学院看重，参与了学院女子对莫罗斯的捉弄和惩罚。

因此，在婚礼闹剧上，有着边缘身份的年轻资产阶级和女性合力对莫罗斯

① 具体参考 CWBJ Vol. 3，398 第 115 条注释。

实行围剿，为其脱冕。卡特彼尔德和奥特假扮法官为莫罗斯出谋划策办理离婚，实际上两人与特鲁威特、多尔菲一起一步步引诱莫罗斯承认自己无能，因为根据他们的分析，莫罗斯只有满足一个条件才可以顺利离婚，那就是"承认自己是一个无能的男人，她便可以被判离婚"(5.3.138~139)。莫罗斯不想投降，想要逃跑，然而这时艾泼辛和学院女子们加入了围剿的队伍，女人们你一言我一语地围攻着莫罗斯，害怕噪音的莫罗斯已经无处可逃，只得投降：

> 莫罗斯：女士们，我必须请求你们的原谅。
> 特鲁威特：安静，女士们。
> 莫罗斯：我对全体女性都犯下了错误，不该与这位漂亮又品德高尚的女子结婚。
> 克莱里蒙特：听他说，女士们。
> 莫罗斯：因为我有病，本以为可以骗过你们，却逃不过这些博学的男士们。
> 特鲁威特：但是此刻男士们让他恢复了自己的良知，他要当众坦诚，以求得你们的公开原谅。
> 莫罗斯：我不是男人(no man)，女士们。
> 所有人：怎么可能？
> 莫罗斯：我是一个彻底无能的人(utterly unabled)，因为我性无能，压根就没法实行哪怕一丁点的丈夫职责。(5.4.26~38)

至此，雌雄同体艾泼辛率领着一群呱噪的怪诞女人们，在特鲁威特等人的帮助下，完成了对男权主义代表莫罗斯的脱冕。逆向世界的国王莫罗斯最终不得不承认自己的无能。而性别之王(Champion of the sex)艾泼辛在整个脱冕仪式中起着至关重要的作用。一方面，艾泼辛代表多尔菲和整个商业资产主义为封建农业贵族莫罗斯脱冕。莫罗斯试图通过娶妻生子来维护以血缘为基础的封建财产继承制度，而多尔菲借与莫罗斯订立契约而获得财产，实现了对建立在血缘关系基础上的封建财产制度的颠覆和脱冕。

另一方面，艾泼辛与学院女子们一起，代表整个女性阶级实现了对封建男权代表——莫罗斯的颠覆和脱冕。理发匠科卡特彼尔德很能说明这种颠覆性质。理发匠的名字叫"Cutbeard"，意为减掉胡须。众所周知，胡须是男性特征的代表，或者更深刻地说是男权意识的代表。卡特彼尔德(Cutbeard)为莫罗斯物色到了艾泼辛，促成了她与莫罗斯的婚姻。但最终莫罗斯丧失了自己主宰家庭的权威，而艾泼辛则掌管了家庭。实际上，莫罗斯男性权威的丧失，很大程度上源于"Cutbeard"的从中作祟。某种程度上说是理发匠卡特彼尔德一刀减掉了莫罗斯的男权权威，或者说对他实行了男性权威的阉割。

除了艾泼辛与莫罗斯的这场婚礼闹剧，剧中还有大量性别怪诞以及她们对封建男权思想的颠覆，其中学院女子的形象非常突出。特鲁威特是这样描述女子学院的：

> 这是一个新的组织，位于镇上，由女人组成，她们自命为女子学院(collegiates)。这个组织位于宫廷和乡村之间。学院女士们脱离丈夫掌控，勇敢追求聪明和时髦的男子(她们自认的)。她们敢爱敢恨，有着极强的男子气概，或者说是雌雄同体气质，又或者说是权威，而且她们每天都在试图招徕新的成员。(1.1. 57~64)

显然，这是一个脱离正轨、远离夫权统治、试图自立自强的女性团体。她们跨越了传统的男女界限，跨进男性权威的领地，失去了自己的女性气质，是跨界的怪诞人体。这群怪诞女子抛弃了"沉默、居家、顺从"的女性标准，彻底颠覆了文艺复兴时期传统女性观念。

女子学院的成员们在名字上均体现了巴赫金理论中的怪诞性质，而且她们在行为举止上也体现出这种怪诞性。根据盖伊的阐释，在一个已经将女性怪诞化了的男权社会体现出一种不合时宜最能说明女性的怪诞性质。这里的不合时宜包括了说话呱噪、参与传统男性活动如经商、将性当成一种权利等。这些怪诞女子的言行举止透露出明显的颠覆性。

从学院女子们的内部对话可以看出她们有着明显的女性意识，追求与男性同等的权利和地位，比如肯陶洛斯教育艾泼辛如何在家庭中追求自己的权利，稳固自己的地位(4.3.16~18)。而霍特女士则告诉她，女人应该像男人一样主动追求异性，而且她认为女人的青春易逝，因此女人应该及时享乐，而不是被动地任由男人来主宰。梅维斯则用了一个形象的比喻"河流一去不复返"(4.3.34)来强调女人应该及时行乐，趁年轻享受情爱之欢，而不是等到年老体衰独睡冷床。霍特女士甚至进一步强调自己不愿意生孩子的观点，因为"过多的生育会加速女人的衰老，就像过多的种植会让土地贫瘠一样"(4.3.47~49)。

由此可见，学院女子们具有毋庸置疑的女性独立意识。首先，她们强调女人在家庭中的地位，因此她们非常认可奥特夫人对其丈夫的惩罚和控制，并建议新婚的艾泼辛也向她学习御夫术。其次，她们强调女人应该走出家庭，按照自己的兴趣喜好去参与社会活动，比如去疯人院取乐，去唐人店和交易场购物等。再次，女人应该像男人一样主动追求异性，趁着年轻，尽情享受情爱之欢，而不是被动等待男人的征服和控制。最后，女人甚至可以少生或者不生孩子，因为生孩子会加速女人的衰老，从而剥夺女人享乐的权利。所有这些观点都与文艺复兴时期所流行的古典主义的女性价值观念背道而驰，因此代表这种观念的学院女子们也代表了对占据主流意识形态的古典主义女性观念的挑战和颠覆力量。正是这样一股处于被控制地位的边缘力量体现出了一种狂欢化的怪诞特性，完成了向处于中心地位和主导地位的男权意识形态的挑战和颠覆。

综上所述，《艾泼辛》中的女性怪诞有着非常明显的狂欢性质，向传统官方主流意识形态提出了挑战。原本处于附属支配地位的边缘群体将传统官方意识形态的代表莫罗斯实施了脱冕，正如特鲁威特所说的“用噪音的大炮将他杀死”(1.2.14)。边缘群体既包括新兴资产阶级青年；也包括手艺人卡特彼尔德；最重要最明显的是包括女性。无论是资产阶级对封建贵族的颠覆还是佃农对雇主的颠覆①都是通过女性怪诞来实现。当然女性怪诞实现的最重要的颠覆还是她们对封建男权主义思想的颠覆。这充分说明，本·琼生从多方面为女性代言，让女性发出了自己的声音。

当然，也不能说本·琼生是一个标准的女性主义者。根深蒂固的古典主义思想时刻左右着他，使他在潜意识里维护并巩固着既有的统治秩序和性别等级制度。喜剧的结尾最能说明本·琼生狂欢化思想的局限性。当多尔菲如愿以偿地拿到莫罗斯同意转让房产的契约后，他取下了艾泼辛的假发，原来艾泼辛只是一个男孩。女士们“对这个新的变形（Metamorphosis）完全沉默了”(5.4.197)。因为她们对这个事实浑然不知，还曾经力邀多尔菲加入女子学院，并一同为其出谋划策，教她如何御夫，如何追求女性权利，如何享受新女性的生活。

女人们的沉默意义深刻，虽然在艾泼辛的带领下，女人们实现了对封建男权思想代表莫罗斯的颠覆和脱冕，但是艾泼辛既不是女人也不是男人②的事实让女人们彻底沉默了。可见她们的胜利是有限的，真正的最大赢家是这场闹剧

① 这里佃农对雇主的颠覆指代理发匠卡特彼尔德对莫罗斯的颠覆。在第二幕第五场卡特彼尔德将安静的艾泼辛带给莫罗斯后，莫罗斯非常兴奋，宣布免去卡特彼尔德的租金，可见卡特彼尔德是租住在莫罗斯处。详情参考 Epicene 2.5.67。

② 艾泼辛只是一个男孩，还谈不上是一个真正的男性代表。

的终极策划者多尔菲以及他的代言人雌雄同体的艾泼辛。本·琼生虽然让女性发出了自己的声音，却最终让其回归沉默，重新纳入男权主义的等级秩序之中。《艾泼辛》的女性怪诞虽然发出了声音，但她们终究无法实现革命的目的，占据主流意识形态的依然是男性。

由此可见，琼生在《艾泼辛》中同样表达了互相矛盾的双重思想，他既站在传统古典主义主流意识形态的角度以女性怪诞为隐喻实现了对人性险恶和社会腐败的审查与讽刺，也站在边缘群体的立场以女性怪诞为力量实现了对传统封建男权思想的颠覆和脱冕。总之，无论是在《福尔蓬涅》中，还是在《艾泼辛》中，乃至在之后的《炼金术士》中，这种官方的本·琼生和民众的本·琼生始终矛盾并存并彼此融合。

第四章　颠覆与含纳的融合
——《炼金术士》中的怪诞之城

第一节　关于《炼金术士》的争议

继第一部伦敦剧《安静的女人》之后，本·琼生于1610年又推出了一部伦敦场景更加鲜明，思想更加成熟的城市喜剧——《炼金术士》。琼生在该剧的前言中宣布，“我们的场景是伦敦，因为我们应该让人知晓，任何别国的神话都比不过我们自己的，伦敦的氛围最适宜为喜剧舞台提供妓女、鸨母、乡绅、骗子等素材”(*Alch.* Pro. 5~9)。《炼金术士》是一部名副其实的伦敦剧，喜剧场景是伦敦，而喜剧人物则是地道的伦敦市民。但是剧中的伦敦是一个病态的城市，瘟疫让城市成了一座秩序混乱、道德缺失的怪诞之城。然而瘟疫只是造成这种怪诞的直接原因和表面原因，其深层原因多样而复杂：有人文主义思想的影响，也有资本主义经济的浸染，更有人性的复杂多变。本·琼生将城市、怪诞、讽刺、狂欢完美结合，深刻剖析了英国文艺复兴晚期人文主义危机下的复杂人性，并以此展示了英国城市喜剧的复杂性和矛盾性。

关于《炼金术士》的评论，最权威的莫过于浪漫主义诗人柯勒律治(Coleridge)的观点。他认为，“《俄狄浦斯王》①《炼金术士》和《汤姆·琼斯》②这三部作品的情节是迄今为止最为完美的”(转引自 *CWBJ* Vol. 3 543)。《汤姆·琼生》姑且不论，在西方文学史上将本·琼生与索福克勒斯相提并论乃是给予一个戏剧家的极高荣誉。然而并不是所有的评论者都如柯勒律治这般肯定《炼金术士》。这部喜剧从上演、出版之后便受到学者们褒贬不一的评论，它

① 《俄狄浦斯王》(Oedipus the King) 是希腊三大悲剧作家之一索福克勒斯(Sophocles)的代表作。

② 《汤姆·琼斯》(Tom Jones) 是“英国小说之父”之一，18世纪著名小说家、戏剧家亨利·菲尔丁(Henry Fielding) 的代表作品。

同《福尔蓬涅》和《安静的女人》一样，至今并未获得评论界明显一致的评价。

17世纪学者们对《炼金术士》的评价主要围绕情节结构和人物塑造展开。这一时期最具代表性的评论家依然是德莱顿。他认为，“《炼金术士》《福尔蓬涅》和《安静的女人》是琼生喜剧在人物塑造上最杰出的成就”（转引 Julian and Ostovich 16），而且是“琼生将高雅的喜剧与低俗闹剧相结合；将崇高的智慧与庸俗的插科打诨相结合的最佳表现”（16）。德莱顿的评价不仅肯定了琼生在人物塑造上的成就，也抓住了《炼金术士》的一个本质特点，那就是严肃与嬉笑相结合。

随着琼生的声望在王朝复辟时期与日俱增，《炼金术士》也在该时期获得极高评价。著名日记作家佩皮斯（Samuel Pepys）曾多次观看这部喜剧，认为这是“一部无与伦比的喜剧”（17）。菲利普（Edward Phillips）则认为，“凭借三部伟大喜剧①，本·琼生足以与古希腊罗马著名喜剧作家媲美”（17）。这一时期的评论者普遍认为《炼金术士》代表了琼生戏剧成就的巅峰，自此之后他的才华开始出现滑坡。

18世纪关于《炼金术士》的评论基本是褒奖多于贬斥，评论依然主要围绕剧情结构和人物塑造展开。理查德·斯蒂尔（Richard Steele）认为，“《炼金术士》是琼生伟大天赋的代表，他深入剖析了人类的情感和愚蠢”（19）。约翰·丹尼斯（John Dennis）认为，“本·琼生创作的《狐狸》《炼金术士》和《安静的女人》是我们所有喜剧中无与伦比的”（19）。贺拉斯·沃波尔（Horace Walpole）则认为，“《炼金术士》是本·琼生所有戏剧中最优秀的一部”（20）。这一时期的评论大抵还是沿袭17世纪以及王朝复辟时期的传统，并无明显突破。

19世纪随着浪漫主义的盛行，有古典主义倾向的《炼金术士》在整个评论界遭受冷遇，除柯勒律治给予了极高的褒奖之外，极少有其他评论者对其进行肯定性评价。20世纪初期随着琼生研究的复兴，学者们开始对《炼金术士》进行广泛深入研究。赫福德和辛普森认为，《炼金术士》是“本·琼生艰难的原创性戏剧艺术的标志性成功”（Herford and Simpson, Vol. 288）。这一时期也有人用新批评理论对其进行去历史性的纯文本研究，重点关注喜剧的意象和基调等因素。典型代表人物有奈茨（L. C. Knights）、莱文（Harry Levin）、萨克顿

① 三部伟大喜剧指《福尔蓬涅》、《安静的女人》和《炼金术士》。

(Alexander Sackton)①。

也有学者反对新批评式纯文本分析，主张结合其背景进行研究，威廉·燕卜荪便是其中之一，他认为，“如果离开了道德背景就难以理解《炼金术士》”(转引自 Julian and Ostovich 30)。无独有偶，泰勒(C. G. Thayer)也强调关注《炼金术士》中的道德背景，正如唐纳森所言，“道德判断是戏剧《炼金术士》美学设计的重要部分”(31)。强调该剧道德性的还有诺尔(Robert Knoll)、琼斯(Myrddin Jones)和德桑(Alan Dessen)。诺尔认为，“《炼金术士》是英国最好的戏剧讽刺作品”(Knoll 456)，而且他认为，“《炼金术士》是一部宗教剧而不是一部社会剧，它批判的是不虔诚而不是反社会”(转引自 Juian and Ostovich 31)。琼斯认为，“该剧的道德目的是为了全面展现位于贪婪社会核心的罪恶”(31)。而德桑则从英国本土道德剧的传统出发探讨了该剧的道德性。

唐纳森说得好，“《炼金术士》并不是按照某些抽象的、理想的道德标准来模仿生活，而是按照世界运行的模样来模仿”(32)，而且他认为这部喜剧“比莎士比亚任何一部喜剧的设计都更加精明、复杂、优雅和惊奇；它巧妙得像一个钟表。”(Donaldson, *Jonson's Magic Houses* 89)但是科尔斯(Chris Coles)则认为，“如果单纯强调剧中的道德目标并不能完全理解《炼金术士》的所有内涵”(Coles 99)。格尔特梅尼安认为，“《炼金术士》是超越道德的，它并没有拥护或肯定一种健康的、固定的、理想的社会，因此它与琼生的古典主义思想相左。它不是一部古典主义严肃喜剧而是一部脱离道德且欢快的喜剧”(Gertmenian 248)，而且“剧中的欢快因素并没有附带教育作用”(257)。

20世纪60年代末期开始一直到20世纪末，文学批评运动如火如荼地进行，关于《炼金术士》的研究也相应地发生着新的变化和发展。各种新的文学批评理论纷纷被用来分析这部作品，如女性主义、新历史主义、后现代主义、狂欢化理论等。其中巴里斯(Jonas Barish)是著名代表，他在1960年发表《本·琼生和散文喜剧语言》(*Ben Jonson and the Language of Prose Comedy*)。他认为，“《炼金术士》更进一步诠释了《福尔蓬涅》和《安静的女人》中对公正的颠覆性。”(33)

① 奈茨的相关作品有 Drama and Society in the Age of Jonson (London: Chatto and Windus. 1937). “Ben Jonson: Public Attitudes and Social Poetry,” A Celebration of Ben Jonson. Eds. William Blissett, Julian Patrick and R. W. Van Fossen (Toronto: U of Toronto P, 1973)。莱文的相关文章是“Jonson's Metempsychosis,” Philological Quarterly 22 (1943): 239。萨克顿的相关作品是 Rhetoric as a Dramatic Language in Ben Jonson (New York: Columbi UP, 1948)。

还有一些学者更加明确地指出《炼金术士》中关于道德与愉悦的矛盾性质。海恩斯(Haynes)认为,“这是一部讽刺批评剧同时又矛盾地庆祝了一种新的资本系统。”(转引自 McEvoy 107)而且他认为《炼金术士》中的道德性质是模糊的,“琼生讽刺性地提醒了观众对罪恶的关注;他的道德主义让位给了荒凉的悲观主义”(Haynes 108)。麦克沃伊认为《炼金术士》“既展现了一种新兴的经济系统,同时又讽刺、庆祝并参与其中”(McEvoy 108),而且“该剧既谴责了资本主义市场,又极大地受到市场动态性的激发”(109)。

麦克沃伊的观点很有参考价值,本·琼生在《炼金术士》中表达了对资本主义经济体系的矛盾态度。他一方面代表宫廷权威谴责了新兴资本主义经济的浸染,另一方面又不可避免地参与其中,这离不开琼生自身身份的特殊性。他既是维护权威的宫廷剧作家,甚至还曾担任伦敦市历史传记文员和娱乐督查等职务。同时他又是一名专业剧作家,主要依靠戏剧创作获取生活来源。这种矛盾的身份让琼生的思想极具矛盾性,当他逐渐意识到自己的身份与封建宫廷和新兴资本主义体系密切相关时,这种矛盾性体现更加明显。

韦恩认为,“自从《福尔蓬涅》之后,琼生了解到他的诗人和剧作家身份明显依赖于他在戏剧中所批判的一种新兴的社会关系结构,这让他非常困扰。”(Wayne 107)因此他在喜剧中对反权威力量的讽刺开始变得温和与模糊,甚至透露出矛盾。毋庸置疑,琼生极力维护古典主义秩序和权威,而且他也公开承认对詹姆士一世时期君主专制制度的维护,甚至称呼詹姆士一世为太阳王。他也创作过许多歌颂詹姆士一世宫廷秩序和权威的宫廷假面剧,他的喜剧大多明显体现出对混乱和反权威等因素的讽刺批评。显然,对詹姆士一世宫廷秩序的歌颂和维护直接反应了本·琼生的保守古典主义思想。

然而矛盾的是,他所批判的混乱的社会关系结构正是他的诗人和剧作家身份得以实现的基础。简单地说,他一方面维护以土地为基础的贵族等级制度,这从他在乡村别墅诗《致彭斯赫斯特》(*To Penshurst*)①中所歌颂的理想的田园生活和封建等级制度可以看出。琼生不遗余力对一切破坏社会等级秩序的因素加以讽刺批评,新兴的资本主义社会形态被普遍认为是对理想的封建等级制度

---

① 《致彭斯赫斯特》是本·琼生发表于1616年的乡村别墅诗,大力歌颂了第一任兰斯特伯爵(Ist Earl of Leicester)罗伯特·锡德尼(Robert Sidney)和他的居所彭斯赫斯特庄园。罗伯特·锡德尼是诗人菲利普·锡德尼(Phillip Sidney)的弟弟。这首长诗成为了英国乡村别墅诗的经典代表,此类诗歌盛行于17世纪初期的英国,诗人主要通过乡间别墅来歌颂富有的赞助人(Patron)或者朋友,乡村别墅诗通过建筑赞美了理想的封建等级秩序以及封建等级制度下理想的主仆关系和友谊。

的破坏，因此琼生对资本主义持有批判态度，而对资本主义制度下人的变形和腐化更是无情批判。

另一方面，本·琼生能跻身英国上流社会，很大程度上仰仗于资本主义流通制度，他是英国历史上第一个专业剧作家①，他的成名很大程度上得力于剧本的流通。17世纪初期的戏剧创作不仅是一种艺术形式，同时也是一种商业行为，剧作家之间彼此合作创作剧本，演员们按照剧本演出戏剧，剧本的所有权并不属于剧作家本人，而是属于剧场。本·琼生深感这种方式的弊端，致力于将暂短易逝的舞台剧本转化成永恒的书面形式，成为英国历史上第一个将自己的剧本整理出版并冠以诗歌之名的剧作家。剧本对于他来说既是一种谋生的手段也是一种获得社会身份的方式。因此，本·琼生的戏剧以及戏剧创作和发表都客观地肯定了资本主义经济的发展。

总之，琼生虽然站在官方立场维护主流意识形态，维护官方等级秩序，但他身份的矛盾性又削弱了他的官方性质。因此他在致力于维护社会公正、讽刺社会道德腐败时，讽刺的笔触也变得模糊和矛盾，且时刻绽放出挑战权威和颠覆权威的光芒。这种矛盾性在《炼金术士》中体现非常明显。同《安静的女人》一样，《炼金术士》中也有明显的矛盾性双重怪诞主题。不同的是，《安静的女人》中的矛盾性主要体现在性别怪诞上，而《炼金术士》则主要体现在城市怪诞上。

《炼金术士》的时间背景是伦敦瘟疫期间。贵族洛夫威特为了躲避瘟疫离开了位于黑衣修士区的房子，只留下仆人杰里米打理房子。而杰里米伙同江湖骗子萨托尔和妓女多尔·康芒在洛夫威特的房里组建了一个临时的集团，或者说开了一个黑店。他们打着炼金术的幌子，将愚蠢贪婪、唯利是图的各色伦敦市民骗至炼金房，并趁机搜刮他们的财物。法律书记员、烟草商、骑士、乡绅、清教牧师等纷纷受骗上当，任由"炼金术士"和其同伴任意宰割愚弄，滑稽的场面让人忍俊不禁。而当三人正准备收网分利的时候，屋主洛夫威特归来了。杰里米为了自救，率先背叛集团，卸下伪装重新回归自己的仆人身份，说服主人伙同自己赶走了萨托尔和多尔·康芒，并将骗来的财产全部拱手交给洛夫威特，还助他娶了富有的年轻寡妇。这个在无主之地建立起来的临时乌托邦瞬间崩塌，主人的归来让秩序重新回归，贪婪愚蠢的市民们失去了财物，仆人杰里米、骗子萨托尔和妓女康芒重新回归低贱的身份。而房屋主人洛夫威特则

---

① 莎士比亚是一个剧作家，同时也是一个商人。他的经济成就和地位远不是仅凭戏剧创作而获得，同时也依靠经营剧场，甚至还通过戏剧演出。

成了最大的赢家，既得到了财产，又赢得了新的女主人，从而更巩固了自己的权威地位。

瘟疫在《炼金术士》中起着至关重要的作用。瘟疫首先是真实的时间背景，根据记载，就在《炼金术士》上演的1610年，伦敦爆发了大规模瘟疫，剧场被迫关闭，因此这部喜剧最先也只能在牛津大学演出。现实中的伦敦瘟疫期间，主要官方代表包括市长、议员、医生、牧师、富人们均纷纷逃离了伦敦。“瘟疫肆掠的伦敦为人们提供了一种恐怖氛围，也为他们提供了狂欢的动机。据当代人所述，酗酒、在墓地或者瘟疫侵染地跳舞、混乱性行为、抢劫被富人遗弃的住所都时有发生。”(Julian and Ostovich 113)《炼金术士》反映了这样的伦敦现实，剧中的伦敦也由于瘟疫笼罩而成了一座怪诞城市。这是一个荒唐、无序、肉欲的城市，死亡随时随处可见，洛夫威特的妻子便死于瘟疫，而洛夫威特本人也因此抛下房产出城躲避。可以说瘟疫直接造成了喜剧中的权力真空状态。

其次，瘟疫有着明显的《圣经》隐喻性。《创世纪》中，摩西按照神的旨意带领以色列人走出埃及前往应许之地迦南时遭到埃及法老的百般阻挠，上帝因此在埃及降下了十次不同的灾荒以示惩罚①。无独有偶，根据《民数记》25：1~9节记载，以色列人因为在什亭行淫乱之罪而惹怒上帝，因此遭受瘟疫之灾，有两万四千人死于这次瘟疫。《民数记》16：41~50节还记载，以色列人因为向神的仆人摩西发怨言，不敬畏神，惹动神的怒气，使瘟疫临到，这次死于瘟疫的人有一万四千七百人。《撒母耳记下》24：10~17节、25节中，大卫犯神，惹来神的怒意，使其降下瘟疫，有七万人死于这次瘟疫。非常明显，在基督教《圣经》传统中，瘟疫是上帝惩罚罪民的方式。

出于这种原因，很多早期现代英国文学家试图从宗教的角度来理解瘟疫，甚至将瘟疫中的伦敦隐喻成圣城耶路撒冷——上帝的选民因为罪恶而遭受惩罚的城市。约翰·邓恩便“在1625年将瘟疫中的伦敦描述成上帝审判中的圣城”(转引自Juian and Ostovich 114)。可以说在英国文学中，瘟疫将伦敦转换成了一个启示录式的空间。《炼金术士》中的瘟疫与这个传统密切相关，喜剧中的伦敦是一个道德沦丧、秩序混乱、权力缺场的堕落之地，是一个因为触怒了上帝而遭受瘟疫惩罚的地方。形形色色的伦敦市民纷纷被吸引到由骗子和妓女组建成的黑店，他们贪婪、虚伪、愚蠢的嘴脸在与“炼金术士”的交锋中无处遁形。

再者，瘟疫还是一个社会调解器。瘟疫使洛夫威特的房子成了无主之屋，

① 参考圣经《出埃及记》7~11。

隐喻地说，也使伦敦成了一座无主之城，原来的社会等级秩序被临时消解。身份卑微甚至卑劣的仆人、骗子、妓女摇身一变成了掌控局面的“君主”“长官”和“仙后”。而原本处于较高阶层的法律文员、骑士、乡绅、牧师等纷纷接受其统治，甚至房屋的主人也甘愿服从指挥，主动对仆人说，“我愿意接受你对我任何事情的指导，杰里米”(*Alch.* 5.5.143)。瘟疫让官方秩序临时消失，伦敦因此成为一个乌托邦式的无政府空间，一个狂欢式的空间。

琼生通过瘟疫这个多重隐喻将一个病态的伦敦城展现给观众和读者。如果说《安静的女人》中的怪诞主要通过性别来体现，那么《炼金术士》中的城市空间也明显地体现出怪诞性质。这是一个有着多重含义的怪诞空间：它既是一个上帝惩罚罪民的启示录式空间；又是一个传统与颠覆交锋的父权空间；还是一个受到炼金术戏仿的商业空间。这种多样性在很大程度上源于剧作家本·琼生的矛盾精神。毋庸置疑，《炼金术士》中的城市有着明显的怪诞性质，但这种怪诞性又有矛盾性和双重性。一方面，琼生站在传统官方立场，以一种古典式的精英主义态度，以瘟疫为隐喻，结合基督教的道德传统讽刺并谴责病态的伦敦和怪诞的伦敦市民。怪诞在此既是古典道德讽刺的工具，也是讽刺批评的对象；另一方面，琼生站在边缘的立场，以怪诞为武器，向传统的官方秩序提出了质疑和挑战，怪诞在此有着狂欢化的颠覆精神。

不同的观众可以从喜剧中得到不同的共鸣，因此《炼金术士》既能获得戏剧督查委员会(Master of Revels)①的认可，获到国王的许可，也能获得普通民众的热烈欢迎和追捧。必须指出的是，《炼金术士》中的怪诞讽刺是一种包容性的讽刺，剧中的“恶人”们并没有受到传统道德剧中的严厉惩罚。而《炼金术士》中的怪诞狂欢也是有限的狂欢，边缘者虽然临时建立起乌托邦式的共和国，实现对既有等级秩序的乌托邦式挑战，却最终因为主人的回归而被含纳进原来的秩序体系之中。他们“虽然有着跨越性、有着颠覆性，但并不足以建构新的世界”(Maus 97)。总之，《炼金术士》中的怪诞是有限狂欢和权威讽刺的结合，反映了本·琼生保守古典主义思想和激进人文主义思想的矛盾统一。

第二节　乌托邦共和国——炼金屋内的狂欢

《炼金术士》的场景在伦敦，更具体地说是伦敦市的黑衣修士区。如前所

① 喜剧结尾的最后一句是：“本剧获得戏剧督查委员会的许可”，参考 CWBJ. Vol. 3, 710。

述，喜剧的瘟疫背景非常重要，喜剧的场景(包括喜剧中的地点和喜剧上演的地点)对整部喜剧也至关重要。如果说瘟疫让洛夫威特的房子变成一个权力真空，那么黑衣修士区的特殊性也同样让洛夫威特的房子成了一个权力悬空的灰色地带。历史上的黑衣修士区是伦敦市的一个自由区(Liberties of London)，位于路德门山街①(Ludgate Hill)和泰晤士河之间。琼生自幼便生活在这片区域，因此非常熟悉这里的一切。

伦敦自由区虽然位于伦敦市内，却不属于伦敦的官方管辖范围，它们不受庄园或者市郡规则的管辖。根据威尔斯的研究，17 世纪初的伦敦自由区发展广泛，包括了"黑衣修士区、白衣修士区、灰衣修士区、斯皮塔福德(Spitalfields)、萨瑟克区(Southwark)、陶尔哈姆莱茨区(Tower Hamlets)、律师学院(Inns of Court)"(Wells 42)。自由区理论上属于城市当局，而实际上它们是处于城市内的开放区域。即使这种开放性是有限的，也并不妨碍它们成为一切有着挑战权威嫌疑的庆祝活动的庇护所，如剧院、集市、各种赌博娱乐活动等。同时这片区域也是穷人、骗子、罪犯、妓女等边缘怪诞人物的聚集地。可以说，伦敦自由区"成为在等级森严、组织严密的社会中深感生命焦虑和不确定性的人们的庇护所和豁免地，也为他们提供了相对自由"(Julian and Ostovich 108)。

历史上的黑衣修士区是一个典型的城市边缘区，是一个处于官方管辖范围之外的自由区域，拥有法律和社会上的自主性，它既是自由贸易区，又是各种边缘人群的庇护所。然而 1608 年，也就是《炼金术士》上演的两年前，詹姆士一世宣布重新将黑衣修士区纳入伦敦政府管辖范围之内，因此它的这种边缘性质官方上在 1608 年已经取消，但长期以来形成的这种特殊性并不容易在短时期内消失，加上本·琼生利用当时的一个现实情况——瘟疫——隐喻地还原了黑衣修士区历史上的边缘性质和自由性质。总之，历史原因加上自然原因造成了《炼金术士》中黑衣修士区的边缘怪诞性质，也预示了剧中人物的边缘怪诞性质。

喜剧情节开展的主要地点是洛夫威特位于黑衣修士区的房子，这从第一幕第一场萨托尔和费斯②之间的争吵可以看出。萨托尔指责费斯身份卑微，说他"只不过是为度假的主人守家的奴仆而已，就在黑衣修士区"(*Alch.* 1.1.17～

① 路德门山街是圣保罗大教堂所在地。

② 费斯是剧中的主要人物之一，洛夫威特的仆人杰里米(Jeremy)。他在炼金术骗局中不停地改变身份，一时是卡普顿(Captain)，一时是费斯(Face)，一时又叫兰斯(Lungs)。

18)。而费斯也毫不犹豫地反驳萨托尔的低贱性，斥责他只是来自黑衣修士区附近的斯密斯菲尔德区(Smithfield)[①]的江湖骗子。在整个伦敦市的等级秩序中，萨托尔和费斯都是属于社会最底层的边缘人士，是传统等级权威的他者。有意思的是他们一起伙同另一个边缘人士——妓女多尔·康芒——占据了洛夫威特的房子，试图建立一个新的霸权王国。多尔一出场便称呼萨托尔为"君主"(Sovereign)，费斯为"长官"(General)，而多尔后来也被称为"仙后"(Queen of Fairy)。就这样，权力的边缘者们在这片临时的无主之地上建立自己的王国，哪怕这只是一个临时的、不稳定的乌托邦王国。

这个王国建立在洛夫威特的房子里，随后的剧情也几乎全部在此进行，可见这所房子的重要性。这所房子具有不容忽视的深刻意义，它原本是封建等级制度下的权力机构代表，主人洛夫威特拥有至高无上的权力。因为"16世纪的英国人普遍认为一切社会和政治结构都有家庭渊源"(Julian and Ostovich 106)，最高级别的家长在整个家庭中有着国王般的权威。而且"伦敦在早期现代时期的意识形态中有着霸权的社会价值观，其核心便是父权式家庭"(106)。在一定程度上说，洛夫威特的房子代表了等级森严的伦敦空间，主人洛夫威特在这个空间拥有至高无上的权威。然而家中除了仆人杰里米，并没有其他被统治者，洛夫威特的妻子已经去世，他们没有孩子，也没有其他亲人。这说明了这个权利空间的岌岌可危，也反映了伦敦权力体系的不稳固。

而自然灾害——瘟疫——则进一步加剧了这种权力的不稳定性。洛夫威特在瘟疫爆发期间出逃，他的离开代表着权威的缺场。原本薄弱的权力空间瞬间成了无主之地，也成了一个权力真空。萨托尔和多尔等人的入场意味着权力边缘人士对传统权力空间的侵入，他们伙同仆人杰里米将这个权力缺场的空间组建成一个乌托邦式共和国，从而颠覆了原来等级分明的父权空间，哪怕这种颠覆只是临时的、不稳定的。更广泛地说，三人建立的临时共和国实现了对伦敦乃至整个英国封建等级秩序的颠覆性戏仿。这从多尔对争论中的萨托尔和费斯的责备可以看出：

> 你非要做首领吗？不明白你只是与人合作行事？
> 难道我们的工作不是以公正为基础的吗？
> 一个三方企业？一切事物都是共有的？

---

① 这是一个以屠宰业闻名的秩序混乱的区域。本·琼生的最后一部城市喜剧《巴斯洛缪集市》便以此地为背景。

没有优先权？(*Alch.* 1.1.132~136)

多尔的话道出了这个临时王国的性质，这是一个建立在平等、公正基础上的共和国。这显然是对现实伦敦的颠覆，众所周知现实中的伦敦是一个阶层分明、等级森严的前工业城市。因此萨托尔等人通过建立一个临时共和国，既实现了对传统官方秩序的颠覆，又脱离了城市官方秩序的限制，从而将这个封闭的权力空间转变成一个颠倒的狂欢世界。

虽然洛夫威特的房子为萨托尔等人组建"共和国"提供了空间条件，但是这个共和国的成立还借助于一些其他条件，如服饰、语言等。喜剧中的服装道具和语言等因素同样反映了琼生的怪诞狂欢思想，很大程度上实现了边缘怪诞者向中心权威者的临时性转变。首先，《炼金术士》中的服饰明显反映了性别身份和阶级身份的物质性和不确定性，并最终诠释了身份的表演性。琼生正是利用服饰等道具的表演来表达 17 世纪初期伦敦人们身份的物质性和不确定性。

换装和角色转换在琼生城市喜剧中被广泛使用，如福尔蓬涅假装成江湖游医、艾泼辛假扮成安静的女人等，然而对换装和角色转换使用最为广泛的莫过于《炼金术士》。其中费斯便在四种不同的身份之间不停转换，因此他对自己的真实身份很不确定。他在第一幕的开始便怒问萨托尔，"我是谁，你这杂种？我是谁？"(*Alch.* 1.1.13)萨托尔回答，"那让我来告诉你吧！既然你不知道自己是谁"(1.1.14)。作为负责整个"炼金"过程的"炼金术士"，萨托尔相对清楚这种身份的不确定性。费斯穿上将军的服装从仆人摇身一变成了将军，多尔·康芒穿上仙后的服装瞬间从低贱的妓女转化成高贵的王后，而且"炼金术士"也是通过穿上长袍带上天鹅绒帽子，从一个江湖骗子变成一个博学的炼金术博士。

由此可见，原本生活在伦敦权力体系之外的社会边缘者们，通过穿上高贵的服装而侵入伦敦主流社会，并建立了一个乌托邦式王国，萨托尔是"国王"，多尔是"王后"。这个乌托邦王国讽刺地仿拟了一个流动性极强的、不确定的伦敦社会，也挑战和颠覆了传统官方的伦敦社会。17 世纪初的伦敦虽然还是一个阶层分明的前工业城市，但由于资本主义经济的发展，各阶层之间的流动性明显增强，社会攀爬者(social climber)非常普遍。本·琼生本人便是其中之一，他原本只是一个手工劳动者砖瓦匠，却通过戏剧创作一步步跻身于伦敦上流社会。

同时这个乌托邦共和国也实现了对传统基督教本质论的颠覆。根据基督教本质论的观点，人的身份是一种固定的、超越历史的存在。萨托尔等人的行为显然是对这种观点的否定和颠覆，这也间接反映了本・琼生对这种传统观点的质疑和挑战。米歇尔・福柯的身份论倒更适合本・琼生，因为福柯认为人的身份并不是一个先验的存在，而是历史、文化、社会因素的一种动态的、可变的建构。对于福柯和其追随者来说，身份(包括作家身份、性别身份、阶级身份和民族身份等)是不确定的、可塑的、可表征的。

萨托尔等人不仅成功侵入伦敦主流社会，建立了一个乌托邦共和国，实现了对现实中传统伦敦社会的颠覆。而且在“炼金房”内实现了对伦敦市民的脱冕。从传统意义来说，三人集团与伦敦市民处于伦敦权力结构的相对阵营。无论是法律文员，还是骑士，或者说清教牧师，哪怕只是烟草商，他们作为伦敦市民的典型代表，相对于仆人、骗子和妓女来说都有着身份上的优越性。他们都是传统伦敦身份等级秩序的产物，而萨托尔等人在传统等级秩序中是一种他者的存在，一种怪诞的边缘者。但是他们在自己建立的临时共和国中则成了权威中心，相反伦敦市民们则成了任人宰割的被统治者。

萨托尔、费斯和多尔对伦敦市民的临时统治具有可行性和一定的必然性。他们并不是传统观念中愚蠢的流浪汉、忠实的奴仆和被动的妓女形象。费斯是一个足智多谋、运筹帷幄的管理者，多尔也是一个满腹经纶、知识渊博的新女性。“炼金术士”虽然是萨托尔，但真正掌管全局的是费斯，他不仅负责招徕“顾客”，而且通过扮演不同的角色来与不同的“顾客”周旋。他深谙人性，善于剖析他人的想法，更能随机应变，能够根据不同的局面迅速做出反应来解决问题。特别是当主人洛夫威特归来，他当机立断做出新的调整和布局，说服了主人听从其安排，摆脱了“顾客”们的问罪，从而拯救了自己。他非常强调自己的身份和地位，所以会在喜剧开始便与萨托尔为了谁做首领而争论不休。

与费斯和萨托尔相比，多尔的个性更加鲜明，更具挑战性。她的名字多尔・康芒(Doll Common)原本暗示她是一个没有头脑的玩偶形象，而且是一个没有自主身份被男人共同拥有的妓女。光从名字和职业来看，多尔・康芒只不过是一个传统男权社会中被动的女性形象，没有自主身份也没有独立意识，只是一个传统男权社会中的怪诞他者。但是这个怪诞他者有着非常明显的挑战性和颠覆性。首先她很有主见、理性冷静而且能言善辩。喜剧开始两位男士因为各自的利益而吵得不可开交，是多尔不厌其烦，动之以情，晓之以理，提出“集团”的共和国性质和其公平公正的基础，最终将“集团”的内部矛盾化解，使得接下来的剧情继续发展，因此萨托尔也不得不称她是“高贵的多尔”(*Alch.* 1. 1. 175)。

其次多尔对炼金术知识非常熟悉，在言谈之间对炼金术语更是信手拈来。

而且她对宗教教义也颇为了解。当她装疯卖傻与玛门骑士交谈时，不停地用《圣经协议》(*A Cencent of Scripture*, 1590)①中的教义来回应玛门骑士：

多尔：哥革王和埃及王均陨于第四阶段②的最后时刻。
　　　他们都成为历史星空中的星星，无人理会。
玛门：我该怎么办？
多尔：因为，如他所言，除非我们喊来拉比和异教的希腊人。
玛门：亲爱的女士。
多尔：从耶路撒冷和雅典喊来教育大不列颠的民众。(4.5.10~14)

多尔的话虽然因为装疯有点语无伦次，但言谈之间满是宗教术语和宗教教义。让一个(假装)的疯子宣扬清教教义或许是本·琼生刻意为讽刺清教徒而为之，但毋庸置疑的是，作为女性边缘人物的多尔对宗教知识的熟知显然颠覆了传统性别观念。同费斯和多尔类似，炼金术士萨托尔并不是一个普通的流浪汉，他所扮演的角色便是博士(Doctor)，精通炼金术，时刻用炼金术语与人沟通。

总之，三人集团由狡猾的仆人、博学的流浪汉和聪明有主见的妓女组成，他们原本都是身份低贱的社会边缘者和怪诞者，却都有各自的智慧和主见。三人分工合作，不停将伦敦市民哄骗至“炼金房”，不仅搜刮了他们的财物，而且实现了对伦敦市民们的脱冕。相对于来自由区的边缘者，伦敦市民是名副其实的伦敦主人，却也受到官方秩序和官方生活的管辖和制约。然而他们摆脱了伦敦等级秩序和官方生活，来到位于自由区的“炼金房”，也就来到了由萨托尔等人建立的临时王国。也就是说，伦敦主人们从中心区域转移到城市边缘区域，而他们主人翁的身份也瞬间被替换。

整部喜剧中先后五次共有八人慕名来到“炼金房”，首先是法律书记员达珀，其后是年轻的烟草商亚伯·德拉格，然后是骑士玛门和朋友，接着是清教徒亚拿尼亚和牧师等，最后是乡绅卡斯特瑞尔和他的寡居妹妹。他们的组成基本上代表了伦敦主流社会——政府官员、商人、贵族、清教徒和乡绅。他们纷纷落入萨托尔等人的骗局，任由其摆布和宰割，他们的目的虽然各有不同，但

① A Concent of Scripture 是清教徒休·布劳顿(Hugh Broughton) 为宣扬新千年论而作。作者试图展示一种宿命论的世界观；将《圣经》年谱合理化；并预示了天主教的败落以创造新的耶路撒冷。

② 根据以西结书记载，哥革王是异教国王。布劳顿认为第四阶段是历史的最后阶段。

经历极其相似，都遭遇了三人集团的脱冕，其中最有趣的当属对法律书记员达珀的脱冕。

达珀是炼金房的第一个顾客，他来此的目的是向炼金术士请教赌博术。费斯为了拖延时间，骗达珀说他是仙后的至亲，但是想见仙后的话，“必须先斋戒沐浴以示虔诚，而且仙后要到正午才会出现”(*Alch.* 1.2.145)。萨托尔更加详细地交代达珀：

> 先生，大概一点左右，请务必好好准备
> 首先你必须斋戒，在鼻子上滴三滴醋；
> 嘴上两滴；两耳各一滴，
> 洗去你的指尖，洗净你的双眼-
> 敏锐你的感觉-大喊三声“哼”
> 不停呼喊“嗡嗡”，这样她便会来了。(1.2.165~170)

这场景让人忍俊不禁，达珀愚蠢地相信了萨托尔和费斯的话，按照要求等待富有的仙后的出现，与其说他是相信萨托尔和费斯，不如说他是过分相信自己内心对金钱的追求和对权贵的攀附。直到第三幕费斯将烟草商和清教徒打发走后，才让假扮成仙后的牧师来进一步捉弄达珀。萨托尔用一块破布蒙住达珀的双眼，嘱咐他“扔掉身上一切世俗的物件，以消除仙后对他的怀疑”(3.5.17~18)。费斯接下来的表演更加滑稽可笑，同时充分展现了对达珀的狂欢化脱冕。

> 费斯：她不会怀疑的，先生。因为他不会留下任何物件，
> 会按照仙后的要求拿下身上的所有物件。
> [他对达珀说]
> 扔掉你的钱包——正如[仙后]所要求的—
> 扔掉你的手帕，她不用吩咐达珀也会这么做——
> [接着对达珀说]
> 如果你有戒指，也请脱下，哪怕是一个银手环。
> [达珀按照要求将这些东西一一拿下]。
> 仙后会派仙女们来找你。然后你便可以直接面见她了。
> 但是如果她们发现你身上还藏有哪怕一个子儿，你也会被踢出局。
> 达珀：真的，全部在这儿。

费斯：什么全部？
达珀：我的钱，真的。
费斯：那些世俗的短暂的东西千万别留下。
[叫萨托尔吩咐多尔弹琴，随后琴声响起]
快看，小仙女们过来了，如果你不说真话他们便会掐你。
[他们开始掐达珀]
达珀：哦我还有一张纸包着一块金币。
费斯：啧，啧！她们知道，她们说了。
萨布利特：啧啧啧啧！他还有更多。
费斯：啧，啧啧啧。是在另一个口袋吗？
萨托尔：啧啧，啧啧，啧啧，啧啧。
她们说必须掐他，否则他绝不会承认。
达珀：哦，哦！
费斯：……证明你是纯洁无辜的吧。
达珀：我以光明起誓，我再也没有其它了。
萨托尔：啧啧，啧啧！她说他在躲闪——啧啧啧，
明明是眼瞎①却要以光明起誓。
达珀：我以黑暗起誓，我已经没有什么了，
除了爱人送我的半克朗金手链。
费斯：这也是。难道你想因为这些琐碎之物而惹怒仙后。
[他脱下了达珀的手链](3.5.19~48)

显然，费斯和萨托尔对达珀的脱冕是通过搜尽他身上的全部钱财来实现。身为法律文员的达珀相对于费斯和萨托尔来说，有着等级上的优越性，他至少算得上是中产阶级，在伦敦市有着自己的身份和地位。而这种等级的优越性在此通过他随身携带的财物可以充分体现，达珀不仅有金币，金手链，还有一块手表②。显然，达珀随身携带的财物代表了他的社会地位和身份，因此他大言不惭地炫耀自己有一块手表，只不过碰巧被人借走了。但是，这种身份和地位的象征却被费斯和萨托尔一一剥去。达珀当然不是非常自愿地主动褪去，而是通

① 萨布利特用破布蒙住了达珀的双眼。

② 达珀在第一幕第二场曾说“我昨晚将手表借给别人了”(Alch. 1.2.6)。而手表在当时是非常罕见而昂贵的物品，达珀能拥有一块说明他的经济条件很好。

过费斯的掐扭被迫脱下。

根据巴赫金的概念，殴打与狂欢化脱冕有着紧密联系，他在分析拉伯雷小说时提出，“辱骂与殴打在对皇帝脱冕”(巴赫金 226)，而且他认为拉伯雷小说中“所有的殴打都具有广义象征的和双重的意义：殴打同时既是杀害的(极而言之)，又是赠与新生命的；既是结束旧事物的，又是开始新事物的”(235)。因此，整个殴打场景渗透着狂欢化的狂热气氛。费斯和萨托尔先用一块破布为达珀加冕，随后对其捉弄掐扭，并一一脱去其身上所有有价值的物品，在此传统狂欢化的脱冕形象不折不扣地实现了。这种殴打是对官方和权威的个人化代表的殴打，是对权威和官方秩序的脱冕。原本处于等级秩序下端的费斯和萨托尔与上端的达珀颠倒了位置，原有的等级秩序被悬置颠倒，他们对达珀的捉弄和掐扭是把他当成“国王”来捉弄和殴打。在这种捉弄和掐扭中，费斯和萨托尔摆脱了对官方秩序和权威的恐惧，成功代表了海恩斯(Haynes)所认为的“伦敦社会的一种崭新的社会可能性”(Dynes 368)，这种可能性对伦敦传统等级秩序和官方意识形态形成威胁和挑战。

除了假炼金术集团的三人之外，还有一个非常重要的狂欢化怪诞形象，那就是第三个来到炼金房的顾客——玛门骑士。他的全名是伊壁鸠鲁·玛门(Epicure Mammon)，与其说这是一个人名，不如说是一个绰号。巴赫金认为当“名字有着固定的、清晰的词源意义，而且是用来说明某个人的特征，叫什么名字，那么这个名字已不简单是名字，而是绰号了。这种绰号——名字任何时候都不是中性的，因为它本身都带有评价(肯定的或者否定的)的成分”(巴赫金 533)。伊壁鸠鲁·玛门便是这样一个带有感情色彩的绰号名字，伊壁鸠鲁首先指古希腊哲学家伊壁鸠鲁的追随者，提倡快乐是至善的原则，同时他也指沉溺于感官享受(特别是对吃)的人，贪食者。而“Mammon”在马太福音和路加福音里都指财富或者金钱，16 世纪之后特别用来指拜金主义者。因此伊壁鸠鲁·玛门集合了感官享乐和拜金主义的双重特点，这个名字脱离了严格的基督教教条束缚，具有狂欢化的怪诞倾向，因为无论是感官享受还是拜金主义都与基督教教条严重相左。

事实上玛门骑士的言行举止也处处透露出狂欢化的特点。他的语言处处显露出对高雅的古典文化和严肃的基督教《圣经》的诙谐性戏仿和降格。他一登场便宣布自己来到了新大陆，这里到处都是金矿。当年“所罗门王到达新大陆花了三年时间，而自己则只花了十个月便抵达”(*Alch.* 2. 1. 4~5)。而且他大言不惭地发出快乐的宣言，“要有财富”(Be rich)。这不禁让人想起《创世纪》开篇神所说的“要有光”(Let there be light)，在此玛门将神圣的圣经语言降格成世俗语言，将崇高的宗教精神降格为对物质财物的世俗追求。同样他还不断对古典文化进行诙谐戏仿，甚至说炼金石能让他拥有大力神赫拉克勒斯一般的神力，能够与所罗门王一样在一夜之间与 50 个女子交媾并令他们怀孕，在此玛门将古典文化挪用来表达自己对肉欲的幻想。除了肉欲，玛门也表达了对美食和华服的贪念和幻想：

> 他们会用十只鸵鸟尾巴做成扇子为我扇风；
> 用印度贝壳装肉；餐盘是玛瑙做的，
> 而且镶嵌着黄金、绿宝石、蓝宝石、红宝石。
> 用黄金之水和珍珠烹饪而成的鲤鱼和睡鼠的舌头、骆驼的脚掌。
> 我的餐勺是用琥珀制成，顶部镶嵌着钻石和红宝石。
> 就连我的仆人也吃野鸡、大马哈鱼、七鳃鳗等。
> 而我还会吃河鲃的触须、油淋蘑菇
> 和刚刚砍下的母猪的肥腻的奶头。(2. 2. 69~84)

玛门的幻想语言充满了物质性。崇高严肃的精神指涉转向了物质肉体层面，实现了对基督教禁欲主义教条的挑战和颠覆，有着不言而喻的狂欢化怪诞性质。本·琼生甚至通过(假的)炼金术对基督教进行戏仿和脱冕。炼金术和基督教最大的共同点是信仰都必须虔诚，根据萨托尔的解释，剧中炼金术的“失败”主要源于玛门不虔诚而私自去见了女人。玛门的失败似乎也隐喻了基督教的危机并印证了诺尔的观点：“《炼金术士》是一部宗教剧而不是一部社会剧，它批判的是不虔诚而不是反社会”(转引自 Juian and Ostovich 31)。然而必须指出的是，本·琼生并不反对基督教，他反对的宗教信仰的不虔敬，他在喜剧开头写给玛丽·沃斯女士①的书信中提到，“宗教的真理不在于信仰者的伟大和高位，而在于他的虔诚与热诚”(*CWBJ.* Vol 3. 557)。可以说虔敬是琼生宗教观的本质特点。

然而，尽管本·琼生从方方面面体现出对官方秩序和权威的挑战与颠覆，他也始终没有放弃对古典主义理想和秩序的维护。如上所述，《炼金术士》中有明显的狂欢化怪诞特征，但喜剧的结尾又大大削弱了这种狂欢化怪诞的颠覆力量。随着房屋主人洛夫威特的回归，三人集团建立的临时乌托邦王国瞬间坍

① Lady Mary Wroth 是本·琼生赞助人罗伯特·锡德尼 (Sir Robert Sidney) 的长女，诗人菲利普·锡德尼(Sir Philip Sidney) 的侄女。

塌，炼金房里的一切都化为灰烬，“炼金术士”仓皇而逃，玛门骑士和其他炼金者的黄金梦想化为一缕烟雾。费斯虽然勉为其难逃脱惩罚，却又回归自己低贱的仆人身份，一切所得都奉送给主人洛夫威特。而且费斯还为主人赢娶了新的女主人，这一事实客观上进一步巩固了洛夫威特的权威地位。这样的结局与16世纪的狂欢化文学①明显不同，也证明了本·琼生在追求激进人文主义道路上的保守性，他在喜剧中表达的激进思想是一种有限的狂欢化思想。这自然离不开他根深蒂固的古典主义思想，他以古典主义理性思想尽力维护了詹姆士一世时期理想的君主专制制度。

第三节 秩序的回归——古典精英主义者的道德讽刺

如前所述，《炼金术士》向我们展现了一个多重意义的怪诞空间，它既是一个传统与颠覆交锋的权利空间，也是一个上帝惩罚罪民的启示录式空间。琼生式怪诞既表达了一种颠覆权威的狂欢化力量，也承载了剧作家进行道德劝诫的任务。琼生既表达了激进的人文主义思想，同时也以一种精英主义的立场，谴责了病态的伦敦和伦敦市民，从而维护了理想的君主专制秩序。喜剧中的怪诞狂欢是一种有限的室内狂欢，随着秩序的回归，怪诞最终又被含纳进传统秩序之中，甚至进一步巩固了既有的统治秩序。本·琼生对秩序和道德的古典主义式追求在他的喜剧前言中表现得一览无遗。

本·琼生在该剧的前言中便坦言了自己的喜剧目的：“这只笔绝不在于引起人们的悲伤而在于纠正人的错误、使人完善”(*Alch.* Pro. 11~12)。这语言明显展现了本·琼生的古典主义喜剧道德目的，对于他而言，喜剧的目的最终还需纠正人的错误，完善人的道德。这也让人想起琼生在《发现》中表达的对人类道德堕落的忧虑，他非常厌恶“那些沉迷于自己罪恶，抛弃或者玷污自己名誉一心向往罪恶的人，把一切投向各种畸形、被无知和恶毒所迷惑、内心隐藏着敌意并与邪恶相随的人”(*Discoveries* 1659~1663)。本·琼生并不像传统道德作家或者悲剧作家一样采取肯定的道德教育，通过塑造道德的模范或者英雄形象以达到指引人们生活的目的。相反本·琼生的道德教育是通过否定反面的形式，用怪诞的艺术手法将人的罪恶和道德败坏放大展现，以便让人们看得更加清楚，从而意识到自身的道德缺陷而进行自我完善。

---

① 以拉伯雷小说《巨人传》为代表的16世纪狂欢化文学以不顾一切冲破中世纪旧思想、旧传统的束缚为典型特点，这类文学作品的结尾并没有表达秩序的回归。

本·琼生曾坦言，“许多恶行太过邪恶，模拟一遍这种恶行比单纯用语言说出来效果更好”(*Discoveries* 1644～1645)。换言之，对罪恶的刻画越鲜明形象，观众看后犯同类罪恶的可能性便更低。这与菲利普·锡德尼的喜剧观念非常相似，锡德尼认为，“喜剧是模仿生活中的平常错误：它表现这种错误中最可笑、最可气的，以至使任何见到它的人不可能甘愿做这样一个人”(锡德尼 36)。正因为如此，比起正面的道德感化，琼生更乐于用夸张否定的讽刺来实现喜剧的道德批评作用，《炼金术士》中的怪诞便承载了这样一种否定讽刺和道德劝诫的任务。

事实上，《炼金术士》中琼生式怪诞的狂欢性和劝诫性并不矛盾，狂欢式怪诞本身便有颠覆和含纳的双重功效。最早提及这点的当属德莱顿，他曾说，“政府允许戏剧(也包括闹剧)的上演体现了政府的智慧，正如一个审慎的马车夫会给马脖子栓上铃铛，使它们能够愉快的载重”(转引自 Stallybrass and White 72)。被压抑的情绪往往最具危险性，因此政府应该时时给予群众释放不满情绪的空间和机会，以便消除这种危险性，从而达到更好的统治，而狂欢节日和某些民间节庆活动是最好的机会。因此从这个角度来看，狂欢节并不具备真正的颠覆性，它所带来的颠覆力量只是临时的乌托邦和理想主义，结果却客观地巩固了现存的制度和权威。正如科罗纳多所说，“戏剧性的、狂欢化的逆转虽然能临时颠覆现有社会秩序，但这种逆转最终又会巩固传统的社会秩序。”(Coronato 88)

纽卡斯尔公爵(Duke of Newcastle)也曾写信给詹姆士一世说明了节日的必要性，他认为，“应该允许戏剧活动在国家范围内进行，这种娱乐能取悦人们，使他们的行为始终处于无害的境地，从而使陛下免受谋逆和叛乱的危险。”(73)随后国王在 1618 年发布《娱乐之书》(*The Book Of Sports*)，允许并支持某些民间节庆活动。因此可以说，以狂欢节为代表的民间活动是受到官方允许的狂欢，是一种受到官方监管的自由和颠覆，它们始终处于官方权威的统治之下。现代著名评论家伊格尔顿(Terry Eagleton)也发表过类似观点，他认为“狂欢节无论从哪方面来说，都是在官方许可的范围内进行的，是在许可范围内对霸权的一种裂变，是在可控范围内对有着潜在破坏性的民间力量的释放，但不具备真正的革命力量。正如莎士比亚笔下奥薇丽娅所说，‘一个被允许的傻瓜并不具有杀伤力’”(Eagleton 159)。

由此可见，对本·琼生喜剧的狂欢化研究和颠覆(subversion)与含纳(containment)理论具有相通性。颠覆与含纳是新历史主义理论中的两个核心概念。蒙特洛斯(Loius A. Montrose)在研究文本与历史的关系时提出，“‘文本和历史'具有一种遏制与颠覆的关系"(王岳川 183)。而英国新历史主义代表多利莫尔(Jonathan Dollimore)在研究文艺复兴戏剧时提出戏剧存在三种功能："巩固""颠覆"和"遏制"(197)。蒙特洛斯和多利莫尔所说的"遏制"也就是本论文说讲的"含纳"，都是对"containment"的理解。多利莫尔进一步指出文艺复兴时期戏剧"在现实秩序中具有撒播意识形态的功能"(197)，也就是对现实权力有着"巩固"的作用。但另一方面，与这巩固过程相反，戏剧也是"对权力的一种抗拒和'颠覆'"(198)。简言之，颠覆是对统治秩序和官方权威的反叛；含纳是对指颠覆最终被统治秩序包容和消解。

新历史主义者根据蒙特洛斯和多利莫尔对颠覆和含纳概念的理解，认为权利运作在强化统治的同时，主导话语滋生了针对自己的颠覆力量。但是这种颠覆力量又始终处于主导话语的规则体系之内，它通常最终会被包容和消解。正如格林布拉特所认为的那样，"颠覆力量是权力的产物，它拉长了权力的寿命"，而同时，这种"颠覆力量早就被它所要推翻的权力含纳于其中"(Greenblatt, *Shakespearean Negotiations* 89)。新历史主义的这种权力观来自于福柯的权利话语理论，对于福柯而言，权力不是非此即彼的二元对立，而是一方与另一方彼此流通、协商和对话的过程。

喜剧《炼金术士》中有着毋庸置疑的狂欢化颠覆力量，无论是多尔·康芒对封建男权主义的颠覆，还是三人集团对伦敦官方权威秩序的颠覆，甚至玛门骑士对基督教教义和古典文化的颠覆，都非常明显地体现了意识形态领域的颠覆力量。但这些颠覆力量始终处于现有权力体系和规则之内，并最终被消解含纳进现有权力体系之中，并在很大程度上巩固了现有权力体系。多尔·康芒虽然是一个封建男权体系的他者和怪诞者，时刻表现出对男权意识形态的挑战和颠覆，但她同时也深刻明白自己的身份和地位。她对费斯和萨布利特说，"我向你们保证我永远不会忘记我的身份和性别。"(*Epicene* 2.4.8)费斯虽然身为封建等级制度的边缘者，试图向既有的等级秩序提出挑战，可一旦主人回归，他立刻换下伪装，还原了自己本来的卑贱身份从而被含纳进原来的封建等级体系之中。

无疑，本·琼生通过喜剧中的狂欢化怪诞表达了对统治秩序和官方权威的挑战与颠覆。但同时，他也通过怪诞讽刺严厉谴责了社会的病态和人性的邪恶与愚蠢，从而维护了詹姆士一世君主专制统治秩序。换言之，本·琼生既是一个场内的狂欢化颠覆者，又是一个场外的精英主义观察者。他的精英主义立场来自于古典思想的熏陶，反映了他对既有权力秩序的维护和对一切破坏权力秩序行为的反对和谴责。古罗马道德学家将人性分为两类：一边是堕落的大众；

一边是聪明高尚的精英。贺拉斯曾说，“我讨厌乌合之众，我会尽量远离他们”(转引自 Maus 131)。塞内加也说，“我们只需远离大众，便会变得更加健康。”(132)本·琼生深受这些古典道德哲学家影响，虽然并没有如此激进的精英主义立场，但从他对私人剧场的青睐依然能看出他对精英主义立场的维护。《炼金术士》便是在私人剧场黑衣修士剧场演出，不同于公共剧场观众的鱼龙混杂，私人剧场由于其相对高昂的票价，主要吸引的是中产阶级以上的观众，因此该剧的观众主要是类似于洛夫威特的伦敦有产阶级，而不是萨托尔或者费斯甚至多尔的同类人。

舞台之上一批又一批的人愚蠢自欺地踏入炼金房的陷阱并任人宰割；玛门骑士滑稽又离奇的白日幻想；萨托尔和多尔最终仓皇而逃；而费斯主动归降于主人洛夫威特。试想当台下观众看到这一幕幕，定会大笑不已，然而这种笑不同于狂欢节上的全民式的笑，这是对“畸形、异常、卑贱之人的嘲讽之笑”，“是上层对从属阶层的惩罚之笑，体现了贵族阶级对奴仆的优越感”(Bristol 126)。“这种笑是合法的，因为它能增强并巩固身份、等级、阶级之间的差异”(126)。换言之，这种笑能对现有统治秩序和权力结构的巩固和强化，炼金术士们的怪诞行为最终被笑所消解和含纳。秩序回归正常，洛夫威特依然是权力空间的统治者，不仅如此，新女主人的确定甚至挽救并巩固了洛夫威特作为父权统治者的地位①。

此外，怪诞者玛门骑士更明显地体现了琼生式怪诞的矛盾性。如上所述，玛门是一个怪诞的物质肉体形象，他的言行举止时刻透露出对正统基督教思想和古典思想的戏仿和颠覆，他的物质肉体性是对基督教禁欲主义的直接蔑视和挑战，表达了瘟疫期间饥寒交迫的伦敦市民②对物质和财物的乌托邦式向往。然而，玛门同时也是一个生理囤积的矛盾形象，他身上的这种拉伯雷式的狂欢化激情“时刻可能转变成为一种反社会的、可憎的、吝啬的人体”(Loewenstein 511)，因此他同时也代表了资本主义城市市民的贪婪。换言之，玛门身上也承载了本·琼生对资本主义初期个人贪欲的讽刺和谴责。

抛开身上的狂欢化怪诞性质，人物玛门还有着非常明显的道德劝诫性质。

① 妻子死于瘟疫之后，洛夫威特在这个父权空间的地位也遭受很大的威胁，因为女主人的去世意味着洛夫威特不能依靠生育孩子来维系这个父权结构。而新女主人的到来则解除了这种威胁。

② 伦敦瘟疫期间，大多数人逃离城市，新鲜事物匮乏；街道杂草丛生；大量尸体在夜幕笼罩下被运走。具体参看 Neil Rhodes, Elizabethan Grotesque, (London: Routledge and Kegan Paul, 1980) 47。

有评论者认为，玛门与马洛笔下的犹太人巴拉巴斯①有惊人相似，但事实证明两者有很大不同。如果说巴拉巴斯代表了16世纪人文主义者对财富不顾一切的追求，那么17世纪初期玛门骑士的财富幻想显然还别有它意，他身上纵然有着人文主义的狂欢化因素，但同时也已然带上了资本主义初期个人贪欲的烙印。

本·琼生在塑造玛门这个物质肉体形象时，时刻不忘强调他身上的贪婪恶习。玛门的同伴瑟利提出，炼金者必须是“一个虔诚的、神圣的、有宗教信仰的人；他必须远离世俗罪恶，是一个纯洁的人”(*Alch.* 2.2.97~99)。玛门承认自己并没有满足这些条件，而萨托尔则直接责骂玛门：“孩子，我怀疑你是一个贪婪的人，如此急匆匆地准点赶来，只为那急切的贪欲”(2.3.6~9)。萨托尔的指责预示了玛门炼金梦的破灭，因为正是玛门的贪婪直接造成了炼金的“失败”。

如同宗教信仰一样，炼金术的基本条件是虔诚，然而贪婪的玛门却没能抵挡诱惑，不顾萨托尔的警告，私自会见了女人(事实上是多尔所扮演)，并试图与她共筑奢华富贵之梦。当萨托尔发现了他的行为之后，他即刻承认这是他“自己的错误”(4.5.37)，而萨托尔纠正道，“这不是错误，而是罪恶，是罪恶”(4.5.40)。正是因为玛门犯下了贪婪之罪，才导致炼金的彻底“失败”，不管玛门如何辩称自己并无不诚的目的，他们还是“彻底失败了，一切辛苦都化为了灰烬”(4.5.57~58)。

而且，萨托尔和玛门的关系值得关注，玛门称呼萨托尔为“父亲”(2.3.1)，而萨托尔则称呼玛门为“孩子”(2.3.6)。两人的关系正像“救世主”和“信徒”一样，“救世主”萨托尔承诺带领“信徒”玛门找到炼金石，前提是玛门必须绝对虔诚，然而贪婪的玛门未能信守虔诚的信条，因此惹怒了主而使得炼金“失败”。可以说本·琼生借助炼金术实现了对资本主义城市贪婪市民的讽刺和惩罚，贪婪让玛门成了一个不切实际整日做白日梦的怪诞者，他的怪诞是内心贪婪之罪的外在表现，而他超乎常人想象的愚蠢更加重了这种怪诞性。因此本·琼生对他的讽刺依然是在基督教系统和教义之内的讽刺，琼生借助这种讽刺客观地维护了基督教的公正和权威。值得注意的是，此处本·琼生的道德讽刺虽然植根于基督教传统，但与他深刻的古典主义道德素养也不无联系。事实上，本·琼生对道德探索的强调是他将古典主义道德传统同本土基督教道

① 巴拉巴斯是克里斯托弗·马洛(Christopher Marlowe)的作品《马耳他岛的犹太人》(The Jew of Malta)中的主人公。他是一个家财万贯、贪婪残忍、诡计多端的形象。

德传统紧密结合的结果。

本·琼生对掘金者和炼金者都持有讽刺批评的态度。无论是假借各种身份行骗的杰里米，还是装扮成炼金术士的流浪汉萨托尔，或者是妓女多尔·康芒，以及为着各自的利益聚集到炼金屋的书记员达珀、烟草商艾伯、乡绅卡斯特利尔、清教徒亚拿尼亚和特表雷森等，均受到本·琼生的讽刺。他们作为伦敦市民的代表，体现了17世纪初期伦敦的堕落与腐败。正如琼生所言，"伦敦的氛围最适宜为喜剧舞台提供妓女、鸨母、乡绅、骗子等素材"(Pro. 5~9)。琼生试图借此"描写普通人的一言一行一举一动"，"用以展现时代的缩影，鞭挞人的愚蠢而不是罪恶"①(*EMI.* Pro. 22~23)。

本·琼生生在伦敦，长在伦敦，对伦敦的一切非常熟悉。但他却以一种冷静的、场外的态度，凭借其犀利眼光，时刻观察着堕落的伦敦，这里的邪恶和腐败都逃不开他的眼光。17世纪初的伦敦是一个资本主义发展初级城市，资本主义经济对城市和市民的最大影响便是资本，具体则体现在人们对金钱的普遍崇拜。无论是喜剧中的黑衣修士区还是喜剧上演的黑衣修士剧院都明显体现了这种金钱的影响，黑衣修士区原本是天主教的修道院所在地，这里

> 曾经是用来集体朝拜和表达宗教信仰的地方，如今却成了戏剧性地集体表演金钱崇拜的所在。这里居住着贵族，也住着艺术家和商人，同时也矗立着大量妓院和酒馆，以及一个剧院。总之，这是一个犯罪之地。(*CWBJ.* Vol. 3547)

《炼金术士》中的黑衣修士区也是一个时刻被金钱侵染的地方。前后共有八位顾客来到炼金房，他们都是颇有个性，栩栩如生的"普通人物"，虽然具体目的不同却都离不开金钱。达珀想要得到神明的指点以便能在赌场和赛马中取胜；烟草商艾伯想请炼金术士为他的小店看看风水以求生意兴隆。随后到来的玛门显然不满足于这种小打小闹的愚蠢行为，他是早有预谋，并投资已久，只为求得炼金石。他们的拜金主义既体现了资本主义经济对人性的腐蚀，也体现了人的贪婪本性。因此，本·琼生在此既表达了一种基督教式的道德劝诫，也

---

① 虽然琼生在《人人高兴》(Every Man In His Humour, 1598)的前言中宣布自己的喜剧只是想鞭挞人的愚蠢而不是罪恶，但事实上在他中后期的喜剧特别是中期城市喜剧中，他不仅鞭挞了人的愚蠢，也明显鞭挞了人的罪恶。具体在《炼金术士》中，琼生讽刺批评的是人的愚蠢和贪婪之罪恶。

表达了对资本主义经济的批评，他维护的依然还是信奉基督教的封建君主专制制度①。

而比起这几个世俗的拜金主义者，清教徒亚拿尼亚和特表雷森则披上了一层虚伪的宗教外衣。他们体现的是对权力的贪婪，试图用教徒们奉献给上帝的钱购买控制教徒们的力量。琼生除了讽刺他们的愚蠢和贪婪之外，更多的是讽刺清教徒的虚伪。本·琼生对清教徒一直持有公开反对并批评的态度，原因主要有两点：其一，本·琼生从1598年开始信奉天主教，1610年皈依英国国教，无论是天主教还是新教，他们对清教徒都持有反对态度。其二，清教对剧院和戏剧表演极其反对，认为剧院是藏污纳垢之地，而戏剧表演则更是对基督教教义的背叛和玷污，因此他们提出关闭剧院。1642年英国剧院的整体关闭便离不开清教徒的不懈努力。

因此身为戏剧家的本·琼生对清教徒的厌恶和反对是不言而喻的。无论是在戏剧中还是在散文中甚至在诗歌中，本·琼生都多次表达了这种情绪。像同时期其他文学家一样，琼生也认为清教徒是虚伪的代名词，他在《发现》中直接指出"清教徒是极其虚伪的"(*Disc.* 43)，当然对清教徒虚伪的具体刻画最明显的还是在《炼金术士》中。当萨托尔向亚拿尼亚和特表雷森表示可以通过炼金术将这些金属打造成荷兰钱币时，特表雷森先是将信将疑。

> 特表雷森：真的可以吗？
> 萨托尔：是的，在第三阶段即可。
> 亚拿尼亚：这对于兄弟们来说会是个好消息。
> 萨托尔：不过这必须秘密进行。(*Alch.* 3.2.145~148)

特表雷森开始犹豫了。

> 特表雷森：等等，这样造币是合法的吗？
> 亚拿尼亚：合法？我们压根就不认识什么执法官②。
> 即使我们认识，这也是外国钱币。(149~150)

---

① 关于本·琼生对封建君主专制制度的维护，具体参看琼生散文集《发现》(Discoveries)第818行至882行。

② 狂热的清教徒根本就不承认执法官员在任何宗教和意识形态上的权力，因为他们相信只有耶稣才是唯一的制法者。

亚拿尼亚的回答可谓精妙至极，将清教徒虚伪的本性表现得淋漓尽致。诚然，萨托尔向他们承诺铸造出来的是荷兰钱币，但不管你是荷兰钱币还是英国钱币，其本质都是金钱。而亚拿尼亚竟然以此为借口，为自己的行为脱罪。无独有偶，特表雷森也不甘落后，发表了类似的虚伪言论：

> 萨托尔：这不是铸造钱币(coining)，只是浇铸(casting)而已。
>
> 特表雷森：哈，你区分得非常好。浇铸钱币应该是合法的。(151~153)

亚拿尼亚用"外国钱币"的说法为自己脱罪；特表雷森则用"浇铸"和"铸造"的区别来自欺欺人。对于特表雷森来说，如果硬说锻造钱币是违法的，那么如果只是表面浇铸那应该算不上违法。在这些细节上，本·琼生用非常精简的语言巧妙而精准地刻画了清教徒的虚伪。

如上所述，无论是相对幼稚的拜金者达珀和艾伯，还是老练高级的拜金者玛门骑士，抑或是虚伪高调的清教徒亚拿尼亚和特表雷森，他们都是本·琼生笔下愚蠢滑稽、贪婪虚伪的怪诞者，他们的言行举止透露出17世纪初期伦敦市民的丑态。琼生夸张地放大了他们的愚蠢和贪婪，超乎常人想象的愚蠢和贪婪让他们成为怪诞者。本·琼生将他们放置在基督教道德体系之内进行审查和批判，他们同时也成为本·琼生进行社会讽刺批判的中介。值得注意的是，虽然《炼金术士》中的道德主题有浓厚的基督教背景，但剧中的道德批判依然属于本·琼生古典主义思想的一部分。本·琼生虽然大量使用基督教道德劝诫因素，但他依然采用古典主义道德批判模式。正如凯瑟琳·茅斯所认为的，本·琼生擅长采用罗马模式塑造相对稳定的道德类型，而不是采取基督教模式塑造可以变化和成长的道德类型①。无论是"炼金术士"们还是"炼金者"们，他们都没有表现出任何道德成长与变化。将基督教道德劝诫传统与罗马道德批判模式相结合是本·琼生矛盾喜剧思想日趋成熟的表现，这两种因素的结合在《巴斯洛缪集市》中达到顶点。

总之，作为一个喜剧家，本·琼生非常熟悉并善于采用怪诞的文体活力来

① 凯瑟琳·茅斯在她的《本·琼生和罗马式心灵建构》一书中细致深刻分析了罗马式道德模式和基督教道德模式的不同。两者最大的不同在于前者善于塑造截然相反的道德类型而后者善于塑造逐渐变化和成长的道德类型。她认为本·琼生倾向于采用罗马式道德刻画模式而非基督教道德模式。详情请参考 Katherine Maus, Ben Jonson and the Roman Frame of Mind (Princeton UP, 1984) 92~99.

实现喜剧的狂欢化功效；而作为一个道德家，他又致力于从正统的意识形态和价值观来剖析社会道德的堕落和腐败。本·琼生的喜剧植根于狂欢化人文主义怪诞传统，反对霸权专制，追求自由和人性解放。但他的道德严肃性又将他引上相反的方向。他的喜剧作品既表达了激进的人文主义狂欢化思想，又有着严肃的道德探索，是为了“更正”和“改善”社会，《福尔蓬涅》《安静的女人》《炼金术士》是如此，《巴斯洛缪集市》亦然。琼生的矛盾喜剧思想造成了剧中怪诞形象的矛盾性质和双重功能。

第五章　秩序与狂欢的矛盾体
——《巴斯洛缪集市》中的怪诞群像

本·琼生最后一部城市喜剧《巴斯洛缪集市》(*Bartholomew Fair*)于1614年10月31日上演于伦敦的希望剧场(the Hope theater)，并于次日专门面向国王在白厅(Whitehall)重新演出。《巴斯洛缪集市》与前三部城市喜剧有所不同，它既在公共剧场演出也在私人剧场演出过，特殊的演出经历让这部喜剧具有超越前三部城市喜剧的矛盾性和复杂性。克里泽认为，"在宫廷上演，该剧是节庆性喜剧，因为观众能够俯视活泼有趣的场景和喜剧性的怪异。但在希望剧场上演，这部喜剧似乎更具现实主义、讽刺主义和严肃性的特点。"(Creaser, *Volpone, or the Fox* 112)总之，《巴斯洛缪集市》结合了严肃的古典道德主义和诙谐的农神狂欢精神，而且相对于前三部城市喜剧而言，这两种精神在该剧中的矛盾性并存更加明显。

首先，《巴斯洛缪集市》上演的时间和地点均显示着它有浓厚的农神狂欢精神；"这是一部为迎接狂欢节而演出的节庆性喜剧"(*CWBJ*. Vol. 4255)。11月1日是基督教传统中的诸圣节(All Saints'Day)，而此前一夜，也就是10月31日，被称为万圣夜(Halloween)。根据传统，这一晚"是全年中最怪异的一晚，是一个盛大狂欢的夜晚"(255)。国王詹姆士一世每年都会对此庆祝一番，而庆祝往往伴随着一部戏剧的上演，《巴斯洛缪集市》便是在这样的历史背景下上演，这也是它为何既在希望剧场上演，又在宫廷剧场上演的重要原因。

其次，《巴斯洛缪集市》的背景和喜剧上演的地点都与狂欢节有着密切联系。它的首演地点——希望剧场——是英国历史上最后一个公共剧场。这是一个木制的露天原型剧场，观众不仅可以看戏剧表演，还可以参加斗牛和逗熊等游戏。与当下时兴的封闭式室内私人剧场相比，露天的公共剧场更适合观众与演员互动，加上可能同时进行的各类集体游戏，这些因素为所演喜剧增添了浓厚的节庆氛围。《巴斯洛缪集市》的背景就是在巴斯洛缪集市，这里有着更加鲜明的狂欢化节日气氛。集市是巴赫金狂欢化理论中的一个核心意象，集市为我们提供了一种有别于官方严肃性的自由氛围，是一个全民狂欢的自由广场。

巴斯洛缪集市便是这样一个开放的、自由的、游戏的广场，这里每年都会定期举行大型集会，即使是19世纪的浪漫主义诗人威廉·华治华斯(William Wordsworth)也有幸感受到了这里的狂欢气氛，他于1802年偕同妹妹以及诗人兰姆(Charles Lamb)一起参加了当年的巴斯洛缪年度集市，并记录了下来：

> 白化病者、化妆的印第安人、侏儒、
> 有学问的马、博学的猪、
> 吃石头的人、吞火的人、
> 巨人、口技师、隐形女孩。
> 半身像一边说话一边转动着眼珠；
> 蜡制品、钟表制品、以及惊人的手工品随处可见。
> 这里有现代梅林、凶猛的野兽、木偶戏。
> 一切都是怪诞不堪、牵强不已的非自然物品、
> 全都是自然的怪物、充满独创想象的人。
> 他们的呆滞、他们的疯狂和他们的狂欢
> 一切都跳将起来组成一个魔怪的国度。(转引自 Barton 194)

很明显，巴斯洛缪集市是一个脱离官方统治的怪诞物质世界。《巴斯洛缪集市》的主要戏剧情节便发生在这样一个农神节式的狂欢广场——巴斯洛缪集市之上，因此喜剧有着毋庸置疑的狂欢精神。而且喜剧一开始利特尔威特便说出了喜剧的节庆性："今天是8月24日！巴斯洛缪集市日！巴斯洛缪中的巴斯洛缪！"(*Bart. Fair* 1.1.5~6)①随后来自哈罗(Harrow)的乡绅巴斯洛缪·科克斯也强调了这种狂欢节庆氛围："我的终极目的地是集市，我要带格蕾丝夫人去见见我的集市：我称它是我的集市，因为它叫巴斯洛缪：你们知道我的名字也叫巴斯洛缪，而它则是巴斯洛缪集市。"(1.5.51~53)

评论界也有很多学者指出并论证过《巴斯洛缪集市》中的狂欢精神。其中唐纳森是显著代表，他将《巴斯洛缪集市》和《安静的女人》均归于"节庆(festive)喜剧"(Donaldson, *The World Upside Down* 51)的范畴，认为本·琼生

① 利特尔威特所说的喜剧时间是8月24日，与喜剧开场白中执笔人(Scrivener)所说的时间相冲突。该喜剧开场白是由舞台门卫、书商和执笔人之间的协商对话组成，其中执笔人指出该剧的演出时间是1614年10月30日。这两个矛盾的时间一个是万圣前夜，一个是巴斯洛缪年度集会，不管是哪一个时间均体现了喜剧的节庆氛围。

在两部喜剧中"创造了一个闹剧性和农神狂欢的社会，在此正常的社会角色被颠覆，正常的社会功能被愚弄"(20)。而麦克沃伊也指出了这部喜剧中的狂欢颠覆精神，他认为，"无论本·琼生公开的或者潜意识的目的是什么，该剧的主题都表达了对权力的质疑。"(McEvoy 123)沃马克则认为，"《巴斯洛缪集市》是本·琼生为人民所写的假面剧。"(Womack 159)沃马克的话不无道理，喜剧开场白中琼生便假借执笔人之口邀请观众参与对喜剧的评论，因为"每个人都有权评价，不管你是花六便士，十二便士，还是十八便士，或者只是两先令，半克朗"(*Bart. Fair* Induction 67~68)。

同前三部喜剧一样，《巴斯洛缪集市》在评论界的争论也从未停止。格雷纳(Grene)认为，"《巴斯洛缪集市》是琼生研究界的一个战场，无政府派和道德派在这个战场上进行了激烈的争辩。"(Grene 314)如上所述，有学者对喜剧中的狂欢性质进行详细深刻的分析，也有学者对喜剧中的道德性进行长久的辩护。罗兹认为，"《巴斯洛缪集市》受《坚韧之城堡》①影响深远，两者属于同一个传统。"(Rhodes 142)海因斯却与沃马克持相反的观点，他认为，"《巴斯洛缪集市》展现了狂欢在宗教、国家和资本主义市场面前的瓦解。"(转引自McEvoy 133)斯塔列布拉斯和怀特也认为，"《巴斯洛缪集市》中有着深刻的道德批评倾向，而厄休拉是全剧的中心意象，她象征着道德的腐败"(Stallybrass and White 70)。

甚至还有人从宗教的角度阐释这部喜剧中的基督教道德劝诫性，里格斯(Riggs)和科普(Cope)是典型代表。前者将剧中的奥弗多理解成耶稣并认为他"从一个高尚的形象下来，装扮成一个低贱的形象，向众人布道，却遭到精神和肉体的双重迫害和苦难"(Riggs 212)。而后者则将剧中的疯子形象特鲁布里奥解读成耶稣基督，认为"他是一个衣着破旧的先知，呼唤仁慈和爱"(转引自McEvoy 135)。诚然，《巴斯洛缪集市》中有着不容否认的道德指涉；甚至可以说道德判断是整部喜剧的核心关注，无论是奥弗多假扮疯子在巴斯洛缪市场寻觅道德腐败行为，还是伯西对一切违背清教教义行为的指控和批评，都是围绕人的道德展开。

毋庸置疑，本·琼生一直都非常关注道德问题，并将严肃的道德探索与轻松愉悦的喜剧形式紧密结合。但是他的道德探索并不同于英国传统道德剧中抽

---

① 《坚韧之城堡》创作于1405年至1425年之间，是英国现存最早的道德剧文本。汤普森称它为最典型的道德剧。关于这部道德剧的详细介绍请参考肖明翰：《英语文学传统之形成——中世纪英语文学研究》，北京：社会科学文献出版社，2009，658~670。

象拟人化的道德说教，不在于进行非善即恶的道德判断。而是将道德剧中抽象预言式的“善”“恶”人物披上了伊丽莎白——詹姆士一世时代男女的外衣，充分利用舞台的作用，将这些时代男女的愚蠢或者罪恶的怪诞形象展现给观众，希望观众能够在这些“时代的形象”身上看到自身的缺陷并进行自我剖析、自我修正。

无论是强调无政府主义的狂欢派还是强调道德性的保守派，这些评论家们都部分阐释了《巴斯洛缪集市》中的主题思想。事实上这精神在该喜剧中矛盾地并存。有一些学者便正确地指出了这部喜剧的双重性和矛盾性，其中较显著的代表有唐纳森、罗兹和米克尔。唐纳森认为，“双重性是琼生戏剧和社会视角的灵魂”(Donaldson, *The Magic House* 48)，而且他在另一部专著《翻转的世界》(*The World Upside Down*)中详细分析了《巴斯洛缪集市》中的双重性，认为“它既是愤怒不平的，又是慈悲为怀的；既是闹剧性的，又是严肃性的”(71)。

罗兹在分析了《巴斯洛缪集市》中的道德倾向后，进一步指出了这部喜剧的狂欢氛围，他认为，“琼生的任何其他戏剧都没有像《巴斯洛缪集市》表达了如此明显的道德劝诫性；同时也没有任何一部戏剧如同《巴斯洛缪集市》一样，能够将人性道德的表示同混乱的怪诞戏剧结构结合得如此相得益彰”(Rhodes 141)。显然罗兹将《巴斯洛缪集市》放置于伊丽莎白怪诞传统之中，揭示了琼生式怪诞介乎于劝诫与狂欢之间的矛盾性质。最后，英国学者米克尔继罗兹之后探讨了琼生式怪诞的矛盾性，他认为，“在《巴斯洛缪集市》中，讽刺与农神节因素紧密结合在一起产生了琼生式怪诞，这种怪诞借助物质人体的形式既揭示了人物的虚伪本质，又实现了对社会等级制度的颠覆。”(Mickel 138)

综上所述，《巴斯洛缪集市》中有着深刻的道德思想，也有着明显的狂欢化精神，这两种精神通过怪诞形象矛盾地结合起来。反过来说，这部喜剧中的怪诞反映了本·琼生传统古典主义思想和激进人文主义思想的矛盾性融合，特别是古典斯多葛道德思想和狂欢化人文主义思想的矛盾统一。《巴斯洛缪集市》还是一部有关于基督教人文主义思想的喜剧，它建立在基督教教义和古典主义世界观的矛盾结合之上，具体地说是建立在“基督教要求人不要审判和古希腊罗马思想观对终极审判(krisis/judicium)崇拜之间的矛盾”(Duncan 205)之上，也建立在古典主义理性正义与基督教享乐主义的矛盾之上。

总之，本·琼生在《巴斯罗缪集市》中最典型也最成功地将欢庆喜剧形式和道德探索紧密结合。该剧“非常形象的展现了‘时代的形象’，是本·琼生最后一部伟大的道德喜剧”(Dessen 220)。同时这部喜剧也是最直接以“道德审判”为主题的喜剧，在一定程度上，全剧围绕着一个没有委任状的道德家——亚当·奥弗多——忘我追求道德正义的愚蠢怪诞行为展开，他身上既体现了道德审判的失效，也体现了人性不可避免的弱点。

琼生在《巴斯洛缪集市》中的矛盾思想除了与他本人的矛盾个性有关之外，也离不开当时英国的政治环境，该剧创作于国王与议会的政治僵局之中又多方面反映了这种僵局。詹姆士一世于1603年掌权后推行了与伊丽莎白女王完全不同的政治策略，特别是在对待议会的态度上。女王与议会之间的权力尚能勉强平衡，而詹姆士一世与议会之间的矛盾则愈演愈烈，这种矛盾明显地体现在皇室经费问题上。巨额的军费开支、詹姆士一世奢华的生活作风，再加上前王朝留下的巨额债务使得宫廷财政捉襟见肘，詹姆士一世为缓解财政危机几度要求增加赋税，而议会则以此要挟国王让出部分特权。然而双方并未达成妥协，因此1610年国王一气之下宣布解散了议会。而且他在1614年春季不经过议会同意而私自征税，对于国王来说，这一举动既是为了解决宫廷经济问题，也是为了彰显他作为神圣国王的权力。然而，议会非但没有退让，还进一步提出将王权中的苏格兰势力减弱，这又一次惹怒了国王，于是他于1614年6月7日再一次解散了议会①。

本·琼生显然是位于国王与议会政治危机之中的夹层人物。他一方面是有名的宫廷诗人和剧作家，他拿着宫廷俸并时刻与宫廷权贵保持良好的关系，其中包括罗伯特·锡德尼(Robert Sidney)，也包括詹姆士一世本人。另一方面他与下议院(House of Commons)中多位议员有着密切的交往，如“约翰·霍斯金斯(Jonhn Hoskins)、理查德·马丁(Richard Martin)和埃德温·桑兹(Sir Edwin Sandys)，本·琼生花费了至少15年竭尽全力想要接近他们的圈子”(*CWBJ* Vol. 4. 262)。而这三位人物先后发表了严厉批评宫廷政治的言论，他们或被关押、或被召至枢密院(Privy Council)审问、或被国王当成最强大的敌人②。

本·琼生的矛盾身份使自己不可避免地纠缠于国王与议会的政治危机之中，这也难怪有些人认为《巴斯洛缪集市》是一部农神节狂欢喜剧；另一些人则认为这是一部揭发罪恶和卑劣的严肃讽刺喜剧。挑战权威和巩固权威的矛盾性自始至终贯穿于《巴斯洛缪集市》的始末，这只需从喜剧的前言便能看出端倪。

在前言中，本·琼生先是表达了对莎士比亚式浪漫喜剧传统的反对和批

---

① 详情参考 Ian Donaldson, *Ben Jonson*: *A Life*(Oxford: Oxford UP, 2012) 336。

② 详情请参看 *CWBJ* Vol. 4 P262。

评，强调了该喜剧的现实主义性质。随后他邀请观众参与对喜剧的评价，甚至借助于执笔人之口试图在剧作家与观众之间达成几点协议：其一，这是一部喜庆戏剧，“目的只是为了娱乐大家，绝不会攻击任何人”(*Bart. Fair* Induction 61~62)；其二，“每个人都有权对这部喜剧做出判断，而作者需暂时放弃权利”(65~67)；其三，“剧中人物都是集市中人，无需追溯至圆盾骑士时代，只限于当下”(86~88)。言外之意，这部喜剧并没有浪漫喜剧①中的穿越时空感，这是一部着眼于当下的现实主义喜剧。其四，无需进行政治性解读或将剧中人物与现实人物对号入座，因为剧中人物“均是舞台角色而已，为大家提供笑料罢了”(110)。

琼生在此假借执笔人之口，一再强调喜剧并不存在任何政治指涉，这类似于影视作品在开播前寄语“本故事纯属虚构”的做法。作者显然是为了避嫌，但恰恰相反，他同时也道出了喜剧中的政治隐喻。言外之意，这是一部不同于传统浪漫主义喜剧的现实主义喜剧，不管作者如何宽容，剧中有着不言而喻的现实主义讽刺意义。矛盾的是，作者又公开邀请观众参与对喜剧的评价，不管是国王詹姆士一世还是只花两先令进场的平民观众都有权做出自己的判断。《巴斯洛缪集市》确实能为观众提供笑料，但不同的观众势必会发出不同的笑：宫廷剧场的当权者发出的是基于等级优越感的嘲讽的笑；而公共剧场的平民观众发出的则是摆脱等级制度和官方统治的狂欢的笑。

由此可见，本·琼生在开场白中巧妙地表达了《巴斯洛缪集市》的矛盾性，也隐约透露了喜剧作家夹杂在国王与议会矛盾之间的窘境。喜剧既要表达作者对权威的质疑和挑战，又要兼顾国王的立场，对一切有悖于统治秩序的怪诞行为进行讽刺和鞭笞。本·琼生将愚蠢的弄权者、虚伪的清教徒、盲目的资产阶级和怪诞的集市边缘者集合在这部喜剧之中。通过愚人、疯子和怪诞人体等怪诞形象，本·琼生既实现了对权力的狂欢化颠覆，又实现了对人性虚伪的讽刺和人性道德的探索。双重性和矛盾性是该剧中怪诞形象的重要特点，其中有斯多葛思想、基督教思想和狂欢化思想的矛盾融合；有清教心灵和怪诞肉体的博弈；也有既代表道德腐败又代表人性狂欢的双重怪诞人体。

---

① 本·琼生在前言中公开批评了以莎士比亚为代表的浪漫主义喜剧传统，甚至直接批评《暴风雨》中超自然因素。他极力将自己的喜剧与传统浪漫主义喜剧划清界限，所以说《巴斯洛缪集市》的前言在一定程度上可以说是本·琼生的现实主义喜剧宣言。

第一节　斯多葛-基督教-狂欢化人文主义的矛盾体

本·琼生是一个虔诚的基督徒，也是一位颇具现代意识的人文主义者，而且精通古典斯多葛思想。他将古典斯多葛思想、基督教道德思想和狂欢化人文主义思想相结合，形成了自己独特的基督教-斯多葛-狂欢化人文主义思想。主要人物奥弗多便是承载这种矛盾思想的怪诞形象。本·琼生的斯多葛思想离不开古罗马著名的斯多葛思想家塞内加(Seneca)对他的深刻影响。斯多葛主义(Stoicism)来源于古希腊词源"stoa"，意为柱廊，或画廊。斯多葛学派创始人芝诺①常在雅典市场的柱廊下讲学，学派因此而得名。早期斯多葛代表人物除芝诺以外，还有克雷安德(Cleanthes)和克吕西波(Chrysippus)；中期代表人物有潘尼提乌(Panaetius)，波昔东尼(Posidonius)和西塞罗(Cicero)等；晚期的主要代表人物是塞内加。

该学派在克吕西波之后形成了基本统一的思想信条，那就是推崇严谨的道德观；提倡按照自然准则生活；甘愿接受美德的控制和指导。斯多葛主义者强调人的思想情感和外部客观条件相分离，并教育人们对任何外部事物都应保持漠不关心，并称这种漠不关心为"斯多葛的淡漠"(Stoic Apathea)②。完美的斯多葛主义者被称为斯多葛圣人，是一个既能获取心灵和道德的完美知识又能完全控制自己情感的道德完善者。他既不受人生逆境的影响，如疾病、贫穷、批评、毁谤和死亡等，也不受人生顺境的左右，如健康、财富、名誉和长寿等。

塞内加主张严格恪守斯多葛的道德观念并强调美德的作用。荷兰人文主义者伊拉斯谟曾经在《愚人颂》中戏谑地称塞内加为"双料的斯多葛"(32)，伊拉斯谟认为他过分强调理性和道德，因此远离了情感和人性。本·琼生深受塞内加斯多葛思想的影响，坚持理性和道德的完善。如果说贺拉斯是本·琼生最崇拜的诗人，那么塞内加便是本·琼生最为推崇的戏剧家和散文家，而且他也被称为"在文体和气质上最接近塞内加的英国作家之一。"(Henry 808)。根据罗伯特·埃文斯的考证，本·琼生曾经拥有塞内加哲学作品(1599 年版本)的手抄本，并记录了大量的旁注和笔记(Evans 257)。

---

① 芝诺(Zeno, BC 490—BC 425)是古希腊著名哲学家和数学家。

② 斯多葛主义有逻辑学，物理学和伦理学三层含义。本文主要参考其伦理道德学上的含义。具体参见 Paul Edwards, ed. The Encyclopedia of Philosophy, Vol. 7 (New York and London, MacMillan, 1967): 21~22.

本·琼生非常推崇和赞许这位与自己有相似生活经历的古罗马思想家。两人的创作生涯均同宫廷保持密切关系，同样经历了王朝的更新换代带来的人生变革，他们都强调诗人在宫廷和公众中的地位与作用，希望通过自己的写作推动国家和社会的良性发展。然而，本·琼生也深刻意识到斯多葛思想的道德局限性，并试图通过基督教人文主义思想来进行弥补。这种斯多葛思想和基督教思想的矛盾性融合在《巴斯罗缪集市》中特别是人物奥弗多身上体现得尤为明显。

除了塞内加的古典斯多葛思想之外，本·琼生也得益于文艺复兴时期新斯多葛主义（Neo-Stoicism）的主要代表人物尤斯图斯·利普修斯[①]（Justus Lipsius）。利普修斯吸收了塞内加斯多葛思想中的"权威、自控、坚定不移、顺从和纪律"（转引自 Leira 675）等观念，尤其推崇坚定不移的美德。无论是他早期的道德哲学作品《论坚韧》（*De Constantia*，1584），还是他五年之后的政治著作《论政治》（*Politics*，1589），都对本·琼生产生过深刻思想。本·琼生收藏了利普修斯的《论政治》手抄稿，并在散文集《发现》中大量引用利普修斯的著作。他在《发现》中谈论国家事务时提出，"王子最主要和最安全的技能是审慎（Prudence）"（*Disc.* 724~725），而审慎正是利普修斯在《论政治》中极为推崇的美德。《巴斯洛缪集市》中的奥弗多便是一个极度追求审慎美德的准斯多葛者。

最后，本·琼生的斯多葛思想还受到与他同时代的英国人约瑟夫·霍尔（Joseph Hall）的影响。霍尔是英国文艺复兴时期典型的斯多葛者，他被认为是"英国的塞内加"（Swets and Zeitlinger，436）。同时他也是一位主教，曾经多次在詹姆士一世面前布道，并深得其赞许。霍尔深受利普修斯新斯多葛思想影响，并将霍尔的思想融入到自己的神学思想之中。他在著作《美德与邪恶人物研究》（*Characters of Virtues and Vice*，1608）中提出了斯多葛思想的四大主要美德：审慎、刚毅、公正、节制[②]，而且他进一步将基督教教义里的一些基本美德，如谦卑与忠诚融入进去。斯多葛思想和基督教思想显然存在明显的分歧，其中最为明显的莫过于关于慈悲观念的差异。斯多葛者强调怜悯之心是人性的

---

① 尤斯图斯·利普修斯（Justus Lipsius，1547—1606）是弗兰德著名哲学家、人文主义者、文艺复兴时期新斯多葛思想的主要代表。他的主要哲学贡献在于将斯多葛思想与基督教思想相结合。

② 四大美德的英文原文是：Prudence，Fortitude，Justice，Temperance，参看 Swets and Zeitlinger，"Ben Jonson's Justice Overdo and Joseph Hall's Good Magistrate，" English Studies 5（1995）：436.

弱点，而仁慈则是基督教思想中最大的美德。仁慈也就是爱的体现，不仅要爱亲人、朋友和邻居，甚至还要“爱敌人”①。这种分歧在《巴斯洛缪集市》中表现得非常明显，特别是人物奥弗多身上。

道德完善与绝对正义是斯多葛派的核心关注。亚当·奥弗多原本是巴斯洛缪集市民事法庭的法官，他却假扮疯子潜入市场，以窥探集市中的一切道德腐败行径。他首次出场的独白告诉我们这是一个以斯多葛思想为准则的道德家，他以正义为唯一原则，试图揭露巴斯洛缪集市中的各种罪恶，并对他们进行道德审判。“罪恶”是他唯一关注的对象，“正义”是他始终追求的目标。“罪恶”(enormities)一词是奥弗多使用最为频繁的词语，全剧中有23次“罪恶”是出自他口或者与他有关。可以说整部喜剧都围绕这位斯多葛道德家寻找“罪恶”而展开。当他表明了自己“以正义之名、国王之名、国家之名”(*Bart. Fair* 2.1.1)的宗旨之后，以“愚人”的形象伪装自己，向市场“罪恶”发动了一场大义凛然的“圣战”。

当听到卖姜饼的特拉西(Trash)和卖木马的莱瑟黑德(Leatherhead)在争吵中提及自己的名字，奥弗多感到非常兴奋，因为自己的名字“是他们的恐惧”(*Bart. Fair* 2.2.27)，能够彰显“正义的力量”(2.2.28)。他确实也发现了一些罪行，比如他发现女屠夫厄休拉(Ursula)和她的猪肉铺是“罪恶的子宫和温床”(2.2.108)。然而，更多时候奥弗多都自以为是且盲目误判。他始终毫不动摇地相信自己在道德事务上的判断能力并不厌其烦地重复同一件事——道德审查。重复让他的行为变成一种表演，从而失去了追求道德正义的真正含义。奥弗多的自以为是和机械重复的表演透露了他的愚蠢怪诞性质，正如“狄更斯笔下的米考伯太太张口便说她永远不会抛弃米考伯先生，使得自己的滑稽怪诞显露无遗”(弗莱，199)，开口便提“罪恶”的奥弗多也成了一个疯癫愚蠢的怪诞形象——一个扭曲的斯多葛道德家。

虽然奥弗多假装成一个疯愚人的形象，但是他的自以为是和反反复复出卖了自己的愚蠢和疯狂，假疯子和真傻瓜之间的界限变得模糊。而且特鲁布里奥也间接反衬了奥弗多的愚蠢和疯狂。因为在奥弗多手下当差时出错而被奥弗多解职之后，特鲁布里奥便成了疯子，整天游荡在集市，逢人便说“贾斯蒂斯·奥弗多的委任状”(*Bart. Fair* 4.1.16)。特鲁布里奥对委任状的反复追求和奥弗多对罪恶的不停追问并没有本质上的不同，都反映了人物的机械愚蠢甚至疯

① 马太福音第五章四十四节记载，“只是我要告诉你们，当爱你们的仇敌。”参看《圣经》，上海：中国基督教三自爱国运动委员会，2007。

狂。然而，奥弗多毕竟不同于特鲁布里奥的真实疯狂，因为他有丰富的内心活动，也能够自主分析问题，他是一个比特鲁布里奥复杂得多的矛盾人物形象。

塞内加斯多葛思想的核心内容除了强调道德完美之外，还有对自我和灵魂的高度关注。他认为，“一个人能不能过上好的生活关键在于影响人的灵魂的因素”(Seneca 6)。因此他非常强调灵魂自由；提倡远离外界和情感的影响。而利普修斯在《论坚韧》(*On Constantia*)中专门论述了坚韧的美德，他认为人应该保持自我不受外界和情感的困扰，而且他提倡将坚韧作为指引人生活的宗旨，极力强调人应该理性、坚韧，面对逆境更应该如此。在一定程度上说，奥弗多便是完全活在自我世界中的斯多葛者，他恪守这种斯多葛的“坚韧”美德，努力让自己的灵魂摆脱外界影响。

如果说《安静的女人》中的莫罗斯用一层又一层的围墙与外界隔离，那么奥弗多则用“愚人”的装扮使自己同世界隔离，他试图规避外部世界对自己认识力和判断力的影响。奥弗多对事情的判断均根据自以为是的正义感或对他人话语的断章取义，他每次发现“罪恶”后的旁白最能体现这种盲目和自以为是。他的伪装让自己没法对他人说话，而只能对观众说话，所以奥弗多自以为是地通过旁白向观众发表看法，事实上他又错误百出，将自己的愚蠢和怪诞一览无遗地暴露给观众。自以为是的奥弗多将狡猾的小偷误认为不慎落入坏人堆里的小青年，并一厢情愿地一路跟随想要“将这个正直的年轻人从堕落的同伴群里解救出来”(*Bart. Fair* 3. 5. 2~3)，事实上正是这个小偷与人合作偷走了奥弗多妻弟的钱包。更可笑的是自己反而被误认为是小偷，两次遭到沃思普斯(Wasps)的殴打，第一次被打之后，奥弗多充分发挥了斯多葛的“坚韧美德”：

> 我开始思索，作为主持公道的附属代价，亚当值得这次殴打……感谢你，刚毅(fortitude)的美德，我时刻记得一个真正英明的人是不会因为任何灾难而放弃为全民公正的伟业。正如农夫不会因为一年的歉收而荒弃整个农作，牧羊人不会因为一头生疮的羊而丢掉装满药膏的药盒，舵手不会为了船尾的一个漏洞而放弃整艘船，总督也不会因为坐在一块奶油冻上而放弃官袍……总之，让一切能来的都来吧——殴打，关押，恶行，流放，拷问，设障——来吧，欢迎你们！……以正义之名，国王之名，国家之名。(*Bart. Fair* 3. 3. 2~31)

奥弗多的独白呼应了他在第二幕出场时的呼告“以正义之名、国王之名、国家之名”(2. 1. 1~2)。面对无辜挨打的“逆境”，奥弗多发出了一段典型的斯多葛宣言书。他隐忍、坚毅、刚正不阿，不管外界的打击和影响有多大，他都不在乎，而是试图保持自己灵魂的自由，从而坚持对正义的追求！这种对坚韧美德的恪守和对内心宁静的追求也体现在第四幕，由于被误以为是小偷和疯子，奥弗多被自己的差人第二次戴上了脚枷关押起来，成了囚徒。但他没有恼怒，也没有辩护，而是发表了一段更加直白的斯多葛式感叹来自我安慰：

> 我不会感受到脚枷，我也不会去想它们，它们都只是身外之物。亚当，你是凌驾于这些打击和傲慢之上的。正如我的朋友贺拉斯所说，命运女神在攻击你的时候也伤害了她自己。贫穷、死亡和镣铐都吓唬不了你。我还有一位朋友也说过，不要在意你身外的任何人和物。(4. 6. 76~80)

抛开本·琼生对说话者的讽刺态度，这段话语跟塞内加和利普修斯的斯多葛思想何其相似。保持心灵不受外界的干扰和打击正是斯多葛派对身处逆境之人的建议和要求。奥弗多甚至直接引用古罗马斯多葛诗人佩尔西乌斯《论讽刺》中的诗句“不要在意任何身外之人和事”①。

引用圣人语言和模仿圣人行为也是斯多葛学派所推崇的达到灵魂自由和道德完美的途径。身处“逆境”的奥弗多忘记了自己正戴着“愚人”的面具，而大发哲学感叹，使“愚人”和“哲学家”的界限变得模糊。与其说他是一个戴着“愚人”面具的斯多葛“准哲学家”，不如说他是一个戴着“哲学家”面具的愚蠢之徒，忘我地沉浸在以自我为中心的道德表演之中。他对斯多葛准则的恪守，由于其机械的重复性和僵硬的自以为是，成为了一种不顾旁人，也忘记自我的木偶式表演。因此奥弗多显得滑稽怪诞，而离真正的斯多葛圣人形象越走越远。夸罗斯(Quarlous)便毫不客气地讽刺了他，“这是谁？戴着脚枷的斯多葛？傻瓜变成了哲学家？”(4. 6. 100~101)

夸罗斯的话点明了奥弗多的滑稽怪诞性。奥弗多是一个斯多葛道德主义者，但是他却被戴上了镣铐；他是一个追求灵魂自由与道德完美的哲学家，但却有着疯愚人的外表。奥弗多的愚人装扮有着深刻的含义。他的本意是为了隐藏自己，以便更好地发现市场罪行。但是这种装扮又客观地放弃了自身的权

---

① 佩尔西乌斯(Persius，公元 34—62)是著名的古罗马诗人，代表作有斯多葛诗集《讽刺诗集》(*Satires*)，该诗集的开篇第一句便是“不要在意任何身外之人和物”，这句话的拉丁原文为“Non te quaesiveris extra”。本·琼生非常喜欢这句诗，并经常引用。详情请参考 CWBJ. Vol. 4. p. 385 注释。

力，多次遭到属下或者旁人的愚弄和鞭打，直至最后被戴上脚枷而失去人身自由。诚然，奥弗多一路看到了不少真实的罪恶行径，本·琼生也藉此关注了人性道德的腐败，并展示了自己对古典斯多葛道德主义的怀旧情结。然而他也清楚意识到过分追求道德完美和灵魂自由只会让人变成脱离现实的机械模仿者，因此奥弗多的疯愚人形象实际上也为对其进行脱冕提供了便利。伴随着他的被揍、被关押，他所代表的道德权威也被脱冕和颠覆。

从表面看，奥弗多是一个斯多葛的"准圣人"或者"准哲学家"，他试图脱离外界的影响，为自己主持正义而寻求心灵的宁静，他也确实观察并指出了真实存在的道德腐败和人性堕落。但另一方面，他对正义的追求也成了一种僵硬机械的表演行为。这种虚伪自欺的表演行为在第五幕中表现得淋漓尽致，当搜集了足够多的罪行之后，奥弗多不管大伙正在投入地欣赏木偶剧的事实，决定揭开自己的真面目，开始对各种罪恶行径进行审判：

> 看我吧！哦！伦敦！看我！哦！斯密斯菲尔德！正义的典范和法官的宝鉴！仪式的巅峰和罪行的鞭笞！请听我所做的努力，请看我所有的发现，请将我比作赫拉克勒斯，或者哥伦布，麦哲伦，德拉克。(5.6.26~31)

如此情感强烈的重复语和呼告，明显暴露出了他与理性至上的斯多葛圣人形象的矛盾。与其说他是为了正义，倒不如说他是为了这最后一场以自我为中心的戏剧表演，为的是获得大家的捧场和赞美。奥弗多甚至厚颜无耻地将自己比作大力神赫拉克勒斯、发现新大陆的哥伦布(Christopher Columbus)、首次环航地球的麦哲伦(Ferdinand Magellan)以及第二次环航地球的英国航海家弗朗斯西·德拉克(Sir Francis Drake)。

然而可笑的是他发现的各种"罪行"随后便被夸罗斯一一驳倒。原来自己跟随了大半天想要将其拯救的无辜青年居然是小偷，正是他在自己的眼皮底下偷走了妻弟的所有财产，并让自己两次替他背黑锅并遭到殴打。更可恨的是他也参与了对自己的殴打和关押。而他出于好心给予特鲁布里奥①的委任状居然

① 特鲁布里奥(Troubleall)是喜剧中的一个疯子形象，他因为早年在奥弗多手下当差时犯错而被解职，之后便因此发疯。他整天在市场游荡，逢人便说"亚当·奥弗多的委任状"，奥弗多得知后为了表示弥补，而主动将印有自己印章的委任状交给了他，殊不知拿到委任状的并不是特鲁布里奥本人，而是假扮特鲁布里奥的夸罗斯。

是给了夸罗斯。更加讽刺的是，当他兴致盎然地揭发各种罪行并进行审判的时候，他的妻子居然因为醉酒而当众呕吐，正向众人借盆装呕吐物。妻子的行为显然也是集市罪行的代表，面对妻子的举动，奥弗多这个雄辩的“道德家”顷刻间沉默了，再也没有立场继续进行自己的道德审查表演。

综上所述，奥弗多是一个“圣人”，因为他的言行举止时刻表现出对斯多葛信条的严格恪守；然而他只是一个斯多葛的“准圣人”，因为他在恪守斯多葛信条的时候具有明显的表演性质，甚至表演过火，与其说他是为了彰显正义而行，不如说他是为了自我正义而为，或者说是为了一场以自我为中心的道德戏剧表演而为，因此不可能实现真正的正义，也不可能成为真正的斯多葛圣人。而且，不管奥弗多怎么努力试图扫除罪恶，他自己始终也处于罪恶的中心，逃离不了“有血有肉有缺陷”(5.6.80)的本质。在对市场“罪恶”发动义无反顾的“圣战”时，他没有意识到自己也是讨伐和审查的对象，不可能成为一个道德完善的斯多葛圣人。而他身上潜藏的人性弱点和人性光辉为他实现道德上的顿悟，成为一个基督教观念中的“亚当”形象提供了可能。

如前所述，本·琼生对斯多葛思想并不是全盘吸收，他在《发现》中讨论国家事务时虽然提出“审慎”是最主要的君主美德，同时也提倡一种“仁慈”的君主美德，他认为“国家事务是通过仁慈来巩固的，而严酷镇压少数人却会激怒多数人”(*Disc.* 835~836)，接着他提出一个国家的力量应集中在“正义”和“宗教”之上(857)。如果说“审慎”主要是来自于古典斯多葛思想，那么“仁慈”则是典型的基督教美德。由此可见本·琼生在吸收斯多葛思想时，始终坚守基督教美德标准，这是他将斯多葛思想和基督教思想相结合的标志。这也为本·琼生在《巴斯洛缪集市》中将奥弗多塑造成一个忘我追求斯多葛道德正义却也闪现基督教人性光辉的矛盾人物奠定了基础。

毫无疑问，亚当·奥弗多是一个矛盾的人物形象，他的名字便体现了他的矛盾性。他全名叫贾斯蒂斯·亚当·奥弗多(Justice Adam Overdo)，贾斯蒂斯(Justice)一方面代表他的职务——巴斯洛缪集市民事法庭的法官，另一方面代表了斯多葛者对正义的不懈追求。奥弗多(Overdo)则代表了他对正义的过分追求，或者说代表了他的过火表演，这是展示他愚蠢怪诞的直接原因。亚当(Adam)则代表了他的基督教性质，他充其量逃离不了基督教世界里亚当的角色，或者说17世纪初英国伦敦普通市民的角色，不管他有多么忘我追求其名字所代表的思想价值和社会意义，他充其量就是基督教世界里的亚当，有血有肉，更为重要的是——有缺陷。

本·琼生善于使用透露剧情或者代表人物特征的名字，奥弗多的名字便代表了他的思想本质。这个复杂的名字同时也蕴含了本·琼生的矛盾喜剧思想。较之前三部喜剧中的怪诞人物，奥弗多身上有着更加深刻和广泛的矛盾性。他身上承载了古典主义道德思想、基督教道德思想和狂欢化怪诞思想的矛盾与交融。贾斯蒂斯代表了古典斯多葛道德思想；亚当代表了基督教道德思想；奥弗多则透露了人物的狂欢化怪诞性。

奥弗多的基督教性质主要体现在以下两方面。其一，奥弗多的行为举止透露了他身上潜藏的人性光辉。奥弗多并不是一个机械的扁平人物，他有较为鲜明的个性。本·琼生对他进行了较为细致的内心刻画，每一次刻画均体现了他个人情感的流露。他一方面想要极力摆脱外界和情感的影响，用理性、刚毅的原则使自己保持灵魂的自由，竭尽全力追求所谓的正义和道德审判，另一方面他又时刻体现出一种个人情感的流露。

奥弗多第一次情感的明显流露出现在第四幕第二场，当他从差人的对话中得知自己造成了特鲁布里奥的疯癫时，他开始感到不安、愧疚并自我反省，“我今后要变得温和一点，我发现情感有时候也会带来正义——尽管它是一个人性的弱点，我承认，与美德相比它还是更接近邪恶”(*Bart. Fair* 4.1.67～68)。此刻的奥弗多虽然骨子里还是一个将情感当成人性弱点的斯多葛派，但也承认了仁慈的益处。可见奥弗多并不是一个铁石心肠的人，相对于斯多葛者尤尼乌斯·布鲁图(Junius Brutus)为正义不惜杀死自己儿子的行为，奥弗多此时的感性流露出对斯多葛思想的背离。

事实上，在此后的过程中他也确实是这么做的，甚至推迟自己解开身份的时间，只为“给予这个可怜的疯子一点补偿和安慰”(5.2.5～6)，因为是自己的“过错造成了他的疯癫”(5.2.6)。可笑的是，他又犯下了自以为是的错误，将假扮疯子的夸罗斯当成了特鲁布里奥；把印有自己纹章的委任状给予了他，也为自己追求正义之路的失败乃至自己权利的最终消解和脱冕埋下了祸根。当他将委任状给了特鲁布里奥(事实上是给了夸罗斯)之后，奥弗多觉得自己的“良心得到了很大的安慰”(5.2.105)。

这再一次说明他并不是一个冷血的人，也有自己的情感和慈悲之心，也体现了本·琼生对斯多葛派远离世俗情感的道德局限性的反对。此外，当他误以为埃奇沃思(Edgworth)是一个深陷泥潭的无辜青年时，一直紧随其后，试图将其解救出来，这也显露出他的善良本性。这种慈悲之心的流露体现了他与斯多葛“准圣人”形象的矛盾，相反却促使他最终还是回归基督教世界里有血有肉有情感的亚当。

其二，除了情感和慈悲心的流露，奥弗多身上同时也时刻体现出人性的弱点。他对自己的无知是基督教所强调的最为普遍的一种人性缺陷，也是造成他怪诞愚蠢的最直接原因。再者在喜剧结尾部分，当奥弗多沉浸在自以为是的道德审判之中，却发现最大的罪恶是自己醉酒的妻子在呕吐，顷刻间，他之前对烟酒作乐等各种市场罪恶的揭发全然指向了自己。他时刻想要远离罪恶，却时刻处于罪恶的中心。他竭尽全力寻找“恶行”，试图进行审判道德，最终却发现自己(包括家人)也逃离不了道德的审查，最后一幕中夸罗斯对他的话直接点明了他的基督教普适性，也惊醒了一直在做道德审查之梦的奥弗多：

> 请记住，你的名字叫亚当，有血有肉的亚——你也有自己的缺陷，请忘了你其他的名字，邀请我们去你家里继续狂欢。这样我们便可以互相对比各自的“发现”，并且通过你家最大的酒杯来唤起我们对罪行的记忆。(5.6.80~83)

夸罗斯的话不仅帮助他实现了道德的顿悟并且认识到自己的人性缺陷，也让观众和读者意识到这种对正义的追求和对道德的审判在基督教观念里是显得多么不切实际。根据基督教教义，每个人都有罪，谁都没有权利对他人进行道德审判，除了上帝，正如圣经所言，“不要审判，以免你也会被他人审判”(马太福音：7.1)。

这里的“酒杯”意象值得深思。奥弗多和夸罗斯的对话发生在木偶剧表演之后，大家都意犹未尽之际，奥弗多却在这个时候打断大家的美梦，上演了一出惩罚恶行的闹剧。然而这场“道德审判大会”最终却转变成一场针对奥弗多的脱冕仪式。正当他义正辞严地细数每个人的罪恶行径之时，妻子的酒后胡言直接颠覆了他所宣扬和坚持的道德正义。而夸罗斯趁机宣布他的失败，迫使他承认自己的的缺陷，而且提出将演员带至奥弗多家去，继续观剧、继续饮酒狂欢。奥弗多最终接受了夸罗斯的建议，放弃了对罪恶的追究，也放弃了对所谓的正义的追求，邀请大家去家里饮酒狂欢，他说：“我再也没有什么害怕的了，因为我的本意是为了更正，而不是为了毁灭；是为了建立，而不是为了推倒”(*Bart. Fair* 5.6.92~94)。至此，以夸罗斯为代表的权力“他者”顺利完成了对权威代表奥弗多和他所代表的道德权威的颠覆和脱冕。

如果说奥弗多的“更正”是基于古典斯多葛思想的道德更正，那么他的“建立”则是在基督教指引下，在古典斯多葛道德思想的基础上建立新的道德标准。这个标准是既追求道德完善，又主张对人性弱点保持宽容态度，而且提倡在基督教道德规范下追求人的世俗权利和世俗享乐。

综上所述，亚当·奥弗多一方面是一个不顾一切追求道德正义、努力摆脱外界影响的斯多葛代表，他有着堂·吉诃德般对正义的追求；也有着《愚人颂》里愚贤人的机械僵硬和自以为是。另一方面，他身上也潜藏着基督教思想的光辉，有着怜悯之心，他经常受到情感的左右，也有着人性的缺陷，与其斯多葛的"准圣人"形象自相矛盾。这种矛盾性体现了《巴斯洛缪集市》中古典思想和基督教思想的矛盾与冲突的主题，其中既有斯多葛道德审判与基督教道德宽容之间的矛盾；也有斯多葛道德正义与狂欢化人文主义之间的矛盾。然而，不管奥弗多是作为古典斯多葛道德家的代表，还是作为基督教道德思想的代表，他始终逃不过被殴打、被关押、被脱冕的命运。而他所表达的道德权威也随之被脱冕和颠覆，因此他身上的狂欢化怪诞特征不容忽视。

总之，本·琼生一方面深受古典斯多葛思想的影响，另一方面也坚守基督教道德信仰，而且他将两者与狂欢化人文主义思想相结合。在《巴斯洛缪集市》中，他通过塑造奥弗多这个斯多葛"准圣人"式的愚蠢怪诞形象，表达了对古典斯多葛道德主义的怀旧情结；同时也对斯多葛的自以为是、远离情感的道德局限性进行了讽刺。而且琼生通过名字"亚当"将人物置身于基督教道德的纬度之中，采用古典主义道德批判的模式对人性的缺陷进行了披露。

然而，斯多葛的"准圣人"最终还是屈服于基督教的"亚当"，屈服于人性的弱点，这说明本·琼生始终站在基督教道德观念的立场之上，并以此来关照17世纪初期伦敦市民的人性之恶和人性之愚。但是琼生也并没有局限于基督教道德说教的藩篱，而是提倡世俗享乐，安排大家去奥弗多家里继续饮酒狂欢，用"酒杯"(5.6.83)来互相倾诉和对话。可见，喜剧的结局体现了本·琼生的基督式狂欢化人文主义思想。总之，亚当·奥弗多是一个斯多葛-基督教-狂欢化人文主义的矛盾怪诞形象。

第二节　清教心灵与怪诞肉体的博弈

如上所述，代表法律权威的奥弗多最终被脱冕，他放弃了对所谓道德正义的追求，加入到饮酒狂欢的队伍。无独有偶，剧中也有一个代表宗教权威的人物遭遇了与奥弗多类似的境遇，那就是伯西(Zeal-of-the-land Busy)。同奥弗多相似，伯西也是一个矛盾复杂的人物，他表面上对市场嗤之以鼻，并大力斥责市场中的罪恶行径，同时也劝慰身边之人要远离市场和肉欲的诱惑。而实际上，他最终也摆脱不了市场的诱惑，不仅跟随大家一起大口吃肉，而且还被市场木偶剧深深吸引。本·琼生通过这个滑稽怪诞人物，既展现了清教与市场狂欢、戏剧表演之间的矛盾，又表达了对清教徒虚伪本质的讽刺。同剧中大多数集市造访者一样①，伯西时刻想要表达自己狂热的宗教内心，却总摆脱不了外界怪诞肉体的诱惑，这种心灵与肉体的博弈又将清教徒的虚伪本质展现得淋漓尽致。同奥弗多一样，伯西也只不过是一个有血有肉的普通人，他有自身的缺陷，也摆脱不了世俗的诱惑。

伯西的名字有着巴赫金式的绰号特点。首先，"zeal"——意为"热忱"——是清教极力宣扬的品质，同时也是非清教者对清教徒的讽刺性称谓。伯西原来是一位来自班伯里(Banbury)的蛋糕师，后来成为一名清教牧师。英国历史上的班伯里既是一个以奶酪和蛋糕闻名的城市，也是一个曾经被清教势力强势掌控的城市，因此班伯里也一度成为激进的清教徒的代名词。据记载，1588—1589年，清教徒发动了大规模的暴动摧毁了班伯里所有的五朔节花柱(maypoles)；强势镇压五朔节(May games)②和五旬节(Whitsun ales)庆典活动。而且1600年狂热的清教徒摧毁了班伯里两座重要的十字架雕像和教区教堂里所有的雕像。(*CWBJ* Vol. 4 273)可见，伯西的名字不仅展现了他的清教身份，而且暗示了清教徒与集市狂欢之间的对抗性渊源，也预示了他在喜剧中对巴斯洛缪集市的鄙视和批评。

在伯西出场之前，利特尔威特便向夸罗斯介绍伯西，"拉比(Rabbi)伯西。他不只是一个长者，还是一个先知"(*Bart. Fair* 1. 3. 91)，"拉比"的称谓说明伯西在当地有着很高的身份地位，因为拉比一般是对教徒中的德高望重之人的称谓。然而讽刺的是，夸罗斯随后揭穿了他原来的身份，"我认识他！他是一个蛋糕师，难道不是吗？"(92)利特尔威特解释道，"他以前是蛋糕师，但现在能够解梦观象。"(93)夸罗斯进一步拆穿了伯西的本质，原来他以前专门为受

---

① 《巴斯洛缪集市》中主要塑造了两类人，一类是代表狂欢市场本身的集市中人，如女屠夫厄休拉、小偷艾奇沃斯、民谣卖唱者奈廷格尔等。另一类是既反对市场行为又不约而同奔赴市场吃肉看剧的伦敦市民，如利特尔威特夫妇、沃斯普斯、格蕾丝女士、伯西等。第二类人物的共同点是他们表面都鄙视市场狂欢，实际又都摆脱不了市场的诱惑。换言之，他们内心时刻想着应该远离市场，应该保持理性而拒绝诱惑，而实际上他们又全都摆脱不了怪诞肉体的诱惑，其中人物伯西最具代表性。鉴于此又囿于篇幅，本书仅集中论述伯西。

② 五朔节(May Games)是欧洲传统民间节日，每年5月1日举行，用以祭祀树神、谷物神、庆祝农业收获及春天的来临。英国的五朔节通常会用树干、鲜花、彩带等材料装饰一根五月柱。五朔节前夜人们会围绕五月柱跳舞狂欢，也会选举一名五月皇后，为她举行加冕仪式。因此，五朔节与狂欢节有着极大的相似性，17世纪的清教徒认为这种欢闹性不符合基督教教义，因此极力反对这项活动，曾经一度禁止这项活动，并摧毁五月柱。但是1660年王朝复辟之后，这项活动又得以恢复并流传。

到清教打压的各种节日庆典做蛋糕，如“婚礼、五朔节、莫里斯舞会等各种渎神的庆典和集会”(96~97)。而如今他却摇身一变成了清教徒中德高望重的先知，夸罗斯的话显然道出了伯西身份的讽刺意味。

伯西一出场便对利特尔威特妻子想要去市场吃猪肉的想法进行了批评分析。因为他觉得，

> 渴望之病的确是一种疾病，一种肉欲(carnal)之病，或者贪欲(appetite)之病，女人尤其易犯；既然它是肉欲的、易犯的，所以它也是自然的，非常自然的。猪原本是一种肉，一种营养丰富的肉，人们当然可以渴望它，也可以经常吃它，狠狠地吃。但是巴斯洛缪集市里的猪是不能吃的，因为它叫巴斯洛缪集市之猪，吃这样的猪是一种邪神崇拜的表现。(*Bart. Fair* 1.6.39~44)

与之前提到的古典斯多葛道德派相似，清教徒以严谨、禁欲、节制而闻名，他们主张严格遵从教义的指导，反对一切娱乐享受行为。在这里，本·琼生的古典主义道德批判实现了与基督教道德传统的结合。换言之，本·琼生的古典主义道德批判披上了基督教的外衣。伯西认为渴望吃肉是一种疾病，因为这相当于犯下基督教的贪吃之罪。但是伯西的话语事实上又暴露了自己也想吃肉的心理，暴露了他的虚伪和自欺欺人的本质，也预示了他最终会拜服在厄休拉的猪肉诱惑之下。因为紧接着伯西又推翻了自己之前的论断，认为巴斯洛缪集市之猪，

> 在市场里也是可以吃的，即使在邪恶的猪肉铺里，地点并不重要。因为我们可以在渎神者中保持宗教虔诚。我们可以用改宗的嘴来吃猪肉，怀着一颗节制而谦卑的心来吃，而不是贪婪地狼吞虎咽。(*Bart. Fair* 1.6.57~61)

由此可见伯西的矛盾和虚伪。同利特维尔特夫妇一样，他也想去巴斯洛缪集市吃烤猪肉。但这明显不符合自己的身份，也与自己追求的价值观背道而驰，因此他只好自欺欺人地发表了此番言论，并决定要同利特维尔特夫妇一起去巴斯洛缪集市吃猪肉，而且他还不忘找一个更加冠冕堂皇的理由，那就是“通过公开吃猪肉来表达对犹太教的憎恨，兄弟们可以监督”(1.6.76~77)。由此可见伯西的滑稽怪诞，同奥弗多相似，他极力标榜的价值观显然不切实际，与其说

他在捍卫清教教义，还不如说他像一个小丑似的在滑稽表演。

决定了之后，伯西带领着利特尔威特夫妇和他们的母亲一起前往巴斯洛缪集市。刚进集市的时候，伯西的清教思想又开始发挥作用，他规劝同伴们"笔直走街道的正中间，不偏左也不偏右，更不要把双眼投向集市上的虚荣之物；也不要拿双耳去倾听集市中的萎靡之音"（*Bart. Fair* 3. 2. 24~26）。伯西显然在宣传严苛的清教教义，但是他的言行举止也表达了对古典主义理性至上和道德完善原则的坚持。然而，卖木偶的莱瑟黑德（Leatherhead）向他们卖力地兜售各种玩意，于是伯西竭尽全力对同伴们进行游说，生怕他们被引诱，

> 不要看他们，也不要听：这里是斯密斯菲尔德（Smithfield），各种木马和小玩意密集的地方。这些玩意都是邪恶的。整个集市都是一个撒旦之都！它们都是诱饵，随时准备勾引大家，就像鱼饵通过勾住鼻子和鳃来捕获鱼一样。因此，你们不能看也不能听——异教徒通过用蜡封住他们的耳朵来抵制海妖歌声的诱惑①：你们也可以像他们一样用手指堵住自己的耳朵以抵挡这些妖怪的铃声。

毫无疑问，伯西在劝说的时候是认真的。他是作为一名德高望重的清教徒来告诫年轻的利特尔威特夫妇，希望他们谨遵教义，不要被这些世俗的邪恶之物所诱惑。他的劝说与奥弗多对古典斯多葛思想的坚持有异曲同工之妙。伯西不仅告诫同伴，同时也提醒自己。然而他们此行的目的是来吃烤猪肉，因此利特尔威特提出，"如果不看，不听，又怎么去找到猪肉呢？"（*Bart. Fair* 3. 2. 59）对此，伯西的回答让人忍俊不禁，

> 可以通过气味啊，而且我觉得就在此地——哼！哼！——没错，就在此处。［伯西像猎狗一样地嗅着气味］抵制或者拒绝这种美好的感觉——嗅觉——是犯下顽固的罪孽，非常顽固，可怕的顽固。所以尽管大胆地跟随这种气味——哼！哼！哼！走进这个曾经肮脏的铺子，满足你妻子的虚

---

① 此处引用了《奥德赛》（*Odyssey*）里的典故。尤利西斯和同伴们在归程途中必须经过塞壬女妖的岛屿。女妖们拥有魔力，能用歌声迷惑所有人，使得听到她们歌唱的人不由自主投海自尽。尤利西斯用蜡封住了船员们的耳朵，然后把自己绑在桅杆上，并且命令手下无论他说什么做什么都绝对不能把他放下，直到他们顺利渡过女妖岛。详情参考查尔斯·米尔斯·盖雷：《英美文学和艺术中的古典神话》，北塔译，上海：上海人民出版社，2005，421~422。

> 荣，也满足你虔诚的母亲。而我备受煎熬的自我也将得到满足。（*Bart. Fair* 3. 2. 63~69）

伯西的虚伪和矛盾在这里表现得淋漓尽致。他一方面极力主张清教的严苛教义，提倡保持理性而远离市场等虚荣因素的诱惑；另一方面他又抵挡不了肉欲的诱惑。他是一个分裂的个体，体内住着两个矛盾的自我：一个自我是披着清教外衣的理性之人；另一个自我则是“备受煎熬”的世俗自我。换言之，一个是古典式“集中”“向心”的自我；一个是狂欢式“松散”“离心”的自我。这两个自我时刻在斗争，他不惜编织各种难以自圆其说的借口来使两个自我达到表面的平衡。然而这种平衡只是暂时的，随时都有可能打破，当他用冠冕堂皇的理由为自己想要吃肉的行为进行辩护之后，很快他的清教自我又开始占据上风，对“烟酒”这些基督教的敌人进行正义的讨伐：

> 酒是撒旦之液，是撒旦的药用饮料，专门用来引诱我们使我们膨胀，使我们在这个虚荣的时代日益膨胀。同理，烟也是用来迷惑我们，使我们浸润在迷雾和错误之中。但是我们最应该躲避的是这个肉滚滚的女人——厄休拉。因为她代表着人类的三重敌人：以集市为代表的世界；以火焰为代表的魔鬼；以她身体为代表的肉体。（*Bart. Fair* 3. 6. 24~29）

伯西对世俗虚荣的批判与著名清教诗人约翰·班扬（John Bunyan）所写长诗《天路历程》（*The Pilgrims Progress*）里有关名利场的描写非常相似①。虽然伯西的言行确实客观地喊出了清教徒的心声，但他的世俗性让他远不能实现《天路历程》里主人公基督徒（Christian）的宏伟目标，而且时代也并不允许伯西实现基督徒②式的成功，17世纪初期的清教势力还只是少数群体，他们还不足以在与英国国教和天主教两大势力的强势斗争中获得明显的成功。站在正统文化角度的本·琼生无论是由于个人原因还是出于对詹姆士一世宫廷权力的维护都不可能让清教徒伯西获得基督徒式的成功。

---

① 约翰·班扬（John Bunyan）是英国17世纪著名的清教诗人，他提倡严谨、节制、禁欲的清教思想，其代表作《天路历程》（The Pilgrim Progess，1678）被誉为英语文学史上最杰出的宗教作品之一。在这首诗歌中诗人将人世比做一个充满诱惑的名利场（Vanity Fair）。诗中的主人公基督徒（Christian）历经种种诱惑和磨难，却始终保持自己的理性和信仰，因此成功抵制了各种诱惑，终于到达天国。

② 这一段里的基督徒均指《天路历程》里的主人公基督徒（Christian）。

因此，伯西作为宗教权威的代表，他的遭遇同法律权威代表——奥弗多——相似，也逃离不了被颠覆、被脱冕的结局。当奥弗多和沃斯普斯先后被戴上脚枷之后，当差者也对伯西发出了命令，“把你的脚放进来”(*Bart. Fair* 4. 6. 65)，随后他被戴上了脚枷，同奥弗多关押在一起。随着伯西的被关押，他所代表和宣扬的清教权威被颠覆。然而同奥弗多一样，伯西也没有立即屈服，被关押的奥弗多发出了一段斯多葛般的宣言书来自我安慰，而伯西则发出了一段圣徒般的言语以自勉：

> 我会听从你们的安排：因为狮子会咆哮但不会咬人。我很高兴能够与世俗弟兄相分离，为着神圣(Holy Cause)的理由而被关押……我很愉快地面对磨难，坐在这里预知着集市庆典、五朔节、五旬节的毁灭，也为这些恶习的改善而叹息和抱怨。(*Bart. Fair* 4. 6. 67~73)

显然，伯西似乎将自己当成了耶稣基督式的圣人，将自己的遭遇当成了耶稣为了替世人赎罪而遭受的磨难。伯西觉得这是神圣而高贵的，因此并不值得悲伤，相反他觉得挺高兴。如果说这一次的关押并没有完全将伯西和他所代表的宗教权威成功颠覆，那么喜剧最后一幕伯西与木偶剧人物狄奥尼索斯(Dionysus)之间的对战则完全呈现了伯西被成功脱冕的过程。

在喜剧的最后一幕，利特尔威特自编自导了一场木偶剧。他用木偶剧的形式将马洛(Chritopher Marlowe)的叙事诗《赫罗与利安德》(*Hero and Leander*, 1598)[①]进行了滑稽改编，颠覆了马洛所代表的严肃叙事诗传统。这种将崇高文体进行降格改编的行为是狂欢化怪诞文学的典型特点，而且木偶剧本身便有着浓厚的狂欢气氛。由此可见，本·琼生在《巴斯洛缪集市》的最后一幕安排一出木偶剧的目的非常明显——为了彰显喜剧的狂欢性质。作为清教徒的伯西在这一幕义正辞严地谴责了这场木偶狂欢节。

---

① 根据希腊神话故事，赫罗与利安德是一对隔海相望的情侣，利安德每天晚上都会游到海的对岸与赫罗相会，而赫罗也会点一盏灯为他照明引路。不幸的是，一个暴风雨的晚上，由于风将灯吹灭了，利安德因此迷失方向，而溺水身亡。第二天早上赫罗看到利安德的尸体后悲痛万分，也纵身一跃，跳海殉情。马洛根据这个神话故事创作了一首严肃的同名叙事诗歌歌颂两人的爱情与青春活力。

伯西一路跟随利特尔威特来到木偶剧现场，他堂吉诃德①般的表现让人忍俊不禁。满脑子虚幻理想的堂·吉诃德把风车当巨人、把羊群当军队，与它们进行了殊死搏斗。与之相似，满脑子充满基督教禁欲主义思想的伯西将集市的木偶当成了妖魔鬼怪，大声呼喊，"打倒大衮②，打倒大衮！我来了，我再也无法忍受你们对神灵的亵渎"(*Bart. Fair* 5.5.1~2)。伯西像一个"圣徒"大义凛然地捍卫着基督教的教义和权威，但他视木偶为敌人的过激行为却透露了他的滑稽怪诞本质。而且木偶剧的表演者兰特(Lantern)并不听任伯西的指责开始反击，双方接下来进行了激烈的口舌之战。伯西说：

> 我要将这些大衮全都消灭，我是说那些异教偶像……你们这些舞台演员、打油诗人、莫里斯舞蹈者，你们都是一丘之貉；都是对神圣宗教的藐视和亵渎。我要用高贵之器具将你们统统烧毁。(*Bart. Fair* 5.5.4~10)

本·琼生在此借伯西之口将清教徒对戏剧、文学和一切娱乐活动的打压刻画得淋漓尽致，也将清教徒与国王之间的矛盾展现出来，因为国王对戏剧表演、文学和娱乐活动并不反对，相反还大力支持，詹姆士一世于1618年发表了《娱乐之书》(*The Book Of Sports*)，允许并提倡了一些民间娱乐活动的开展。而宫廷对戏剧的支持更是有目共睹，清教徒对剧场的取缔直到1642年才得以实现很大程度上源于宫廷对剧场的保护③。因此兰特义正辞严地反驳道，"我们所做

① 堂·吉诃德是西班牙杰出人文主义作家塞万提斯(Cervantes)的代表作《堂·吉诃德》(Don Quixote)中的主人公。《堂吉诃德》分两部分先后于1605年和1615年出版，关于堂吉诃德与风车搏斗的情节属于1615年出版的第二部分，晚于《巴斯洛缪集市》(1614)一年。

② 大衮(Dagon)是非利斯人的神，他是一个人首鱼身的怪诞体。当清教徒在1600年摧毁班伯里十字架广场时，有人狂呼，"感谢主，人类的引诱者——大衮——终于被打倒了"。详情请参考CWBJ. Vol.4，p.410注释。

③ 马库斯(Leah Marcus)认为本·琼生也表达了国王与城市当局之间的矛盾。因为城市当局(City of London)对剧院和戏剧表演也持有反对意见，伦敦市法团(London Corporation)从理论上和行政上均表现出对剧场的敌意，然而却又实际上从斯密斯菲尔德的一系列娱乐活动中获利，如木偶剧表演，游吟诗人、色情交易和一切节庆活动。详情参考Marcus Leah S., The Politics of Mirth: Jonson, Herrick, Milton, Marvell and the Defense of Old Holiday Pastimes (Chicago: U of Chicago P, 1986) 42。笔者认为，国王和城市当局、议会之间的矛盾与国王和清教徒之间的矛盾是相通的，因为17世纪初期清教徒在伦敦市当局和下议院中占据着非常重要的地位。

的一切都经过官方许可”(5.5.11)；“我们有娱乐督查官的许可证”(13)。然而伯西并不罢休，继续指责，

> 你的许可证是叛逆督查官①颁发的：那是撒旦颁发的！住嘴：闭上你卑劣的嘴巴。你的职业是可耻的，为它辩护等于为邪神辩护。我时刻张大嘴巴等待着你们的毁灭，就像牡蛎张大嘴巴等待着潮汐。(5.5.14~17)

此时的伯西依然义正辞严，他与兰特的争论胜负难分。随后，他又进一步与木偶人物狄俄尼索斯(Dionysius)②展开了争论，狄俄尼索斯明显代表了戏剧和狂欢节，因此才会遭到伯西的特别谴责。

> 伯西：这是渎神的。
> 狄俄尼索斯：这不是渎神的！
> 兰特：他说这不是渎神的。
> 伯西：这是渎神的。
> 狄俄尼索斯：这不是渎神的。
> 伯西：是渎神的。
> 狄俄尼索斯：不是渎神的。
> ……
> 伯西：这是渎神的，是骄傲(pride)的仆人，虚荣(vanity)的侍女。
> ……
> 狄俄尼索斯：那你的信仰是什么？集市上的皮革制造商？他们的假发和灯笼袖？他们衣领上的羽毛和饰物？这难道不也是骄傲的仆人和虚荣的女侍？你怎么说？你怎么说？你怎

① 娱乐督查官(Master of Revels)是文艺复兴时期专门负责公共娱乐活动(包括戏剧表演在内)的审查的职务。伯西将“Master of Revels”篡改成“Master of Rebels”，既表达了他对公共娱乐活动的极力反对，也透露了他对王权的藐视。

② 狄俄尼索斯(Dionysius)源自于古希腊神话中的酒神狄俄尼索斯(Dionysus)，他也被奉为戏剧之神和狂欢之神。伊拉斯谟的《愚人颂》对他是如此描绘的：他没有责任感，整天醉醺醺的，一辈子都在宴会和舞会上混日子、唱歌、狂欢做乐、不跟智慧女神打交道。其实他根本不愿意被认为是个贤人，只要用欢乐和开玩笑来奉承他，他就感到兴高采烈了。给他取个名字，意思是“愚蠢”，希腊谚语中称之为“比莫利库斯更愚蠢”。参考伊拉斯谟：《愚人颂》，许崇信译，沈阳：辽宁教育出版社，2001，13~14。

么说？

伯西：我不会回答。

狄俄尼索斯：因为你不能回答，因为你不能回答……你本身也犯下了所有的罪恶，难道不是吗？难道不是吗？（*Bart. Fair* 5.5.52~74）

从此处开始，狄俄尼索斯开始咄咄逼人地反击，他对同一句话的不断重复加速了两人争论的速度。这让伯西难以招架，他开始节节败退。而且狄俄尼索斯所指控的内容非常真实，伯西同其他清教徒一样有着虚伪的本质，他们一方面反对一切形式的娱乐享受；一方面又对当下流行的时尚趋之若鹜①。面对狄俄尼索斯的指控，伯西无言以对，只得转移话题进行其他方面的进攻，"我的主要指控是：你们是恶心的。因为你们男人穿女人的服装，而女人穿男人的服装"（5.5.77~79）。被逼得走投无路的伯西不惜搬出了《圣经》②中的话语，试图以此来扭转局面。然而，狄奥尼索斯也不甘示弱，

这些是你们反对戏剧表演的陈词滥调，但这些对于我们木偶剧根本无用，因为我们既没有男人也没有女人，如果你愿意，你可以来看，你这个瞎眼、恶毒、狂热的清教徒！（5.5.82~84）

随后木偶狄俄尼索斯揭起了衣服。伯西傻眼了，木偶根本无性别可言，因此他对木偶剧的指控不攻自破。伯西像泄了气的皮球，只得认输，"我被驳倒了；神圣宗教抛弃了我。"（5.5.90）狄俄尼索斯紧跟着说，"改宗吧。改宗吧。"（91）兰特也补充道，"改宗吧，我求你，让表演继续进行！"（92）伯西终于停止了对木偶剧的阻挠说，"那就继续吧。我决定改变宗旨，同你们一起观赏木偶剧。"（93）至此，清教徒伯西针对木偶剧的斗争以失败而告终，他不但停止了对木偶剧的攻击，而且提出与大家一起观赏木偶剧，这再一次印证了清教徒的虚伪。木偶狄俄尼索斯的胜利象征着戏剧狂欢对清教权威的胜利，或者说世

---

① 很多清教徒也在集市中经营着服装店铺或者饰物店。参考 *CWBJ*. Vol. 4，p. 413 注释。

② 《申命记》里说："女人不得穿男人的服装，男人也不得穿女人的服装，因为这样做事对上帝的亵渎"，参考《申命记》22：5。这条教义因此成为清教徒对戏剧封杀的主要依据。

俗享乐对官方权威的胜利。随着他的胜利和木偶剧的继续进行，基督教的禁欲主义被彻底颠覆；伯西所宣扬的理性(rationality)终于被一种不受控制的物质性(physicality)所颠覆。

综上所述，本·琼生在塑造人物伯西时可谓用心良苦，他通过伯西这个滑稽怪诞的形象传达了多重涵义。首先，琼生站在正统官方立场谴责和讽刺了清教徒的狂热与虚伪。伯西对清教思想的维护具有明显的表演性质，同奥弗多相似，伯西只不过是一个模仿权威的滑稽怪诞者。其次，琼生站在民众的立场实现了对基督教禁欲主义思想的挑战和颠覆，他通过伯西与木偶狄俄尼索斯的斗争诙谐地逆转了清教徒对喜剧狂欢的打压。最后，琼生站在宫廷诗人的立场间接维护了詹姆士一世的君主专制秩序。因此，无论是在露天的希望剧场，还是在私密的宫廷剧场，《巴斯洛缪集市》均能获得巨大成功，既得到詹姆士一世的肯定，也获得普通市民的喜爱。

第三节　双重怪诞人体的典范：厄休拉

如上所述，奥弗多和伯西都是矛盾的怪诞形象。本·琼生通过这两个怪诞人物既讽刺了清教徒的虚伪和斯多葛者的自以为是，又分别从不同角度挑战和颠覆了17世纪英国的法律和宗教权威，这两个形象的怪诞性均通过他们的言行举止来体现。《巴斯洛缪集市》中还有一个与他们不同的怪诞形象非常重要，那就是在巴斯洛缪集市中心开猪肉铺的女屠夫——厄休拉。她没有奥弗多和伯西那样复杂的性格特点，她在剧中出场的次数和发表的言论也远不及奥弗多和伯西，但她同样给观众和读者留下了鲜明而深刻的怪诞印象。与奥弗多和伯西不同，厄休拉的怪诞性主要通过物质人体来展现，她是一个典型的怪诞人体形象。值得提出的是，她不仅是一个巴赫金理论中的狂欢化怪诞人体，而且也是古典传统和基督教正统价值观念中的否定性怪诞人体。

根据巴赫金的狂欢化理论，怪诞人体的显著特点是，“它与世界相混合，与动物相混合，与物质相混合”(巴赫金 31)。厄休拉显然具备这些特征，首先她的名字厄休拉(Ursula) 有多重含义。“Ursula”在英国文艺复兴文学中往往指一个普通的仆人形象；同时它也有“母熊”(mother bear)之意，代表着性欲和贪婪；而且“Ursula”也指英国历史上一位牺牲的圣女殉道士；她还是欧洲民间传说中的叛逆者形象“mothers-of-misrule”①。

① 参考 *CWBJ* Vol. 4，p. 274 注释部分。

人如其名，《巴斯洛缪集市》的厄休拉是一个复杂的怪诞人体形象。首先她与动物相混合，她的名字不仅有“母熊”的指涉，而且她的职业名字——女屠夫(Pig-Woman)——更彰显了她与猪的联系，她也确实被人称为母熊或者猪。诺肯(Knocken)一见到厄休拉便夸张地召唤，“我的小厄休拉！的小母熊！你还活着吗？你是不是和你的一窝小猪咕哝咕哝出另一个巴斯洛缪集市?”(*Bart. Fair* 2. 3. 1-2)而且他随后又称厄休拉为“猪之母亲”(2. 5. 57)。其次，厄休拉也是一个与物质相混合的怪诞人体，她一出场遍大声宣布自己“像一个花园的洒水壶”(2. 2. 44)。再者，她还是一个与世界相混合的怪诞人体，她和自己经营的猪肉铺是这部喜剧的核心隐喻，象征着“地狱”，她时刻等待着客人们“堕落，跌入她的世界”(2. 5. 71~72)。

厄休拉是一个非常鲜明的女性怪诞人体形象。她有着肥胖臃肿的身体，从事着与肉体有关的职业——女屠夫兼鸨母。她既抽烟又喝酒，而且言行举止非常粗暴。她的独白将这些特征一览无遗地呈现给观众和读者：

> 一早我便焦渴万分，快，给我一瓶麦芽酒，浇灭这焦渴，我是如此肥胖又火热，奈廷格尔(Nightingale)①，我恐怕要融化成第一个女人——一根肋骨了。汗水会淋湿我走过之地，我就像一个浇花的水壶，你可以跟随我汗水留下的S形路线。(*Bart. Fair* 2. 2. 41~45)

厄休拉的肥胖让人想起莎士比亚笔下的福尔斯塔夫(Falstaff)和拉伯雷笔下的高康大②。厄休拉强调自己的肥胖，她全身的脂肪着重展现了她的肉体形象。她非常焦渴想要喝酒，而且她不停淌汗。她的焦渴具有庞大固埃般的狂欢怪诞性，巴赫金便认为，“焦渴是庞大固埃形象的传统内核”(385)。脂肪、吃喝、排泄这些因素摆脱了官方严肃世界观的传统，充分展现了一个狂欢化的物质-肉体形象，本·琼生在此描述了一种脱离官方秩序的狂欢节生活。然而，厄休拉的火焰和夏娃形象另有他意，他们预示了厄休拉是基督教中恶的象征。她依然被置于基督教正统思想维度之中：火焰代表了地狱，而夏娃则是基督教传统中人之堕落的源泉。而且，她也如同《安静的女人》中的怪诞女性，是古典传统主流意识形态中的替罪羊；是主流意识形态表达社会腐败和人性堕落的隐

① 奈廷格尔(Nightingale)是剧中的一个人物，巴斯洛缪集市中的游吟诗歌唱者。

② 福尔丝塔夫是莎士比亚悲剧《亨利四世》(上、下)中的人物，庞大固埃是拉伯雷《巨人传》中的主人公，这两人都是典型的物质怪诞人体形象，均有着肥胖臃肿的体型。

喻；是一个“罪恶的子宫和温床”(2.2.108)。

厄休拉在剧中的发言并不多，但每一次都掷地有声地表达了一种狂欢化的世界观。她吩咐蒙卡夫要看护好烤炉上的烤猪而且狠狠责骂了动作迟缓的蒙卡夫：“如果有更酷的职业，谁愿意将自己的青春浪费在烤猪上？地狱便是一个凉爽的酒窖，一个很棒的地下室！蒙卡夫！”(2.2.36~8)随后她又催促他伺候自己喝酒抽烟：

> 不，在集会结束之前我绝不会少喝，你以为你已经使我兴奋起来了？我现在很恼火，我觉得我已经要流汗了，而且流得很快；我每天要滴下两块板油的量；我只能通过麦芽酒来使自己的身体和灵魂相结合——这给你，奈廷格尔——还有一点烟草。我的烟筒去哪了？居然还不给我装满，你这个恶毒的包袱。(*Bart. Fair* 2.2.64~69)

厄休拉与奥弗多、伯西和利特尔威特等人都不同，她是居住在巴斯洛缪集市中的屠夫，是属于集市的一部分；而奥弗多等人则只是临时赶往集市的市民，是集市的外围者。因此她不同于奥弗多等人的做作，而是正大光明地饮酒、吸烟、吃肉。她本身便代表了集市的世界观——一种狂欢化的世界观。不同立场的人对她有不同态度，集市外围者奥弗多视她为“罪恶的子宫和温床”(2.2.87)，而同是集市中人的奈廷格尔和诺肯都称她为“善良的厄休拉”(2.2.46，2.3.17)。然而，不管是集市中人还是集市外围者，无一例外全都涌向厄休拉的猪肉铺。

面对奥弗多的指控，厄休拉毫不客气地回驳，“你就是那些宣布我因为过度食用麦芽酒(bottle-ale)和牛肠(tripes)而丧命的蚂蟥之一吗？”(2.3.11~12)巴赫金认为牛肠(tripes)的形象汇聚了一个怪结——“生命、死亡、分娩、排泄、食物；这是肉体地形的中心，上部与下部相汇于此”(巴赫金 185)。此处，厄休拉的言语道出了她生活的本质——大量喝麦芽酒和吃牛肠，她甚至因此被人误以为过度食用而被撑死。牛肠既是一种排泄的器官，又是被厄休拉吃掉的食物，还可能是要了厄休拉性命的东西，因此牛肠的意象非常形象地展现了厄休拉的物质下部形象。

随后，诺肯附和厄休拉进一步强调了这种物质肉体性：“不，有一种更好的肉，厄休拉，母牛的内脏(cows'udders)，母牛的内脏。”(*Bart. Fair* 2.3.13)牛肠和母牛内脏具有明显的现实主义指涉。据记载，巴斯洛缪集市位于伦敦市的斯密斯菲尔德(Smithfield)，这里有着全英国最著名的屠宰市场，其历史可以追溯到10世纪，《巴斯洛缪集市》在前言部分的舞台说明中也提到，“这里是肮脏的斯密斯菲尔德”(Induction 119)。每天都有大量的牲畜在这里被屠宰，厄休拉本人便是一个屠宰业从事者，她每天自然能吃到大量的牛内脏。总之，牛的内脏(如牛肚子)和厄休拉吃牛内脏的肚子在此被有意地联系起来，或者说牛的肉体和厄休拉要去吃牛的肉体之间的界限被模糊了。因此“两个肉体交织在一起并汇合成被吃——要吃世界的某种统一的怪诞形象”(巴赫金254)。也就是说，牛内脏的意象将厄休拉与牛联系起来，完成了人与动物相混合的怪诞化。

厄休拉的肥胖代表着物质的丰富，她传达的也是一种对物质丰富的狂欢式向往，喜剧中也存在与她相对的人物形象，如瘦弱(lean)的蒙卡夫。肥胖的厄休拉和瘦弱的蒙卡夫构成了一副狂欢型喜剧性的画面，这同《堂吉诃德》中肥胖的堂吉诃德和瘦小的桑丘之间的强烈反差有着异曲同工之效①。而且厄休拉经常强调自己的肥胖而指责他人的瘦弱，第二幕第五场中她同诺肯、蒙卡夫之间的争论展现了一副滑稽怪诞的狂欢化市场咒骂图景：

> 厄休拉：为什么？你这只瘦小贫穷的臭猫……我如此遭受地狱之火的折磨，而你非要打乱集市的和平，你这只臭猫？
>
> 蒙卡夫：夫人，我这么说都是出于对你和你的猪肉铺考虑。
>
> 厄休拉：为什么？难道他们不来，我的铺子就会塌吗？……进去看好烤猪、添好柴火。如果火灭了，我就将你烤了，直到你的双眼如烤猪双眼般鼓起。
>
> 夸罗斯：集市之人体(Body o'the Fair)！这是什么？鸨母之母？
>
> 诺肯：不，她是猪之母亲(Mother o'the pigs)，先生，猪之母亲！
>
> 温威夫：我认为她是拿着火把的复仇女神之母(Mother of the furies)(*Bart. Fair* 2.5.47～58)。

肥胖的厄休拉咒骂蒙卡夫是一只瘦小贫弱的臭猫，而夸罗斯等人则称呼她是猪之母亲和复仇女神。在希腊神话中，复仇女神(Furies)居住在冥界(Underworld)专门负责惩罚和折磨那些受到谴责的灵魂。由此可见厄休拉的地

---

① 巴赫金认为一些强烈的对照能够形成狂欢型喜剧性场景，如肥胖的跟细瘦的、老的跟年轻的、高的跟矮的。具体参考巴赫金：《巴赫金全集》第六卷 拉伯雷研究，李兆林、夏忠宪等译，石家庄：河北教育出版社，1998，230。

狱指涉，厄休拉张大嘴巴疯狂喝酒的形象就像一张来自地狱的大嘴巴，随时等待将来到猪肉铺的人们吞噬进去。

然而厄休拉所代表的阴曹地府形象值得注意，它并不是但丁笔下严肃阴郁的阴曹地府，也不完全同于拉伯雷笔下欢乐的阴曹地府。如果说但丁的阴曹地府代表了中世纪基督教传统的世界观，那么拉伯雷的阴曹地府则象征着文艺复兴时期狂欢化的世界观，而厄休拉代表的地狱则介乎于两者之间。

从正统基督教的角度来看，厄休拉是一切罪恶的源泉，她几乎要融化成基督教传统中的第一个女人——夏娃，她更是人们"在集市中最应该躲避的肉体女性，因为她代表着人类的三重敌人，那就是：集市中的世界；火焰中的魔鬼和她本人的肉体"(*Bart. Fair* 3. 6. 26~29)。显然，怪诞人体厄休拉身上反衬了《巴斯洛缪集市》中男男女女的罪恶，首先有他们对肉欲的向往，特别是涌向市场的伦敦市民。不管是利特尔威特夫妇，还是他们立志皈依清教的母亲，甚至清教牧师伯西，以及乡绅巴斯洛缪，他们通通向往着集市肉体，不仅包括猪肉，也包括妓女。

其次，怪诞人体厄休拉也将清教徒的虚伪本质凸显出来。可以说，厄休拉是基督教道德传统中的恶(vice)，她怪诞的人体代表着内心的邪恶，是应该受到谴责的否定形象，是一个类似于道德剧中的恶人角色。在这种程度上说，本·琼生站在古典主义主流意识形态的立场，借助基督教的道德传统，利用怪诞人体厄休拉为核心隐喻，讽刺批评了17世纪伦敦市民的堕落、贪婪和虚伪。这些堕落的人们最终都坠入厄休拉的阴曹地府之中。

然而，厄休拉的阴曹地府又别具一番风格。这是一个充斥着肉体的油脂、麦芽酒的泡沫、烟雾缭绕(香烟)的阴曹地府，是一个"凉爽的酒窖，一个很棒的地下室"(2. 2. 37~38)。显然，本·琼生将基督教正统世界观中严肃阴郁的阴曹地府进行了狂欢化的改造，掌管这个地狱的是手持火把的复仇女神——厄休拉。因此怪诞人体厄休拉成为两种世界观的交会处：一种是正统官方的基督教世界观；一种是狂欢节的世界观。这个欢乐的阴曹地府是对官方严肃性的颠覆和脱冕，是对基督教正统恐吓性质的胜利。

厄休拉先是拿着火把(2. 5. 42)出来与人争吵，被温威夫称为复仇女神，随后又拿着一个滚烫的锅子出来与人搏斗(2. 5. 120)。可笑的是，她被人绊倒了，因此被烫伤了一条腿，她疼得哇哇大叫：

> 该死的地狱，让我遇到这些恶魔。哦！我的腿被烫伤了，我的腿，我的腿，我的腿。我的一条腿快没了。快给我弄一些奶油和色拉油来

（2. 5. 128～130）。

将厨具当成武器是典型的狂欢化怪诞特征。巴赫金认为，“以炊具和家庭用具武装起来的人具有完全的狂欢节性质”（巴赫金 456）。这还在于与食物的密切关系，这是一种将战场引向厨房的狂欢化。厄休拉试图用火把和锅子来战斗，结果却烫伤了自己的腿，弄得“一条腿差点没了”，本·琼生用厨房解剖学将厄休拉的怪诞性刻画得入木三分。

此外，厄休拉的母亲形象非常鲜明，温威夫称她是猪之母亲，爱丽丝（Alice）则骂她是“斯密斯菲尔德的母猪”（*Bart. Fair* 4. 5. 64）。诺肯不仅称呼她是猪之母亲，而且取笑她“是不是和一窝小猪咕哝咕哝出另一个巴斯洛缪集市”（*Bart. Fair* 2. 3. 1～2）。由此可见，厄休拉可以说是整个巴斯洛缪集市之母，而集市中的其他人全都是她的孩子，奥弗多便称呼他们是“斯密斯菲尔德的儿女们”（2. 6. 54）。厄休拉率领“儿女们”建立了一个肮脏无序、肉欲横流、酒宴狂欢的世界，而集市外围者的世界是一个受到宗教、法律和道德所指引和约束的有序世界。

这两个世界形成鲜明的对照，外部世界是一个权威的、宗教的、法律的、精神的、男性的世界；而内部世界则是一个受控的、边缘的、下部的、混乱的、物质的、女性的世界。两个世界矛盾的并存着，但是内部世界时刻向外部世界发出挑战；而外部世界的人们时刻表现出对内部世界的向往，并最终被吸引到内部世界中，即使是表面极力维护外部世界观的人们也无一例外。在这个从外到内的过程中，清教徒和官方权威者的虚伪、贪婪全都暴露无遗，而被控群体也最终实现了对权威的颠覆：既有法律上的颠覆，也有宗教、性别上的颠覆。

综上所述，《巴斯洛缪集市》中的三个主要的怪诞形象都具有明显的双重性和矛盾性。集市法官奥弗多是一个斯多葛准圣人、基督教亚当和狂欢化怪诞的矛盾体；清教徒伯西是一个时刻纠结于清教教义与肉欲向往的虚伪者。但两人又都有明显的狂欢化怪诞特征，他们为主流社会道德权威代言，却最终使权威受到脱冕和颠覆。厄休拉是一个道德之恶与狂欢化物质肉体相结合的怪诞人体，既有主流意识形态的官方性又有边缘群体的颠覆性。他们身上体现了本·琼生古典道德主义与狂欢化人文主义之间的矛盾和基督教正统观念与狂欢化怪诞思想之间的矛盾。简而言之，这些怪诞形象体现了官方的本·琼生与民间的本·琼生之间的矛盾统一。

结　语

古典主义与狂欢原本属于两个截然不同的文学传统，但它们在本·琼生的城市喜剧中矛盾并存并彼此融合。这既是本·琼生的本性使然，也是伊丽莎白—詹姆士一世时代所需。本·琼生的矛盾性格和身份主观上决定了他对这两个传统的兼容并蓄，而伊丽莎白—詹姆士一世时期承前启后的时代特征客观上推动了本·琼生对这两个传统的结合吸收。怪诞为这两个传统的矛盾性结合提供了便利和条件。本·琼生城市喜剧怪诞既承载了他的古典主义思想，也表达了他的狂欢化人文主义思想。

琼生将古典与狂欢相结合的矛盾思想在传记式散文《发现》中和多部戏剧前言中均有主观陈述，而在中期城市喜剧中都有客观展现。鉴于此，本书先以《发现》和戏剧前言为基础，梳理并总结出本·琼生的矛盾喜剧思想，然后以城市喜剧《福尔蓬涅》《安静的女人》《炼金术士》和《巴斯洛缪集市》为文本基础，详细分析琼生矛盾喜剧思想在城市喜剧创作中的成果——琼生式双重性怪诞。琼生在四部城市喜剧中刻画了各不相同的怪诞类型，有《福尔蓬涅》中的愚人怪诞；有《安静的女人》中的性别怪诞；有《炼金术士》中的城市怪诞；也有《巴斯洛缪集市》中的怪诞人体。

四部喜剧中的怪诞有一个显著的共同点——矛盾性和双重性。具体地说，它们既是本·琼站在古典的立场从官方文化角度出发进行社会道德讽刺的工具，也是他站在边缘的立场从民间文化角度出发对权威进行挑战和颠覆的载体。琼生式怪诞是维护权威和颠覆权威的矛盾交汇处，也是官方世界观和民众世界观的交融点，更是官方的本·琼生和民众的本·琼生对立统一的场所。琼生式怪诞是兼具严肃性和诙谐性、传统性和颠覆性、教育性和狂欢性的双重怪诞。

琼生式怪诞是本·琼生广泛吸收古典思想特别是古典道德思想的结果。贺拉斯"寓教于乐"的古典喜剧思想、西塞罗的古典道德思想、塞内加的古典斯多葛思想和利普修斯的新斯多葛思想均为琼生式怪诞的讽刺性质提供了理论基础。对于本·琼生来说，喜剧的最终目的离不开道德教育，而且喜剧同悲剧一样能够表达严肃的道德思想，这与亚里士多德提倡喜剧的审美性而非道德性的观点相左。①本·琼生喜剧思想的核心要素之一是通过笑来实现严肃的道德教育目的。从这种意义上说，笑是一种嘲讽的笑、一种自上而下的笑，它能“惩罚社会不良风尚”（柏格森 12），它是“人的自我优越性感觉的结果”（Baudelaire 153）②。

因此，这种笑客观上维护并稳固了既有的等级秩序，包括詹姆士一世在内的统治阶级能够从舞台怪诞表演中感觉到自身的等级优越性，在这种程度上说，怪诞（特别是愚人怪诞）是对上层等级优越性的肯定和维护。而且，舞台上低贱的滑稽怪诞表演必然会引发观众的笑声。与悲剧的情感净化作用不同，喜剧的笑“能引起畏惧心理”（柏格森 13）。观众能够在舞台怪诞中看到自己不应有的模样，能够在笑的同时进行反思并摆出自己应有的模仿。本·琼生的城市怪诞喜剧是对“生活的模仿、风俗的镜子、真理的反映。它旨在让社会意识到自身的缺点和愚蠢而进行自我改善”③。因此，本·琼生的城市怪诞喜剧有着改善社会风尚和完善人性的官方崇高目的。这意味着本·琼生的城市喜剧代表了 17 世纪早期英国喜剧发展的新方向。它一反“伊丽莎白喜剧中的浪漫魔幻因素”（Gibbons 1），打破了英国喜剧由莎士比亚式浪漫喜剧一统天下的局面，开启了英国喜剧的现实主义传统，深刻影响了英国喜剧乃至整个英国文学的发展。

琼生式怪诞也是本·琼生对基督教道德劝诫传统和英国道德剧传统的积极反应。正统基督教善于将人的内在罪恶和外在怪诞相联系，文艺复兴时期英国布道文学中也存在将人的内在罪恶外化为怪诞表征的传统④。基督教通过将罪恶与怪诞相联系来达到道德惩戒和统治的目的。受此传统影响，本·琼生的城市喜剧怪诞有着不容忽视的道德劝诫性质。再者，本·琼生也熟知英国本土道德剧传统。顾名思义，道德剧的目的主要在于道德教育或者道德探索。具体地说，“道德剧就是把人心灵中的善恶冲突戏剧化，搬上舞台，展示给中世纪观

① 参看本书第 35~36 页。

② 因为笑的对象比笑者具有低贱性，笑者由于从对象的低贱性上感觉到自身的优越性因此而笑。

③ 参考大英百科全书对喜剧的定义，http：//www.britannica.com/EBchecked/topic/127459/comedy.

④ 本·琼生的同时代人、戏剧家、布道散文家托马斯·纳什（Thomas Nashe）的作品是这一传统的重要代表。他的怪诞文学对本·琼生的城市喜剧创作有深刻影响，具体参考 Neil Rhodes，Elizabethan Grotesque，London：Routledge and Kegan Paul，1980：131~156。

众，为中世纪信众指引救赎之路”（肖明翰，《英语文学传统之形成》659）。本·琼生将古典主义道德传统、英国中世纪道德剧中的道德传统、基督教的道德劝诫传统同伊丽莎白—詹姆士一世社会现实相结合，创造了有着现实主义道德批判性的城市喜剧怪诞。

但是，琼生式怪诞也始终植根于文艺复兴狂欢化思想的土壤之中，其大众性、颠覆性和乌托邦性的本质依然存在。琼生式怪诞与权力边缘、物质下部有着紧密联系，它代表了一种有别于传统官方意识形态的世界观，是一种狂欢化的世界观。《福尔蓬涅》中的怪诞愚人、《安静的女人》中的女性怪诞、《炼金术士》中的“炼金房”乌托邦和怪诞骑士，以及《巴斯洛缪集市》中的怪诞人体都有不言而喻的物质性和边缘指涉。他们均表达了对既有权力系统和等级秩序的挑战与颠覆。

巴赫金认为，17 世纪及其之后，狂欢化怪诞的本质发生了变化，怪诞人体的世界观意义开始消失，怪诞的狂欢化颠覆性逐渐褪变成对不道德行为的批评与纠正。创作于 17 世纪初的琼生式怪诞上承文艺复兴时期狂欢化怪诞，下启 17 世纪及其后的资产阶级讽刺性怪诞。它兼具道德讽刺与狂欢颠覆的双重特征，是一种摇摆于“节庆性与劝诫性之间”的双重性怪诞。琼生式怪诞既是对“不应有的东西的极度夸张”并“给予其道德的和社会的打击”（巴赫金 53），也是挑战和颠覆旧思想、旧传统的狂欢化。

本·琼生在《福尔蓬涅》中塑造了一个愚蠢、贪婪的怪诞世界，或者说是一个“魔鬼的巢穴”（*Volp.* 3. 8. 272~273）。无论是始作俑者福尔蓬涅和仆人莫斯卡，还是各色遗产追逐者们都是值得惩罚和清算的怪诞者。但是《福尔蓬涅》中的愚人怪诞又透露出对中世纪禁欲主义的颠覆、对传统等级秩序特别是阶级秩序和性别秩序的挑战。《安静的女人》中的女性怪诞既是封建男权主流意识形态表达权力焦虑的替罪羊，封建男权社会中关于社会腐败和人性堕落的隐喻表征，但同时她们也从边缘发出了女性主义的声音，对传统性别观念提出了挑战和颠覆。

《炼金术士》中的“炼金屋”是腐败和堕落的伦敦城市的浓缩，无论是炼金术士还是炼金者均是从极度贪婪和愚蠢中滋生的怪诞市民代表，但是他们的边缘身份又为怪诞赋予了颠覆性功能。“炼金屋”是对等级森严的现实伦敦的仿拟和颠覆，也是对传统官方意识形态的脱冕。本·琼生的矛盾喜剧思想在《巴斯洛缪集市》中体现最为明显，因此该喜剧中的怪诞也有最明显的矛盾特征：怪诞人物奥弗多体现了斯多葛道德主义、基督教道德宽容和狂欢化怪诞的矛盾统一；伯西表达了清教心灵与怪诞肉体思想之间的博弈；而怪诞人体厄休拉则展示了资产阶级物欲膨胀与人们对物质丰富的乌托邦式向往之间的矛盾结合。

值得提出的是，虽然《巴斯洛缪集市》中的道德主题有很强的基督教背景，剧中怪诞的道德批判性也有明显的基督教内涵，但该剧的道德主题依然建立在古典主义道德传统之上。这是本·琼生将古典主义道德传统与本土基督教道德探索传统紧密结合的结果。由此可见，在《巴斯洛缪集市》中，本·琼生的矛盾喜剧思想更趋成熟与深刻，而怪诞的内涵也更趋复杂，但它基于古典主义的道德批判与基于狂欢化人文主义的颠覆性的双重性与矛盾本质依然存在。琼生式怪诞始终是维护权威与挑战权威的对立统一，是官方的本·琼生与大众的本·琼生的矛盾结合。

从《福尔蓬涅》中的个人怪诞到《安静的女人》中的群体怪诞，再到《炼金术士》中的城市(社会)怪诞，最后到《巴斯洛缪集市》中的全民怪诞，四部城市喜剧中的双重怪诞体现出由点到面、由浅显到深刻、由隐晦到明朗的发展进程。这个过程充分展现了本·琼生喜剧思想的渐趋成熟。如果说早期"癖性喜剧"只是本·琼生在喜剧创作上的试笔和摸索，那么中期四部城市喜剧则见证了本·琼生矛盾喜剧思想的逐渐确立并日趋成熟。

四部城市喜剧中的双重怪诞大体相似，它们集中展现了本·琼生的矛盾喜剧思想，又从不同角度反映了本·琼生对不同阶级、不同性别和不同社会群体的关注。相似性将四部怪诞城市喜剧联系起来，使它们构成一个彼此联系的整体或者喜剧系列。该系列的背景是17世纪初期的英国资本主义城市，喜剧系列中的主要人物是有着双重怪诞性的资本主义城市市民，而喜剧的思想是古典主义与狂欢化思想的矛盾统一。矛盾性双重怪诞很大程度上使该喜剧系列既不同于以莎士比亚为主要代表的浪漫喜剧，也不同于王朝复辟时期的风俗喜剧。相对于前者，本·琼生的怪诞城市喜剧系列有更强烈的现实主义批判意义；相对于后者，它有更鲜明的颠覆意识和更宽容的态度。

另一方面，本·琼生城市喜剧系列中的怪诞各有特色。本·琼生在《福尔蓬涅》主要塑造了行为举止表现怪诞的形象，他从愚人的角度展示了具有双重功能的怪诞；《安静的女人》中的怪诞则围绕性别身份和性别歧视展开，剧中的怪诞既有主观行为举止上的怪诞又有被动赋予的怪诞；琼生在《炼金术士》中关注了城市和整个市民群体的怪诞，该剧中的怪诞有更鲜明的现实主义基础；《巴斯洛缪集市》中的怪诞意义最丰富、思想最深刻，代表本·琼生的矛盾喜剧思想最终成型并成熟。该剧中怪诞内涵的深刻复杂主要体现在古典主义道德传统与基督教道德传统的融合。

这说明本·琼生虽然极力推崇外来的古典主义道德传统，但他对英国本土道德传统也非常重视，而基督徒的身份更加深了他对本土基督教道德传统的重视。因此，在最后一部成熟的城市喜剧中，本·琼生将古典式道德探索模式放置于基督教道德劝诫土壤之上，结合文艺复兴时期狂欢化思想，最终呈现了他独特的斯多葛-基督教-狂欢化人文主义思想。

总而言之，双重性怪诞是本·琼生矛盾性喜剧思想的精彩呈现，它在很大程度上决定了本·琼生城市喜剧的成就。由于时代的原因，英国文艺复兴晚期大多数文学家依然沉浸在对中世纪旧制度和旧思想的清算与斗争中，而对逐渐兴起的资本主义城市文明缺乏必要的了解与关注。本·琼生的城市喜剧是对这种缺乏的有力补充，它深刻影响了英国文艺复兴晚期喜剧发展的方向，直接影响并推动了王朝复辟时期英国风俗喜剧的产生和发展。总之，本·琼生在英国喜剧从宫廷走向城市、从浪漫走向现实、从贵族走向普通市民的发展进程中做出了巨大贡献。

如果说古典主义代表了一种面向过去的世界观，那么狂欢化则代表了一种面向未来的世界观。而琼生式怪诞展现了本·琼生既缅怀过去，又面向未来的双重性世界观。一方面，本·琼生采取往后看的态度，希望用辉煌灿烂的古典文明来劝导17世纪初期英国人们的现世生活；另一方面，本·琼生积极乐观地面向未来，希望通过人文主义新思想和新观念来指引人们走向更加美好的未来。

本书只探究了本·琼生城市喜剧中的双重性怪诞，而城市喜剧只是本·琼生文学成就的一部分，城市喜剧怪诞则只是本·琼生矛盾性喜剧思想的一个断面。他的诗歌和假面舞剧同样既为英国文艺复兴文学乃至整个英国文学做出了巨大贡献，也展现了本·琼生的矛盾思想甚至对话思想。笔者希望在今后的研究中，继续广泛深入挖掘本·琼生其他作品中的矛盾思想和对话思想，进而探讨本·琼生作品对后世英语文学所产生的广泛而深远的影响。

主要参考文献

[1]Abel, Lionel. *Metatheatre: A New View of Dramatic Form.* New York: Hill and Wang, 1963.

[2]Alford, Violet. "Rough Music or Charivari." *Folklore* 70. 4 (1959): 505-518.

[3]Ayers, P. K. "Dreams of the City: the Urban and Urbane in Ben Jonson's 'Epicene.'" *Philological Quarterly* 66. 1 (1987): 82-93.

[4]Bakhtin, M. *Rabelais and His World.* Trans. Helene Iswolsky. Cambridge: M. I. T. UP, 1968.

[5]Bamborough, J. B. *Ben Jonson.* London: Hutchinson, 1970.

[6]Barber, C. L. *Shakespeare's Festive Comedy: a Study of Dramatic Form and Its Relation to Social Custom.* Princeton: Princeton UP, 1959.

[7]Barbour, Richmond. "'When I Acted Young Antinous': Boy Actors and the Erotics of Jonsonian Theater." *Proceedings of the Modern Language Association* 110 (1995): 1006-1022.

[8]Barish, Jonas. *Ben Jonson and the Language of Prose Comedy.* Cambrige: Harvard UP, 1960.

[9]Barish, Jonas, ed. *Ben Jonson: A Collection of Critical Essaays.* Englewood Cliffs: Prentice Hall, 1963.

[10]Barish, Jonas, *The Anti-Theatrical Prejudice.* Berkeley: U of California P, 1981.

[11]Barish, Jonas, ed. *Jonson: Volpone, a Casebook.* London: Macmillan, 1972.

[12]Barton, Anne. *Ben Jonson, Dramatist.* Cambridge and London: Cambridge UP, 1984.

[13]Barton, Anne, "London Comedy and the Ethos of the City." *The London Journal* 4 (1978): 158-180.

[14]Baudelaire, Charles. *The Painter of Modern Life and Other Essays.* trans. and ed., Jonathan Mayne. London: Phaidon, 1964.

[15] Baum, Helena Watts. *The Satiric and the Didactic in Ben Jonson's Comedy*. Raleigh: U of North Carolina P, 1947.

[16] Bennett, Josephine Waters. "Ben Jonson's Alleged Piracy of Shakespeare's Sonnets and of Some of Jonson's Works." *SB* 21 (1968): 235-48.

[17] Bentley, G. E. *The Jacobean and Caroline Stage*. 7 *Vols*. Oxford: Oxford UP, 1941-68.

[18] Bentley, G. E. *The Professions of Dramatist and Player in Shakespeare's Time*, 1590-1642. New Jersey and Guildford: Princeton UP, 1986.

[19] Bergson, Henri. *Laughter: An Essay on the Meaning of the Comic*. Trans. Los Angeles: Green Integer, 1999.

[20] Bevington, David. *Tudor Drama and Politics: A Critical Approach to Topical Meaning*. Cambridge: Harvard UP, 1968.

[21] Bevington, David, Martin Bulter, and Ian Donaldson, eds. *The Cambridge Edition of the Works of Ben Jonson*. 7 Volumes. Cambridge: Cambridge UP, 2012.

[22] Bloom, Harold, ed. *Bloom's Literay Themes: The Grotesque*. New York: Infobase, 2009.

[23] Bloom, Harold, ed. *Volpone, or the Fox*. New York, Philadelphia: Cheslsea, 1988.

[24] Bradshaw, Graham. "Three Poems Ben Jonson Did Not Write: A Note on Jonson's Christian Humanism." *ELH* 47 (1980): 484-499.

[25] Brett, Mike. "Morality Versus Reality: Jonson's *Volpone* and Renaissance Playwright's Dilemma: Mike Brett Considers Whether Ben Jonson's *Volpone* Upholds or Subverts Moral Values." *The English Review* 15. 3 (2005): 38-60.

[26] Brumley, Anne. "Two Menus: Carnival in Jonson's Poetry." *Exemplaria* Vol. 22. 3 (2010): 223-239.

[27] Brown, Huntington. "Ben Jonson and Rabelais." *MLN* 44 (1929): 6-13.

[28] Brown, Huntington. *Rabelais in English Literature*. Cambridge: Harvard UP, 1933.

[29] Bryant, J. A., Jr. *The Compassionate Satirist: Ben Jonson and His Imperfect World*. Athens: U of Georgia P, 1972.

[30] Bristol, M. *Carnival and Theater: Pleian Culture and the Structual of Authority in Renaissance England*. New York and London: Methuen, 1985.

[31]Burt, Richard. *Licensed By Authority, Ben Jonson and the Discourse of Censorship*. Ithaca and London: Cornell UP, 1993.

[32]Butler, Martin. "Ecclesiastical Censorship of Early Stuart Drama: The Case of Jonson's *The Magnetic Lady*." *Modern Philology* 89 (1992): 469-481.

[33]Butler, Martin, ed. *Representing Ben Jonson: Text, History, Performance*. Houndmills, Basingstock: Macmillam, 1999.

[34]Cairns, Christopher, ed. *The Commedia dell'arte from the Renaissance to Dariofo*. Lewiston: Mellen, 1989.

[35] Carr, Carol A. "Volpone and Mosca: Two Styles of Roguery." *College Literature* 8. 2(1981): 144-157.

[36]Cave, Richard Allen. *Ben Jonson*. Basingstoke: Macmillan, 1991.

[37] Cave, Richard Allen. *Ben Jonson and Theatre: Performance, Practice and Theory*. Eds. Elizabeth Shafer and Brian Woolland. London: Routledge, 1999.

[38]Chute, Marchette. *Ben Jonson of Westerminster*. New York: Dutton, 1953.

[39]Clayborough, Arthur. *The Grotesque in English Literature*. Oxford: Clarendon, 1965.

[40]Coles, Chris. *How to Study A Renaissance Play: Marlowe, Webster, Jonson*. Hampshire and London: Macmillan, 1988.

[41]Coronato, Rocco. *Jonson Versus Bakhtin: Carnival and the Grotesque*. Amsterdam: Rodopi, 2003.

[42]Craig, D. *Ben Jonson: The Critical Heritage*. London: Routledge, 1990.

[43]Creaser, John, ed. *Volpone, or The Fox*. London: Hodder and Stoughton, 1978.

[44]Creaser, John, "*Volpone*: The Mortifying of The Fox." *Essays in Criticism* 25 (1975): 329-356.

[45]Cuberta, Paul. "Ben Jonson's Religious Lyrics." *JEGP* 62 (1963): 96-110.

[46]Dessen, Alan. *Jonson's Moral Comedy*. Evanston: Northwestern UP, 1971.

[47]Diehl, Huston. *Staging Reform, Reforming the Stage: Protestantism and Popular Theater in Early Modern England*. Ithaca and London: Cornell UP, 1997.

[48]Dollimore, Jonathan. "Clockwork Comedy: Time and *The Alchemist*." *Jonson's Magic Houses: Essays in Interpretation*. Ed. Ian Donaldson. 1997: 89-105.

[49]Dollimore, Jonathan, ed. *Jonson and Shakespeare*. London: Macmillan, 1983.

[50] Dollimore, Jonathan. *Radical Tragedy: Religion, Ideology and Power in the Drama of Shakespeare and His Contemporaries*. Basingstoke: Macmillan, 2004.
[51] Dollimore, Jonathan. *Sex, Literature and Censorship*. Cambridge: Polity, 2001.
[52] Dollimore, Jonathan and Alan Sinfield, eds. *Political Shakespeare: Essays in Cultural Materialism*. Ithaca: Cornell UP, 1994.
[53] Donaldson, Ian. *Ben Jonson: A Life*. Oxford: Oxford UP, 2012.
[54] Donaldson, Ian, ed. *Ben Jonson*. Oxford: Oxford UP, 1985.
[55] Donaldson, Ian. *Jonson's Magic Houses: Essays in Interpretation*. Oxford: Oxford UP, 1997.
[56] Donaldson, Ian. "Not of an Age." *New Perspectives on Ben Jonson*. Ed. James Hirsh, 1997: 197-214.
[57] Donaldson, Ian, ed. *The Oxford Authors: Ben Jonson*. Oxford: Oxford UP, 1985.
[58] Donaldson, Ian. *The World Upside-Down: Comedy from Jonson to Fielding*. Oxford: Clarendon, 1970.
[59] Dryden, John. "An Essay of Dramatic Poesy." *John Dryden The Major Works*. Ed. Keith Walker. Oxford: Oxford UP, 1987: 70-129.
[60] Duncan, Douglas. *Ben Jonson and the Lucianic Tradition*. Cambridge: Cambridge UP, 1979.
[61] Dures, Alan. *English Catholicism*, 1558—1642. Essex: Longman, 1983.
[62] Dutton, Richard. *Ben Jonson, Authority, Criticism*. New York: St. Martin's, 1996.
[63] Dutton, Richard, ed. *Ben Jonson*. Harlow, Essex: Longman, 2000.
[64] Dutton, Richard. *Ben Jonson, Volpone and the Gunpowder Plot*. Cambridge: Cambridge UP, 2008.
[65] Dutton, Richard. *Licensing, Censorship, and Authorship in Early Modern England: Buggeswords*. New York: Palgrave, 2000.
[66] Dutton, Richard. *Mastering the Revels: the Regulation and Censorship of English Renaissance Drama*. Basingstoke: Macmillan, 1991.
[67] Dutton, Richard. "'Volpone' and 'The Alchemist': A Comparison in Satiric Techniques." *Renaissance and Modern Studies* 18 (1974): 36-62.
[68] Dutton, Richard and Richard Wilson, eds. *New Historicism and Renaissance*

Drama. London: Longman, 1992.

[69] Dynes, William R. "The Trichster-Figure in Jacobean City Comedy." *Studies in English Literature*, 1500—1900. Vol. 33. No. 2. *Elizabethan and Jacobean Drama* (Spring, 1933): 365-384.

[70] Dyke, Joyce Van. "The Game of Wits in The Alchemist." *Studies in English Literature*, 1500—1900. Vol. 19. No. 2. *Elizabethan and Jacobean Drama* (Spring, 1979): 253-269.

[71] Eagleton, Terry, and Walter Benjamin. *Towards a Revolutionary Criticism*. London: Verso, 1981.

[72] Edwards, Paul, ed. *The Encyclopedia of Philosophy*. Vol. 7. New York and London: Macmillan, 1967.

[73] Eliot, T. S. *Essays on Elizabethan Drama*. New York: Harcourt, 1956.

[74] Eliot, T. S. *The Sacred Wood*. London: Methuen, 1960.

[75] Enck, John J. *Jonson and the Comic Truth*. Madison: U of Wisconsin P, 1957.

[76] Empson, William. *Essays on Renaissance Literature*. Ed. John Haffenden. Cambridge: Cambridge UP, 1994.

[77] Empson, William. "Volpone." *Volpone, or the Fox*. Ed. Harold Bloom, 1988: 13-27.

[78] Erasmus, Desiderius. *Praise of Folly: and, Letter to Martin Dorp*, 1515. Trans. Betty Radice. Harmondsworth: Penguin, 1971.

[79] Evans, Robert C. *Ben Jonson and the Poetics of Patronage*. Lewisbury: Pa., 1989.

[80] Evans, Robert C. *Habits of Mind*. London: Associated UP, 1995.

[81] Evans, Robert C. "Jonson's Copy of Seneca." *Comparative Drama*. Vol 25, 3 (1991): 257-292.

[82] Evans, Robert C. "More's 'Richard III' and Jonson's 'Richard Crookback' and 'Sejanus.'" *Comparative Drama* 24: 2 (Summer, 1990): 97-132.

[83] Farley-Hills, David. "Jonson and the Neo-Classical Rules in *Sejanus* and *Volpone*." *The Review of English Studies*. New Series. Vol. 46. No. 182 (May, 1995): 153-173.

[84] Farley-Hills, David. *Shakespeare and the Rival Playwrights* 1600—1606. London and New York: Routledge, 1990.

[85] Felver, Charles S. "The Commedia dell'Arte and English Drama in the

Sixteenth and Early Seventeenth Centuries." *Renaissance Drama* 6 (1963): 24-34.

[86] Flachmann, Michael. "Ben Jonson and the Alchemy of Satire." *Studies in English Literature*, 1500—1900. Vol. 17. No. 2 *Elizabethan and Jacobean Drama*, (Spring, 1977): 259-280.

[87] Ford, Boris, ed. *The Age of Shakespeare*. London: Penguin, 1955.

[88] Foucault, Michel. *Madness and Civilization: a History of Insanity in the Age of Reason*. Trans. Richard Howard. London: Tavistock, 1967.

[89] Foucault, Michel. *Power/Knowledge: Selected Interviews and Other Writings* 1972—1977. Ed. Colin Gordon. New York: Pantheon, 1980.

[90] Foyster, Elizabeth A. *Manhood in Early Modern England: Honour, Sex, and Marriage*. London and New York: Longman, 1999.

[91] Frye, Northrop. *Anatomy of Criticism: Four Essays*. Princeton: Princeton UP, 1957.

[92] Gertmenian, Donald. "Comic Experience in *Volpone* and *The Alchemist*." *Studies in English Literature*, 1500—1900. Vol. 17. No. 2. *Elizabethan and Jacobean Drama* (Spring, 1977): 247-258.

[93] Gibbons, Brian. *Jacobean City Comedy: A Study of Satiric Plays by Jonson, Marston, and Middleton*. Cambridge: Harvard UP, 1968.

[94] Gibbons, Brian. "The Representation of Ageing in Shakespeare and Jonson", *Old Age and Ageing in British and American Culture and Literature*. Ed. Christa Jansohn. Münster: Lit., 2004: 39-49.

[95] Goldberg, S. L. "Folly into Crime: The Catastrophe of *Volpone*." *MLQ*, XX (1959): 233-242.

[96] Golden, Leon. *Aristotle on Tragic and Comic Mimesis*. Atlanta: Scholars, 1992.

[97] Goossen, Jonathan. "Leaving 'Stoicity' Alone in Jonson's *Epicene*." *Ben Jonson Journal* 18. 2 (2011): 165-187.

[98] Gordon, D. J. *The Renaissance Imagination*. Ed. Stephen Orgel. Berkeley: U of California P, 1975.

[99] Gordon, D. J.. "Fiction and Friction." *Reconstructing Individualism: Autonomy, Individuality, and the Self in Western Thought*. Ed. Thomas C. Heller. Stanford: Stanford UP, 1986: 30-52.

[100] Gordon, D. J., ed. *Representing the English Renaissance*. Berkeley: U of

California P, 1988.

[101] Gordon, D. J.. *Shakespearean Negotiations: The Circulation of Social Energy in Renaissance England.* Berkeley: U of California P, 1988.

[102] Greene, Thomas M. "Ben Jonson and the Centered Self." *Studies in English Literature* 10 (1970): 325-348.

[103] Greenblatt, Stephen. "The False Ending in *Volpone.*" *Journal of English and Germanic Philology* 75 (1976): 90-104.

[104] Greenblatt, Stephen. *Renaissance Self-Fashioning: From More to Shakespeare.* Chicago: U of Chicago P, 1980.

[105] Greenblatt, Stephen, ed. *Representing the English Renaissance.* Berkeley: U of California P, 1988.

[106] Greenblatt, Stephen. *Shakespearean Negotiations.* Los Angeles: U of California P, 1988.

[107] Greiner (Heidelberg), Norbert. "Scenic Laughter in Ben Jonson's Plays." *Anglistentag* 1999. Mainz: Proceedings, 2000: 161-170.

[108] Grene, Nicholas. "L. C. Knight's Drama and Society in the Age of Jonson: A Retrospective Review." *Times in Drama* 1. Ed. James Redmond. Cambridge: Cambridge UP, 1979: 302-317.

[109] Grene, Nicholas. *Shakespeare, Jonson, Moliere: the Comic Contract.* London: Macmillan, 1980.

[110] Guibbory, Achsah. *The Map of Time: Seventeenth-Century English Literature and Ideals of Pattern in History.* Urbana: U of Illinois P, 1986.

[111] Gutwirth, Marcel. *Laughing Matter: an Essay on the Comic.* Ithaca: Cornell UP, 1993.

[112] Guy, Corinee. "The Female Grotesque Amid the Carnival of Renaissance Drama." Diss. U of Kansas, 2009.

[113] Happé, Peter. "Theatricality in Devils, Sinnekins, and the Vice." *Cahiers Elisabéthains: Late Medieval and Renaissance Studies*, Vol. 53 (1998): 1-12.

[114] Happé, Peter. "The Vice and the Folk-Drama." *Folklore*, Vol. 75 (1964): 161-193.

[115] Happé, Peter. "'The Vice' and Popular Theatre." *Poetry and Drama, 1570—1700: Essays in Honour of Harold F. Brooks.* Ed. Antony Coleman and Antony Hammond, London: Methuen, 1981: 13-31.

[116] Harp, Richard. "Ben Jonson's Comic Apocalypse." *Cithara* 34 (1994): 34-43; Rpt. in *Ben Jonson's Plays and Masques*. Norton Critical Edition 2nd ed. Richard L. Harp ed. New York: Norton, 2011: 468-477.

[117] Harp, Richard, and S. Stewart, eds. *The Cambridge Companion to Ben Jonson*. Cambridge: Cambridge UP, 2000.

[118] Harp, Richard. "Catholicism, Religion, and Ben Jonson." *Cithara* 42 (2003): 25-33.

[119] Harp, Richard. "Jonson's House of Wisdom." *The Ben Jonson Journal* 1 (1994): 1-13.

[120] Harp, Richard. "Jonson's 'To Penshurst': The Country House as Church." *John Donne Journal* 7 (1988): 73-89.

[121] Hawkins, Harriet. "Folly, Incurable Disease, and *Volpone*." *Studies in English Literature*, 1500—1900. Vol. 8 No. 2, *Elizabethan and Jacobean Drama*. 1968: 335-348.

[122] Hayes, T. Wilson. "Ben Jonson's Libertine Catholicism." *In Praise Disjoined: Changing Patterns of Salvation in 17th-Century English Literature*. Ed. William P. Shaw. New York: Peter Lang, 1991: 120-136.

[123] Hayes, T. Wilson. *The Birth of Popular Culture: Ben Jonson, Maid Marian, and Robin Hood*. Pittsburgh: Duquesne UP, 1992.

[124] Haynes, Jonathan. "Representing the Underworld: *The Alchemist*." *Studies in Philology* 86: 1 (1989): 18-41.

[125] Hazlitt, William. "Lectures on the English Comic Writers: Lecture II: On Shakespeare and Ben Jonson." *The Complete Works of William Hazlitt*. Vol. 6. Ed. P. P. Howe. London and Toronto: J. M. Dent and Sons, 1931: 30-48.

[126] Herford, C. H., PercySimpson and Evelyn Simpson, eds. *Ben Jonson*. 11 vols. Oxford: Clarendon, 1941.

[127] Herrick, Marvin Theodore. *Poetics of Aristotle in England*. New Haven: Yale UP, 1930.

[128] Hinchliffe, Arnold P. "*Volpone*": *Text and Performance*. London: Macmillan, 1985.

[129] Hirsh, James. Ed. *New Perspectives on Ben Jonson*. London: Associated UP, 1997: 106-127.

[130] Hugh, Maclean, ed. *Ben Jonson and the Cavalier Poets*. New York: Norton,

1974.

[131] Hui, Ting-yan, Isaac. "Volpone's Children: Jonson, Comedy and the Nations of Fools." Diss. The U of Hongkong, 2009.

[132] Hunter, G. K. *John Lyly: The Humanist as Courtier.* London: Routledge and Kegan Paul, 1962.

[133] Hunter, R. L. *The New Comedy of Greece and Rome.* Cambridge: Cambridge UP, 1985.

[134] Jackson, R. Mark. "Ben Jonson and the Senecan Paradox of Long Life: The Cary-Morison Ode." *Ben Jonson Journal* 18.2 (2011): 188-211.

[135] Jardine, Lisa. *Still Harping on Daughters: Women and Drama in the Age of Shakespeare.* Hemel Hempstead: Harverster Wheatsheaf. 1983.

[136] Jensen, Ejner J. *Ben Jonson's Comedies on the Modern Stage.* Ann Arbor: UMI Research P, 1985.

[137] Jones, Robert. *Engagement with Knavery: Point of View in "Richard III", "The Jew of Malta"," Volpone" and "The Revenger's Tragedy."* Durham: Duke UP, 1986.

[138] Jones, Robert. "Epicene, Lady Compton, and the Gendering of Jonsonian Satire on Extravagance." *Ben Jonson Journal: Literary Contexts in the Age of Elizabeth, James and Charles* 6 (1999): 1-33.

[139] Jones, Robert. "*Volpone*: The Chimera of Fox and Fool." *Engagement with Knavery: Point of View in Richard III, The Jew of Malta, Volpone, and The Revenger's Tragedy.* Durham: Duke UP, 1986.

[140] Julian, Erin. "New Directions in Jonson Criticism." *Early Theater* 17.1 (2014): 179-195.

[141] Julian, Erin, and Helen Ostovich, eds. *The Alchemist: a Critical Reader.* London: The Arden Shakespeare, 2013.

[142] Jupm, John D., ed. *The Critical Idiom, 27 Classicism.* London: Methuen, 1973.

[143] Kay, W. David. "The Christian Wisdom of Ben Jonson's 'On My First Sonne.'" *SEL*, 11 (1971): 125-136.

[144] Kay, W. David. *Ben Jonson: A Literary Life.* New York: St. Martin's, 1995.

[145] Kayser, Wolfgang Johnannes. *The Grotesque in Art and Literature.* Trans. Ulrich Weisstein. New York: Columbia UP, 1981.

[146] Kelly, Joseph John. "Ben Jonson's Politics." *Renaissance and Reformation* 19 (1983): 192-215.

[147] Kernan, A. B., ed. Two*Renaissance Mythmakers: Christophor Marlowe and Ben Jonson*. Baltimore: MD, 1977.

[148] Knights, L. C. "Ben Jonson, Dramatist." *the Age of Shakespeare*. Ed. Boris Ford. 1955: 302-317.

[149] Knights, L. C. *Drama and Society in the Age of Jonson*. London: Chatto & Windus, 1937.

[150] Knoll, Robert E. *Ben Jonson's Plays: An Introduction*. Lincoln: U of Nebraska P, 1964.

[151] Knoll, Robert E. "How to Read The *Alchemist*." *College English* Vol. 21. No. 8 (May, 1960): 456-460.

[152] Leggatt, Alexander. *Ben Jonson: His Vision and His Art*. London: Methuen, 1981.

[153] Leggatt, Alexander. *Citizen Comedy in the Age of Shakespeare*. Toronto: U of Toronto P, 1973.

[154] Leggatt, Alexander. "Morose and His Tormentors." *University of Toronto Quarterly: A Canadian Journal of the Humanities* 45 (1976): 221-235.

[155] Leggatt, Alexander. "*Volpone*: The Double Plot Revisited." *New Perspectives on Ben Jonson*. Ed. James Hirsh. 1997: 89-105.

[156] Leinwand, Theodore B. *The City Staged: Jacobean Comedy*, 1603—1613. Madison: U of Wisconsin P, 1986.

[157] Leira, Halvard. "Justus Lipsius, Political Humanism and the Discipling of 17th Century Statecraft." *Review of International Studies* 34 (2008): 669-692.

[158] Levin, Harry. "Jonson's Metempsychosis." *Jonson: Volpone, a Casebook*. Ed. Jonas A. Barish. 1972: 88-99.

[159] Levin, Harry. *The Myth of the Golden Age in the Renaissance*. London: Faber, 1970.

[160] Levine, Laura. *Men in Women's Clothing: Anti-Theatricality and Effeminization*, 1579—1642, *Cambridge Studies in Renaissance Literature and Culture* 5. Cambridge: Cambridge UP, 1994.

[161] Levin, Kate. "Unmasquing *Epicene*: Jonson's Dramaturgy for the Commercial Theater and Court." *New Perspectives on Ben Jonson*. Ed. James Hirsh.

1997: 128-153.

[162] Levin, Richard. "'No Laughing Matter': Some New Readings of *The Alchemist*." *Studies in the Literary Imagination* 6 (1973): 85-99.

[163] Lowe, J. *Comedy*. Cambridge: Cambridge UP, 2007.

[164] Loxley, James, ed. *The Complete Critical Guide to Ben Jonson*. London and New York: Routledge, 2002.

[165] Luciano, Eleonora. *The Mask of Comedy: the Art of Italian Commedia*. Louisville: JB Speed Art Museum, 1990.

[166] Lumley, Eleanor P. *The Influence of Plautus on the Comedies of Ben Jonson*. New York: N. P., 1901.

[167] Luther, Martin. *The Bondage of the Will*. Peabody: Hendrickson, 2008.

[168] Lyne, Raphael. "*Volpone* and the Classics." *Early Modern English Drama: A Critical Companion*. Eds. Garrett A. Sullivan, Jr., Patrick Cheney, Andrew Hadfield. New York: Oxford UP, 2006: 177-188.

[169] Lysis, Plato. *Symposium*; *Gorgias*. Trans. W. R. M. Lamb. Cambridge: Harvard UP, 1925.

[170] Maclean, Ian. *The Renaissance Notion of Woman: A Study in the Fortues of Scholasticism and Medical Science in European Intellectual Life*. Cambridge: Cambridge UP, 1995.

[171] Maitre, Ellorashree. "*Volpone*'s Possessives." *Ben Jonson Journal* 18.1 (2011): 113: 125.

[172] Marchitell, Howard. "Desire and Domination in *Volpone*." *Studies in English Literature*, 1500—1900. Vol. 31. No. 2. *Elizabethan and Jacobean Drama* (1991): 287-308.

[173] Marcus, Leah S. *The Politics of Mirth: Jonson, Herrick, Milton, Marvell and the Defense of Old Holiday Pastimes*. Chicago: U of Chicago P, 1986.

[174] Marotti, Arthur F. "All About Jonson's Poetry." *ELH* 39 (1972): 208-237.

[175] Martin, Mathew. *Between Theater and Philosophy: Skepticism in the Major City Comedies of Ben Jonson and Thomas Middleton*. London: Associated UP, 2001.

[176] Martindale, Joanna, ed. *English Humanism: Wyatt to Cowley*. London: Croom Helm, 1985.

[177] Maus, Katherine Eisaman. *Ben Jonson and the Roman Frame of Mind*.

Princeton: Princeton UP, 1984.

[178] McDonald, Russ. *Shakespeare & Jonson, Jonson & Shakespeare.* Brighton, Sussex: Harvester P, 1988.

[179] McEvoy, Sean. *Ben Jonson, Renaissance Drammatist.* Edinbourgh: Edinbourgh UP, 2008.

[180] McPherson, David C. *Shakespeare, Jonson, and the Myth of Venice.* Newark: U of Delaware P, 1990.

[181] Mebane, John S. *Renaissance Magic and the Return of the Golden Age: The Occult Tradition and Marlowe, Johnson, and Shakespeare.* London: U of Nebraska P, 1989.

[182] Meredith, George. *An Essay on Comedy.* Montana: Kessinger, 2010.

[183] Meyer, Michael J. *Literature and the Grotesque.* Amsterdam: Atlanta, 1995.

[184] Michael, Ferber. *A Dictionary of Literary Symbols.* Cambridge: Cambridge UP, 1999.

[185] Mickel, Lesley. *Ben Jonson's Antimasques: A History of Growth and Decline.* London: Aldershot, 1999

[186] Miles, Rosalind. *Ben Jonson: His Life and Work.* London: Routledge & Kegan Paul, 1986.

[187] Moul, Victoria. *Jonson, Horace and the Classic Tradition.* Cambridge: Cambridge UP, 2010

[188] Mullaney, Stephen. *The Place of the Stage: License, Play, and Power in Renaissance England.* Chicago: U of Chicago P, 1988.

[189] Nardo, A. K. "The Transmigration of Folly: *Volpone*'s Innocent Grotesques." *English Studies: A Journal of English Language and Literature* 58 (1977): 105-109.

[190] Newman, Kernan. *Fashioning Femininity and English Renaissance Drama.* Chicago and London: U of Chicago P, 1991.

[191] Norton, Glyn P., ed. *The Cambridge History of Literary Criticism.* Volume 3: *The Renaissance.* Cambridge: Cambridge UP, 1999.

[192] O'Connor, John J. "Physical Deformity and Chivalric Laughter in Renaissance England." *New York Literary Forum* 1 (1978): 59-71.

[193] Olin, John. "The Praise of Folly." *Six Essays on Erasmus and a Translation of Erasmus'Letter to Carondelet*, 1523. New York: Fordham UP, 1979:

51-56.

[194] Olson, Elder. *The Theory of Comedy*. Bloomington: Indiana UP, 1968.

[195] Ostovich, Helen, ed. *Jonson, Four Comedies.* London and New York: Longman, 1997.

[196] Ovid. *Ovid III, Metamorphoses* Books I-VIII. Cambridge: Harvard UP, 1977.

[197] Palmer, John. *Ben Jonson.* New York: The Viking, 1934.

[198] Parfitt, George. *Ben Jonson: Public Poet and Private Man.* London: Dent, 1976.

[199] Parfitt, George. "Ethic Thought and Ben Jonson's Poetry." *SEL* 9 (1969): 123-134.

[200] Partridge, Edward B. "The Allusiveness of *Epicene.*" *Journal of English Literary History* 22 (1955): 94.

[201] Partridge, Edward B. *The Broken Compass: a Study of the Major Comedies of Ben Jonson.* London: Chatto & Windus, 1958.

[202] Pinciss, G. M. "*Bartholomew Fair* and Jonsonian Tolerance." *SEL* 35 (1995): 345-359.

[203] Prescott, Anne Lake. "Jonson's Rabelais." *New Pespectives on Ben Jonson.* Ed. James Hirsh. 1997: 35-54.

[204] Questier, Michael. *Conversion, Politics and Religion in England*, 1580—1625. Cambridge: Cambridge UP, 1996.

[205] Reid, Jane Davidson. *The Oxford Guide to Classical Mythology in the Arts*, 1300—1990*s*. 2 vols. New York: Oxford UP, 1993.

[206] Rhodes, Neil. *Elizabethan Grotesque.* London: Routledge and Kegan Paul, 1980.

[207] Richards, I. A. *Principles of Literary Criticism.* London: A Harvest/HBJ Book, 1925.

[208] Riggs, David. *Ben Jonson: A Life*. Cambridge: Harvard UP, 1989.

[209] Robin, Diana, Anne R. Larsen, and Carole Levin, eds. *Encyclopedia of Women in the Renaissance.* Santa Barbra, Denver, and Oxford: ABC-CLIO, 2007.

[210] Robinson, Christopher. *Lucian and His Influence in Europe.* London: Duckworth, 1979.

[211] Rose, Mary Beth. *The Expense of Spirit: Love and Sexuality in English*

Renaissance Drama. Ithaca: Cornell UP, 1988.
[212] Ross, Cheryl Lynn. "The Plague of *The Alchemist*." *Ben Jonson*. Ed. Richard Dutton. Essex: Longman, 2000.
[213] Roston, Murray. *Tradition and Subversion in Renaissance Literature: Studies in Shakespeare, Spenser, Jonson, and Donne*. Pittsburgh: Duquesne UP, 2007.
[214] Rowe, George. *Distinguishing Jonson: Imitation, Rivalry, and the Direction of a Dramatic Career*. Lincoln: U of Nebraska P, 1988.
[215] Russo, Mary. *The Female Grotesque: Risk, Excess, and Modernity*. New York and London: Routledge, 1994.
[216] Sackton, Alexander H. *Rhetoric as a Dramatic Language in Ben Jonson*. New York: Columbia UP, 1948.
[217] Sanders, Julie. *Ben Jonson's Theatrical Republics*. London: Macmillan, 1998.
[218] Sanders, Wilbur. *The Dramatist and the Received Idea*. Cambridge: The Cambridge UP, 1968.
[219] Santayana, George. *The Sense of Beauty*. New York: Collier, 1961.
[220] Schafer, Elizabeth. "Daughters of Ben." *Ben Jonson and Theatre*. Eds. Richard Cave, Elizabeth Schafer, and Brian Wool. London: Routledge, 1999.
[221] Schelling, Felix E. *Ben Jonson and the Classical School*. Montana: Kessinger, 2010.
[222] Seneca. *Ad Lucilium Epistulae Morales*. Ed. and Trans. Richard M. Gummere. London and New York: Penguin, 1917.
[223] Shannon, Miller. "Consuming Mothers/Consuming Merchants: The Carnivalesque Economy of Jacobean City Comedy." *Modern Language Studies* 26 (1996): 73-95.
[224] Shapiro, H. A. "Notes on Greek Dwarfs." *American Journal of Archaeology* 88.3 (1984): 391-392.
[225] Sharrock, Alison. *Reading Roman Comedy: Poetics and Playfulness in Plautus and Terence*. Cambridge: Cambridge UP, 2009.
[226] Shershow, Scott Cutler. *Puppets and "Popular" Culture*. Ithaca: Cornell UP, 1995.
[227] Sidney, Sir Philip. *An Apology for Poetry*. Ed. Forrest G. Robinson. Indianapolis 1970.
[228] Smith, Barbara. *The Women of Ben Jonson's Poetry: Female Representation in*

the Non-Dramatic Verse. Vermont: Ashgate, 1995.

[229] Smith, Kirby Flower. "On the Source of Ben Jonson's Song: 'Still to be Neat.'" *The American Journal of Philology*. 29.2 (1908): 122-155.

[230] Spivack, Bernard. *Shakespeare and the Allegory of Evil: the History of a Metaphor in Relation to His Major Villains*. New York: Columbia UP, 1958.

[231] Stallybrass, P. and A. White. *The Politics and Poetics of Transgression*. London: Methuen, 1986.

[232] Stow, John. *A Survey of London*. 2 vols. Ed. Charles Lethbridge Kingsford. Oxford: Clarendon, 1971.

[233] Stroud, Theodore. "Ben Jonson and Father Thomas Wright." *ELH* 14 (1947): 277-279.

[234] Summers, Claude J., and Ted-Larry Pebworth. *Ben Jonson Revised*. NewYork: Twayne, 1999.

[235] Swain, Barbara. *Fools and Folly during the Middle Ages and the Renaissance*. New York: Columbia UP, 1932.

[236] Swann, M. "Refashioning Society in Ben Jonson's *Epicene*." *Studies in English Literature* 38 (1998): 297-315.

[237] Swets and Zeitlinger. "Ben Jonson's Justice Overdo and Joseph Hall's Good Magistrate." *English Studies* 5 (1995): 434-442.

[238] Swinburne, Algernon Charles. *A Study of Ben Jonson*. London: Chatto and Windus, 1889.

[239] Teague, Frances. *The Curious History of "Bartholomew Fair"*. London and Toronto: Associated UP, 1985.

[240] Terence. *The Eunuch*, *in The Comedies*. Trans. Betty Radice. Harmondsworth: Penguin, 1985.

[241] Thayer, C. G. *Ben Jonson*, *Studies in the Plays*. Oklahoma: U of Oklahoma P, 1963.

[242] Thiel, Matthew M. "The Sociability Cure: Expelling the Plague in Ben Jonson's *Epicene*." *Ben Jonson Journal* 19.2 (2012): 240-260.

[243] Thomas, Keith. *Religion and the Decline of Magic*. London: Penguin, 1971.

[244] U. De Sousa, Geraldo. "Boundaries of Genre in Ben Jonson's *Volpone* and *The Alchemist*." *Essays in Theatre* 4.2 (May, 1986): 134-146.

[245] Vandiver, Jr., E. P. "The Elizabethan Dramatic Parasite." *Studies in*

Philology 32. 3 (1935): 411-427.

[246] Vaught, Jennifer C. *Carnival and Literature in the Early Modern England*. London: Ashgate, 2012.

[247] Veeser, H. Aram, ed. *The New Historicism Reader*. New York: Routledge, 1994.

[248] Wasson, John. "The Secular Saint Play of the Elizabethan Era." *The Saint Play in Medieval Europe*. Ed. Clifford Davidson. Kalamazoo: Western Michigan UP, 1986.

[249] Watson, Robert N. *Ben Jonson's Parodic Strategy: Literary Imperialism in the Comedies*. Cambridge: Harvard UP, 1987.

[250] Wayne, Don E. "Drama and Society in the Age of Jonson: An Alternative View." *Renaissance Drama* 13 (1982): 103-129.

[251] Weld, John S. "Christian Comedy: *Volpone*." *SP*, *LI* (1954): 172-193.

[252] Wells, Henry. *Elizabethan and Jacobean Playwrights*. New York: Columbia UP, 1939.

[253] Wells, Susan. "Jacobean City Comedy and the Ideology of City." *ELH* 48. 1 (1981): 37-60.

[254] Welsford, Enid. *The Fool: His Social and Literary History*. Gloucester: P. Smith, 1966.

[255] Wheeler, Charles Francis. *Classical Mythology in the Plays, Masques, and Poem of Ben Jonson*. New Jersey: Princeton UP, 1938.

[256] Williamson, Elizabeth. *The Materiality of Religion in Early Modern English Drama*. Ashgate: Aldershot and Hants, 2009.

[257] Willeford, William. *The Fool and His Scepter: a Study in Clowns and Jesters and Their Audience*. Evanston: Northwestern UP, 1969.

[258] Wilson, Edmund. "Morose Ben Jonson." *Ben Jonson: a Collection of Critical Essays*. Ed. J. A. Barish. 1963: 60-75.

[259] Wilson, Richard and Richard Dutton, eds. *New Historicism and Renaissance Drama*. London: Longman, 1992.

[260] Withington, Robert. "Jonson and the Loathèd Stage." *The Antitheatrical Prejudice*. Ed. J. A. Barish. 1981: 132-154.

[261] Withington, Robert. "'Vice' and 'Parasite': A Note on the Evolution of the Elizabethan Villain." *PMLA* 49. 3 (1934): 743-751.

[262] Wright, Thomas. *A History of Caricature and Grotesque in Literature and Art*. London: Virtue Brothers, 1865.

[263] Womack, Peter. *Ben Jonson*. Oxford: Blackwell, 1986.

[264] Zucker, Adam. "The Social Logic of Ben Jonson's *Epicene*." *Renaissance Drama* 33 (2004): 37-62.

[265] 艾布拉姆斯，《文学术语词典》(第七版)，吴松江等编译，北京：北京大学出版社，2009。

[266] 奥尔森，《基督教神学思想史》，吴瑞诚、徐成德译，北京：北京大学出版社，2003。

[267] 奥古斯丁，《恩典与自由》，奥古斯丁著作翻译小组，南昌：江西人民出版社，2008。

[268] 奥维德，《爱的艺术》，戴望舒译，北京：新世界出版社，2011。

[269] 巴赫金，《巴赫金全集》第六卷 拉伯雷研究，李兆林、夏忠宪等译，石家庄：河北教育出版社，1998。

[270] 波爱修斯，《神学论文集 哲学的慰藉》，荣震华译，北京：商务印书馆，2012。

[271] 波尔蒂克编，《牛津文学术语词典》，上海：上海外语教育出版社，2000。

[272] 柏格森《笑》，徐继增译，北京：北京出版社出版集团，北京十月文艺出版社，2004。

[273] 伯恩斯，《古希腊罗马神话传说》，上海：上海世界图书出版公司，2009。

[274] 柏拉图，《柏拉图的〈会饮〉》，刘小枫译，北京：华夏出版社，2003。

[275] 伯里，《思想自由史》，周颖如译，北京：商务印书馆，2012。

[276] 布鲁姆、哈罗德，《西方正典》，江宁康译，南京：译林出版社，2011。

[277] 布克哈特、雅各布，《意大利文艺复兴时期的文化》，何新译，北京：商务出版社 1996。

[278] 陈钦庄，《基督教简史》，北京：人民出版社，2005。

[279] 杜兰特、威尔，《文艺复兴》，台湾幼狮文化译，北京：华夏出版社，2009。

[280] 费尔巴哈，《基督教的本质》，荣震华译，北京：北京商务印书馆，2010。

[281] 弗雷泽，《金枝》，西安：陕西师范大学出版总社有限公司，2010。

[282]盖雷编著,《英美文学和艺术中的古典神话》，北塔译，上海：上海人民出版社，2005。
[283]郭辉,《琼生颂诗研究》，北京大学：北京大学出版社，2009。
[284]何其莘,《英国戏剧史》，南京：译林出版社，1999。
[285]胡德才,《论喜剧精神》,《华中师范大学学报》，2005，9：81-87。
[286]基佐：《欧洲文明史》，程洪奎、沅芷译，北京：商务印书馆，1998。
[287]沃尔夫冈·凯泽尔,《美人与野兽——文学艺术中的怪诞》，曾忠禄、钟翔荔译，西安：华岳文艺出版社，1987。
[288]保罗·奥斯卡·克里斯特勒,《文艺复兴时期的思想和艺术》，邵宏译，北京：东方出版社，2008。
[289]李梦,《论视觉艺术中的怪诞———种文艺心理学的解读》，华中师范大学，2004。
[290]梁实秋,《英国文学史》第一卷，北京：新星出版社，2011。
[291]陆扬,《文艺复兴诗学》，上海：上海交通大学出版社，2012。
[292]罗念生编著,《古希腊罗马文学作品选》，北京：北京出版社，1988。
[293]阿利斯特·麦格拉思,《宗教改革运动思潮》，蔡锦图、陈佐人译，北京：中国社会科学出版社，2009。
[294]阿·莱·莫尔顿,《人民的英国史》，谢琏造等译，北京：生活·读书·新知三联书店，1976。
[295]莎士比亚,《莎士比亚全集》，朱生豪等译，11 卷，北京：人民文学出版社，1978。
[296]《圣经》，上海：中国基督教三自爱国运动委员会，2007。
[297]西蒙·特拉斯勒,《剑桥插图英国戏剧史》，刘振前等译，济南：山东画报出版社，2006。
[298]弗兰克·梯利,《西方哲学史》，贾辰阳、解本远译，北京：光明日报出版社，2013。
[299]王晋新、姜德福，现代早期英国社会变迁，上海：上海三联书店，2008。
[300]王力,《希腊文学 罗马文学》，北京：中国人民大学出版社，2005。
[301]王永梅、刘立辉,《从舞台到页面：本·琼生与英国戏剧经典生成》,《外国文学研究》，2012，5：49-56。
[302]王岳川编著,《后殖民主义与新历史主义文论》，济南：山东教育出版社，1999。

[303]王佐良，《英国诗史》，南京：译林出版社，1997。
[304]王佐良、何其莘：《英国文艺复兴时期文学史》，北京：外语教学研究出版社，2006。
[305]马克斯·韦伯，《新教伦理与资本主义精神》，黄晓京、彭强译，成都：四川人民出版社，1986。
[306]温克尔曼，《希腊人的艺术》，邵大箴译，广西：广西师范大学出版社，2001。
[307]锡德尼，《为诗辩护》，钱学熙译，北京：人民文学出版社，1998。
[308]肖明翰，《英国文学传统之形成》，北京：社会科学文献出版社，2009。
[309]肖明翰，《试论〈坎特伯雷故事〉的多元与复调》，《外国文学评论》，2006，4：74-83。
[310]新华通讯社译名资料组编著，《英语姓名译名手册》(第二次修订版)，北京：商务印书馆，1989。
[311]亚里士多德，《诗学》第一卷，陈中梅译注，北京：商务印书馆，2012。
[312]亚里士多德、贺拉斯，《诗学·诗艺》，罗念生、杨周翰译，北京：人民文学出版社，2000。
[313]阎照祥，《英国史》，北京：人民出版社，2003。
[314]杨周翰，《国外文学研究丛书——攻玉集》，北京：北京大学出版社，1983。
[315]杨周翰、吴达元、赵萝蕤，《欧洲文学史》(上)，北京：人民文学出版社，2004。
[316]伊拉斯谟，《愚人颂》，许崇信译，沈阳：辽宁教育出版社，2001。
[317]余秋雨，《戏剧理论史稿》，上海：上海文艺出版社，1983。
[318]赵炎秋编著，《文学批评实践教程》，长沙：中南大学出版社，2007。
[319]赵一凡等编著，《西方文论关键词》，北京：外语教学与研究出版社，2006。
[320]朱光潜，《西方美学史》，南京：凤凰出版传媒集团，江苏文艺出版社，2008。

